KB275028

힙합열전

이 도서의 국립중앙도서관 출판시도서목록(CIP)은 e-CIP 홈페이지
(http://www.nl.go.kr/ecip)에서 이용하실 수 있습니다.
(CIP 제어번호 : CIP2011004662)

힙합열전

2011년 11월 7일 초판 1쇄 인쇄
2011년 11월 15일 초판 1쇄 발행

지은이 | 한동윤
펴낸이 | 孫貞順
펴낸곳 | 도서출판 작가
　　　　서울 서대문구 북아현3동 1-1278 (우120-866)
　　　　전화 | 365-8111~2　팩스 | 365-8110
　　　　이메일 | morebook@morebook.co.kr
　　　　홈페이지 | www.morebook.co.kr
　　　　등록번호 | 제13-630호(2000.2.9.)

편집 | 김이하 김하나
디자인 | 오경은
영업 | 손원대
관리 | 이용승

ISBN 978-89-94815-12-1　03810

값 15,000원

힙합열전

한동윤 지음

작가

일러두기

· 책에 사용된 기호는 다음과 같다.
『　』: 음반 제목
「　」: 노래(곡) 제목
《　》: 책, 신문, 잡지, 행사명, 영화 제목
문장을 인용할 때에는 큰따옴표를, 가사를 인용하거나 단어를 강조하
는 데에는 작은따옴표를 사용했다.

· 한글 표기를 원칙으로 하되, 필요에 따라 영어와 한자를 병기했다.

· '레코딩', '차트', '히트', '커트' 등 음악 관련 상용어는 따로 영어
  표기를 하지 않았다.

· 외래어의 우리말 표기는 '외래어 표기법'을 기준으로 했으나 용례가
  없는 경우에는 현지 발음을 따랐다. 단, 관용적으로 쓰이거나 책에서
  자주 나오는 단어는 예외로 했다.
  ① 본문에 나오는 펑크는 funk를 가리키며 punk일 경우에는 따로 영
    어 표기했다.
  ② 플로(flow) → 플로우
  ③ 앤드(and) → 앤
  ④ 솔(soul) → 소울

· 색인은 페이지 번호가 아닌 뮤지션, 서적, 영화 등이 언급된 앨범의
  번호와 부록의 장르명으로 구성하였음.

　나른하고 모든 게 무망無望한 시대에 '미쳤다'는 말처럼 영예로운 언어는 없다. 광기는 우리를 열정으로 몰아가 기대 이상의 성과를 안겨주며, 더러 실수를 저질러도 그 뒤에 순수하고 진실한 흔적을 남긴다. 어떤 점에서 이 책의 저자 한동윤은 미친 친구다. 과도한 열정의 소유자라는 점에서가 아니라, 평자를 만들어내는 기본 미학인 '순수와 잔혹'을 드물게 보유한 사람이라는 의미에서다. 그는 결코 눈치를 보지 않으며, 자신의 생각을 있는 그대로, 때로 극점으로 끌어가는 비이성을 드러낸다. 순수하며 잔혹하다.

　평론은 뮤지션이 존재해야 가능한 부차적, 2차적 직업이지만 그는 글에 있어 2차적인 위치에 서는 경우가 별로 없다. 남의 글에 왈가왈부하고 그 순간에라야 재치를 발하는 네티즌과 악플러, 저격수와는 대척점에 서 있는 1차적 인물. 말하자면 매사의 기수이자 선봉에 서는 인물이다. 그는 언제나 자기 글을 쓴다. 아니, 자기 글을 쓸 뿐이다. 그래서 설령 결과가 없어도 자신의 존재를 은밀하게 팽창시킨다.

　이런 친구가 내 주변으로 왔으니 그것은 굴러 들어온 복이요. 대박이 아닐 수가 없다. 2006년, 그가 글을 보내왔다. 자연스런 흐름, 글 속에 펄펄 숨 쉬는 자기 분야에 대한 천착, 글과 음악이 정확히 맞아 돌아가는 통합력, 어찌할 수 없는 야수성에 나는 아연실색할 수밖에 없었다.

　지금은 폐간된 한 잡지의 기자가 거든다. "순수와 잔혹을 원하신다면 한동윤을 보시라"고. 인간관계에 있어서는 겸손하며 자기 발로發露는 가혹하다는 것이다. 그는 단숨에 우리들에게 미친 존재감에 대한 갈증을 해소시켜주었다. 나와 웹진 이즘(IZM)의 오랜 힙합과 일렉트로니카에 대한 무기력은 마침내 줄어들기 시작했다.

한동안 거의 칩거상태에 있더니 책을 내게 됐다고 연락이 왔다. 다시 한 번 놀랐다. 쓰는 게 미련과 우둔인 이 시대에, 게다가 음악이 소모품으로 나뒹구는 이 시대에 힙합 명반 책이라니. 누구나 할 수 있는 일인 것 같아도 아무나 할 수 없는 일을 그는 소리 소문 없이, 거뜬히 해냈다.

이 저서는 술자리에서 누구나 글의 왕자가 되는 풍토에 대한 일침이고 상상으로는 쉽게 강한 필자가 되는 무노동에 대한 경고이며, 결과물 우선의 영리한 시대를 향해 어리석은 광기가 가하는 처벌이다. 그의 글을 읽다보면 주변의 낡은 현실성을 빨아들이는 강렬함을 느낄 수 있다. 우리는 이 저서를 통해 힙합의 역사를 편안하고 유익하게 접할 수 있다.

다른 건 몰라도 글의 배분, 그는 익히 알려진 것과 알려지지 않은 것의 안배에 있어 섬세하고 영리하다. 런 디엠시(Run-DMC)의 『Raisin' Hell』이 있고 마니아들만이 알 법한 밤 더 베이스(Bomb The Bass)의 『Into The Dragon』이 있다. 또한 그랜드마스터 플래시(Grandmaster Flash)에서부터 지금의 엘엠에프에이오(LMFAO)에 이르기까지 과거와 최근작을 망라한다. 그 (취향과 시간) 차이는 크고, 쏠림을 막아주는 그 큰 차이를 통해 저자는 우리에게 힙합의 전체를 보게끔 유도한다.

그가 정리해놓은 100장의 앨범으로 현실을 살아가는 우리는 도통 감이 잡히지 않는 30년의 역사, 그 방대한 흐름을 한번 쭉 훑을 수 있는 유익함을 얻을 수 있을 것이다. 하지만 평론가로서 먼저 보이는 것은 글에 나타나는 저자의 처절한 고통과 쓰라린 절제다. 그 노고를 경배한다. 결과가 없어도 강한 친구가 이제 결과까지 가지게 되었다. 최강은 필연이다. 나도 분발해야 하겠다는 의지를 각오하지만 조금은 밀려나는 기분이 드는 것은 어쩔 수 없다.

임진모(대중음악평론가)

21세기는 가히 힙합의 시대라 할 만하다. 세계 음악 시장의 중심인 미국과 영국의 대표 대중음악 차트는 물론이고 유럽 여러 나라의 차트 10위권 안에는 많게는 예닐곱, 평균 네댓 곡의 힙합이 항상 들어가 있다. 아이돌 가수의 인기가 식을 줄 모르는 우리나라 주류 음악계 또한 랩을 장착한 댄스음악이 범람하고 다수의 힙합 그룹이 활동 중이니 한국 대중음악도 힙합의 세력 안에 있음을 부인하기란 쉽지 않다. 실로 힙합의 위세는 막강하다.

어마어마한 영향력과 흥행에도 불구하고 국내에서 힙합은 여전히 즐기기에 좋은 노래, 댄스음악 정도로 인식되는 것이 사실이다. 많은 이가 이렇게 여기는 데에는 작금의 풍조 탓도 크다. 인기를 끄는 대부분이 전자음 위주의 클럽 친화적인 업 비트 음악이기 때문이다. 유흥을 외치고 즐거움을 갈구하는 가벼운 노랫말 역시 동향을 부연하는 요소다. 상업성을 우선에 둔 무비판적인 노래가 횡행하고 있기에 그런 시선이 존재하는 것에 어느 정도 수긍이 간다.

힙합은 하지만 그 모습만이 전부가 아니다. 현재의 이와 같은 현상은 대체로 메인스트림에 국한되며, 전자음악과 결합된 경쾌한 음악이 유행하던 과거에도 많은 단편 중 하나에 불과했다. 1970년대 초중반 개화하기 시작해 짧지 않은 세월을 축적해 온 힙합은 앞서 출생한 대중음악의 여러 장르와 관계를 맺으며 다양한 형상을 내보였을 뿐만 아니라 때로는 비판적이고 진지한 고민을 담은 주장도 전달했다. 다시 말하지만 힙합을 일각에서 두드러지는 댄스음악쯤으로만 간주해서는 곤란하다. 새로움을 시도하고 변화를 도모하는 음악인 동시에 시대의 조류, 특정 상황에 맞물려 태도를 달리하는 가변적 언어이기도 한 까닭이다.

힙합을 정확히 알기 위해서는 역사의 면면을 훑어보는 것이 중요하다. 래핑의 기술적 발전, 신종 하위 장르의 출현, 악기의 보급에 따른 편곡 방식 변화, 프로듀서의 실험과 시도가 만들어낸 색다른 스타일의 도래 등 관찰할 지점이 많다. 또한, 심각한 폭력성에도 갱스터 랩이 인기를 끌 수밖에 없었던 상황, 사회의 모순과 불합리한 대우에 대해서는 어떻게 반응했는지, 남성 래퍼가 압도적으로 많은 힙합 신에서 페미니즘은 전무했는지 등 음악적인 부분 말고도 문화 전반적인 범위에서 짚어 볼 점은 더 있다. 결코 쉽게 생각할 음악이 아니다.

책을 구성하는 콘텐츠는 앨범이지만 그것들의 예술적 가치를 최우선에 두고 리스트를 뽑지 않은 것도 이러한 연유에서다. 단순히 작품의 예술성을 탐구하고 찬양하는 데 그치는 것이 아니라 아티스트가 펼치는 메시지가 개개인이 살아온 처지와 깊은 연관을 맺는다는 점, 랩이 사회성을 품으며 동시대 대중의 정서를 반영한 양식이라는 점을 부각하려고 했다. 더불어 각 앨범은 힙합의 전체적인 흐름, 역사적인 순간, 여러 국면과 양상을 헤아려 보는 데 적합한 것으로 선별했다.

따라서 리스트에는 외국의 음악 매체에서 그렇게 후한 평가를 받지 못한 작품도 더러 있다. 하지만 예를 들어, 댄서가 래퍼로 데뷔한 다수의 사례 중 언론의 관심을 가장 많이 받았던 경우도 포함한다고 해서 희대의 졸작으로 꼽히는 케빈 페더라인의 데뷔작을 굳이 소개한다는 것은 사실상 무의미한 일이기에 어떠한 현상을 이야기하려고 작품성이 현저히 떨어지는 음반을 싣지는 않았다. 100장의 목록은 오랜 시간이 지나서도 뛰어난 완성도를 자랑하고 참신함을 인정받는 작품들이 주를 이루기에 마니아에게나 힙합을 깊게 경험해 보려는 이들에게 충실한 가이드라인이 될 수 있을 것이다.

글이라는 한계로 인해 음악에 대한 직관적인 해석이 다소 쉽지 않을지도 모른다. 이를 보완하고자 특정 스타일을 구사한 인물을 언급할 때에는 그와 동일한, 또는 유사한 방식을 행한 노래 여러 편을 예로 들었고, 장르의 출현이나 다른 양식과 결합하는 현상을 이야기함에도 되도록 보기가 될 만한 곡들을 거론했다. 열거한 노래를 함께 듣는다면 곡의 특징이라든가 장르의 성격을 파악하는 데 도움이 될 듯하다. 계속해서 등장하거나 부연이 더 필요한 장르에 대해서는 부록 형식으로 설명을 실어 교양적인 면을 강화하고자 했다.

지면이 무한정 허락된 게 아니라서 원래 원고의 절반에 가까운 분량을 덜어 내야 했다. 이 때문에 시대적 정황, 어떤 앨범이 낳은 사건과 관련된 또 다른 이슈, 가사 내용을 친절하고 상세하게 해설하지 못한 점이 아쉬움으로 남는다. 어떤 장르가 힙합에 도입된 경우에 대해서도 순차적으로 일목요연하게 밝히고 싶었으나 최대한 중요한 시점, 예만 기술했다. 몇몇 앨범 재킷 사진은 아티스트가 집중적으로 주장하는 바를 함의하기도 하기에 그것에 대한 해석도 중요하지만 이 역시 같은 이유로 여기에서는 비중 있게 다루지 못했다. 부족한 부분은 추후 다른 공간에서 이야기할 수 있기를 희망해 본다.

새천년 들어 우리나라 힙합 시장의 규모는 랩 음악이 적극적으로 반입되던 90년대 중반과도 비교할 수 없을 만큼 하루가 다르게 커져 가고 있다. 팬을 자처하는 이도 나날이 늘어나는 추세다. 힙합이 국내에서 떨치는 권세는 여전히 막강하며 나아가 점점 힘을 키우는 중이다. 그러나 대다수가 힙합 작품에 대해 논할 때 비트가 근사한지, 래핑이 유려한지에만 주의를 기울이는 것이 현실이다. 이 역시 작금의 유행하는 스타일만을 보고 힙합을 댄스음악 정도로 여기는 피상적 관찰과 크게 다를 바 없을 것이다.

힙합은 여느 대중음악과 마찬가지로 시대와 호흡하며, 사회의 정서를 반영하고, 아티스트의 여건과 삶의 궤적, 사상을 현상한다. 이 때문에 반주와 래핑 기량을 가늠하는 것 외에 노래에 담긴 뮤지션의 지향과 시대적 상황, 음악계 흐름을 감안하는 일도 중요하다. 이 책이 힙합을 더욱 다각적으로 보는 데 조금이나마 도움이 되었으면 한다. 음악을 좋아하는 모든 이들이 폭넓은 시야로 힙합을 접함으로써 더 큰 즐거움과 감동을 얻을 수 있기를 바란다.

2011년 6월 한동윤

목차

힙합열전

랩을 천대받고 억압당하고 살아온 흑인들이 그들만의 방식으로 분노를 표출한 것이라고 …
국내에 랩 음악이 유입되던 1980년대 후반부터 90년대 초반에 몇몇 이가 랩을 이렇게 소개 …
적인 출현은 클럽에서였다. 디제이가 반주만 나오는 부분을 트니 사람들이 더 흥거워했 …
… 디제이들은 친구를 불러 반주 중에 딸막하게 코멘트를 해달라고 요구했다. 디제이 옆에 …
같게 마이크를 삼은 이의 인기도 높아져 갔다. 그들의 파트가 늘어남에 따라 랩의 형식이 …
… '토스팅(toasting)'을 해왔기에 랩은 불만에서 나온 게 아니라 유흥, 놀이에서 비롯됐다고 …

The Last Poets

아비오둔 오예울레(Abiodun Oyewole), 오마 벤 하센(Omar Ben Hassen)
알라피아 푸딤(Alafia Pudim), 니라쟈(Nilaja)

Artist: The Last Poets
Album Title: The Last Poets
Release Date: 1970-00-00
Label: CLD Records

01. Run, Nigger

02. On The Subway

03. Niggers Are Scared Of Revolution

04. Black Thighs

05. Gashman

06. Wake Up, Niggers

07. New York, New York

08. Jones Comin' Down

09. Just Because

10. Black Wish

11. When The Revolution Comes

12. Two Little Boys

13. Surprises

In Tha Beginning··· There Was Rap

혹자는 랩을 천대받고 억압당하고 살아온 흑인들이 그들만의 방식으로 분노를 표출한 것이라고 말한다. 가난과 인종차별에 시달리는 자들의 울분을 담은 언어이며 불평의 수단이라고 이야기한다. 국내에 랩 음악이 유입되던 1980년대 후반부터 90년대 초반에 몇몇 이가 랩을 이렇게 소개하면서 '랩은 곧 저항'이라는 인식이 빠르게 확산됐다. 하지만 이는 옳지 않다.

랩의 본격적인 출현은 클럽에서였다. 디제이가 반주만 나오는 부분을 트니 사람들이 더 흥겨워했고 격정적인 춤을 추는 이들도 늘어났다. 하지만 얼마 후 가사가 나오지 않는 것이 밋밋하게 느껴지자 디제이들은 친구를 불러 반주 중에 짤막하게 코멘트를 해달라고 요구했다. 디제이 옆에 선 이는 단순한 구절을 반복하면서 장내의 흥을 돋웠다. 클러버들은 거기에 환호했고 디제이 못지않게 마이크를 잡은 이의 인기도 높아져 갔다. 그들의 파트가 늘어남에 따라 랩의 형식이 모양을 갖추게 됐다. 이미 자메이카에서는 1950년대부터 디제이들이 음악을 트는 중에 구호를 외치는 '토스팅(toasting)'을 해왔기에 랩은 불만에서 나온 게 아니라 유흥, 놀이에서 비롯됐다고 보는 게 타당하다.

랩이 유희의 과정에서 생겨났다는 사실은 하지만 절대적으로 온당한 것은 아니다. 라스트 포에츠를 언급할 때에는 랩이 불만을 토로하고 저항하는 음악이라는 주장에도 무게가 실린다. 흑인이기에 겪는 불합리, 고충을 가사로 내보이고 있으니 랩이 저항성을 기반으로 한다는 의견은 틀린 말이 아니다.

라스트 포에츠의 데뷔작 『The Last Poets』는 미국 사회의 불공평을 비판하고 경제, 사회적으로 유린당하는 삶을 기술하는 한편 흑인들의 의식을 고무한다. 「Just Because」는 흑인이라는 이유로 공격당하고 살해되는 끔찍한 사정을, 「Two Little Boys」는 마약으로 인해 황폐해지는 아이들의 삶을, 「Surprises」는 불우한 환경 때문에 절망하는 모습을 그린다. 「Niggers Are Scared Of Revolution」에서는 동포를 사랑하지만 혁명을 두려워하는 흑인은 사랑하지 않는다면서 흑인이라면, 권익을 위한 투쟁에 마땅히 참여해야 할 것을 역설한다.

이런 내용을 이야기한 데에는 1950년대 중반부터 60년대 후반까지의 미국 사회상에서 기인한 바가 크다. 인종을 차별하며 운영하는 버스에 대한 보이콧, 자유의 행진, 워싱턴 대행진, 와츠 폭동 등 흑인들의 인권 운동이 적극적으로 일어나던 시기였다. 라스트 포에츠는 흑인들의 불만을 피력하며 민족성을 고취하는 노래로 다른 형식의 투쟁을 벌인 것이다.

반주는 오직 한 쌍의 콩가를 두드리는 것뿐이다. 그러나 그룹은 「Run, Nigger」, 「Just Because」, 「Gashman」에서처럼 계속해서 동일한 단어를 반복함으로써 노래의 율동성과 리듬을 보강한다. 구어가 바탕이지만 음의 고저, 강약 등의 운율과 역동적인 박자감, 각운이 존재해 이들의 음악이 랩의 원형을 제공했다고 볼 수 있다.

라스트 포에츠는 와츠 프로페츠, 길 스콧 헤론과 함께 힙합에 심대한 영감을 지급한 뮤지션으로 지목된다. 모두 타악기 반주 위에 사회적인 내용을 담은 구어를 펼쳤다. 그러나 이것이 힙합의 전체적인 형상은 아니며 랩의 발단을 완벽하게 규정하지도 않는다. 다만 랩이 사회 비판과 저항의 정서를 내재한 음악임을 이야기할 때에는 라스트 포에츠를 반드시 거론해야 한다.

The Message

조셉 새들러(Joseph "Grandmaster Flash" Saddler)

멜빈 글로버(Melvin "Melle Mel" Glover)

나다니엘 글로버(Nathaniel "Kidd Creole" Glover)

에디 모리스(Eddie "Mr. Ness" Morris)

로버트 키스 위긴스(Robert Keith "Cowboy" Wiggins)

가이 윌리엄스(Guy "Rahiem" Williams)

Artist: Grandmaster Flash And The Furious Five
Album Title: The Message
Release Date: 1982-00-00
Label: Sugar Hill Records

1. She' s Fresh

2. It' s Nasty

3. Scorpio

4. It' s a Shame

5. Dreamin'

6. You Are

7. The Message

02

힙합이 메시지의 음악임을 천명한 결정적 순간

1970년대 중반부터 엠시들의 활약이 두드러지자 랩을 클럽에서 즐기는 데에 그치는 것이 아니라 음반에 담으려는 움직임이 나타나기 시작했다. 랩을 녹음한 비공식 테이프들이 등장했고 1979년 싱글로 출시된 슈거힐 갱의 「Rapper' s Delight」가 빌보드 싱글 차트 36위, R&B 차트 4위에 오르면서 힙합은 수많은 사람에게 알려졌다. 랩이 대중음악의 새로운 장르가 될 수 있다는 의사를 전달한 것이다.

1981년 슈거 힐 레코드사의 소속 그룹 펑키 포 플러스 원이 인기 코미디 쇼 《SNL: Saturday Night Live》에 출연하면서 랩 음악은 또 다른 성취 국면을 맞이한다. 그들은 전국적 텔레비전 출연을 이룬 최초의 힙합 뮤지션이 된 동시에 랩 음악을 광범위하게 소개한 그 시절 제일의 전도사가 됐다. 랩은 미국 곳곳에 전파됐고 수많은 래퍼가 출몰하기에 이르렀다.

양은 늘어났고 부피는 커졌지만 랩 음악은 다들 고만고만했다. 웃고 떠들며 파티를 찬양하거나 허풍을 떠는 게 다였다. 하지만 그랜드마스터 플래시 앤 더 퓨리어스 파이브의 「The Message」는 천편일률적인 랩이 넘치는 상황에서 그것들과는 판이한 내용으로 센세이션을 일으켰다.

노래는 게토의 피폐한 실상을 조명했다. '그것은 마치 정글 같아. 때로는 궁금하기도 해. 내가 어떻게 쓰러지지 않을 수 있는지.' 라는 훅을 반복하면서 길거리에서 취식하는 사람, 마리화나를 피우는 아이들, 생활고에 시달리는 이, 폭력의 유혹에 넘어가는 빈민들의 삶을 이야기했다. 노래가 품은 대기는 앞서 나온 상업적 랩 싱글들과는 순전히 다른 쪽에 위치해 있었다. 비로소 사람들은 힙합이 그저 즐거움만 탐닉하는 음악이 아님을 알게 됐다. 「The Message」가 힙합 역사상 가장 영향력 있고 중요한 싱글 중 하나가 될 수 있었던 것은 가사에 녹여낸 숙려와 철학 덕분이었다.

반주에 깔린 신시사이저 루프도 힙합 역사에서 길이 기억될 패턴으로 남았다. 유연하게 흐르며 음습하지만 몽환적인 느낌을 제공한 그 소리는 끔찍한 사정을 보고 혼란스러워하는 화자의 심리 상태를 효과적으로 나타냈다. 퍼프 대디의 「Can't Nobody Hold Me Down」, 아이스 큐브의 「Check Yo Self」 리믹스 버전, 블랙스트리트의 「Fix」 등에 샘플링 되면서 오랜 생명력을 과시한 사실은 이 인상적인 루프의 값어치를 서술한다.

멜리 멜의 랩 또한 일품이었다. 침울한 분위기를 냄에도 그의 래핑 덕분에 노래는 청취자들을 끌어당길 수 있었다. 논리 정연한 언어에 당시 활동하던 래퍼들보다 한층 정교한 각운 전개, 실제 삶의 격렬함이 이입된 듯한 세찬 톤은 랩의 미적인 부분을 부각했고 힙합의 터전을 거리로 이동시켜 놓았다. 그에게 힙합 군집의 찬사가 따르는 건 바로 이런 업적 때문이다.

앨범은 올드 스쿨 힙합 과도기에 나온 대부분 작품처럼 펑크에 랩을 하거나(「She's Fresh」), 일렉트로 펑크를 수록하거나(「Scorpio」), 잔잔한 R&B를 담고 있다(「Dreamin'」, 「You Are」). 하지만 이런 내역은 그리 중요하지 않다. 「The Message」를 통해서 힙합이 사색하는 진중한 언어이기도 하다는 점과 랩의 기술적 진보를 보여 줬다는 것이 훨씬 더 막중한 사항이다. 힙합의 새 국면을 연 「The Message」를 기억해야 할 이유다.

Artst: Various Artists
Album Title: Wild Style Original Soundtrack
Release Date: 1983-03-00
Label: Animal Records

01. Military Cut - Scratch Mix by DJ Grand Wizard Theodore

02. MC Battle - Busy Bee Starski vs. Rodney Cee

03. Basketball Throwdown - Cold Crush Brothers Vs. Fantastic Freaks

04. Fantastic Freaks At The Dixie

05. Subway Theme - Scratch Mix by DJ Grand Wizard Theodore

06. Cold Crush Brothers At The Dixie

07. Busy Bee' s Limo Rap

08. Cuckoo Clocking

09. Stoop Rap - Rodney Cee & KK Rockwell aka Double Trouble

10. Double Trouble At The Amphitheatre

11. South Bronx Subway Rap - with Grandmaster Caz (Original Version)

12. Street Rap By Busy Bee

13. Busy Bee At The Amphitheatre

14. Fantastic Freaks At The Amphitheatre

15. Gangbusters - Scratch Mix by DJ Grand Wizard Theodore

16. Rammellzee & Shockdell At The Amphitheatre

17. Down By Law - with Fab 5 Freddy

03

전 세계에 힙합 문화를 전파한
최초의 힙합 영화

몰입감을 제공하는 정도를 기준으로 했을 때《와일드 스타일》은 그리
괜찮은 영화라고 할 수 없다. 카메라 워크는 단순하고 주인공들의 고민
이 집중적으로 다뤄진다거나 그들 사이에 이렇다 할 갈등은 나타나지
않아 긴장감이 떨어지기 때문이다. 각각의 신은 밀접한 인과관계 없이
대충 얽혀 있으며 잠깐 나타나는 남녀의 로맨스는 느슨하고 작위적이기
만 하다. 재미도 없고 오래 기억될 만한 영화는 아니었다.

허름한 구성과 비전문가 티가 물씬 나는 어설픔에도 불구하고 이 영
화는 대중음악 역사에서 잊을 수 없는 작품으로 인식된다. 힙합 문화를
다룬 최초의 장편영화라는 사항이 결정적인 이유다. 평소 그라피티와
힙합에 관심을 두었던 아마추어 영화감독 찰리 아히언이 그라피티 아티
스트 팹 파이브 프레디의 권유를 받고 제작하게 된《와일드 스타일》은
힙합의 4대 성분인 디제잉(djing), 엠시잉(mcing), 브레이크댄싱
(breakdancing), 그라피티 스프레잉(graffiti spraying)을 모두 다루면서
이후 젊은이들의 인기 코드가 될 힙합 문화를 전격 조명했다.

영화는 힙합이 어떠한 것인지, 태동기의 사람들은 그것을 어떻게 향유

했는지를 알게 하는 가이드와 참고서 역할을 했다. 턴테이블과 녹음기만을 이용해서 비트를 만들어가는 과정, 클럽에서 엠시들이 랩을 하는 모습, 윈드밀(windmill)과 백 스핀(back spin) 위주의 현재만큼 다채롭지 않은 브레이크댄싱 동작, 지하철과 거리의 벽을 장식한 그라피티들을 채록한 작품은 힙합의 유아기를 주제로 한 전시장이나 다름없었다.

열일곱 편의 사운드트랙은 영화의 주요 장면을 되새김질하며 랩과 비트를 전달한다. 비지 비 스타스키와 더블 트러블의 프리스타일 랩, 판타스틱 프릭스의 클럽에서의 흥겨운 제창 래핑, 동네 농구 경기를 랩으로 해석한 「Basketball Throwdown」, 그랜드 위저드 시어도어의 턴테이블 스크래칭 등 단조롭지만 수수한 멋이 체감된다. 1980년대 후반은 물론이요, 90년대와 2000년대에는 쉽게 상상하기 어려운 고전미가 서려 있다.

영화가 주는 흥미를 따진다면 1년 뒤에 나온 《할렘가의 아이들》이 훨씬 더 볼 만하다. 흑인들이 거리 가로등에서 전력을 끌어와 버려진 아파트에서 블록 파티(block party, 가곽 주민끼리 벌이는 잔치)를 즐기는 모습도 확인할 수 있으며, 믹스테이프를 제작하는 양상이 《와일드 스타일》보다는 더 구체적으로 드러나고, 죽은 친구를 위해 추모 공연을 여는 마지막 장면은 제시카 알바 주연의 2003년 영화 《허니》에서 오마주로 나타나기도 했다. 록 스테디 크루와 뉴욕 시티 브레이커스의 클럽 배틀 신은 수많은 비보이에게 길이 기억되는 명장면 중 하나가 됐다. 주인공의 내적 갈등이라든가 애정 관계를 다루는 것도 한결 섬세해진 영화였다. 랩, R&B, 신스팝 등 다양한 장르를 아우른 사운드트랙도 더 들을 만하다.

그럼에도 《와일드 스타일》은 많은 힙합 영화를 제치고 언제나 우위에 선다. 이 작품을 통해서 많은 사람이 힙합 문화를 인지하게 됐으며 힙합이 더욱 널리 전파될 수 있었기 때문이다. 이것이 영화와 사운드트랙을 힙합과 대중음악 역사에서 항구적으로 거론하게끔 하는 주요인이다.

The Album

MANTRONIX
MANTRONIX
MANTRONIX

커티스 맨트로닉(Kurtis Mantronik)
엠시 티(MC Tee)

Artist: Mantronix
Album Title: Mantronix: The Album
Release Date: 1985-00-00
Label: Sleeping Bag Records

01. Bassline

02. Needle To The Groove

03. Mega-Mix

04. Hardcore Hip-Hop

05. Ladies

06. Get Stupid "Fresh" Part 1

07. Fresh Is The Word

드럼 머신의 활용, 일렉트로 합 시대의 개막

1980년대에 접어들면서 빠르게 보급된 드럼 머신으로 힙합 음악은 작법의 비약적 진보를 이뤘으며 동시에 곡에 세련미와 복잡성을 부여하게 되었다. 다층적인 리듬 만들기가 수월해졌고 깔끔하면서도 무게감이 느껴지는 비트를 빚는 게 가능해진 것이다. 뿐만 아니라 창작자는 원하는 대로 여러 가지 효과를 가해 얼마든지 색다른 소리를 제조할 수 있게 됐다. 이제는 굳이 디스코와 펑크 음악에서 소스를 추출할 필요가 없다는 선언이나 다름없었다. 전기기타와 신시사이저가 록 음악계에 엄청난 지각변동을 유발했듯 드럼 머신은 힙합에 새로운 국면을 열어주었다.

일대 변화는 일렉트로 펑크 시대의 수장이었던 잽, 1981년에 「Let's Get Crackin'」을 취입한 쇼크, 같은 해 「Alleys Of Your Mind」로 주목받았던 사이보트론 같은 뮤지션들에 의해 촉발됐다. 뒤이어 아프리카 밤바타의 획기적인 싱글 「Planet Rock」이 거리와 차트를 활보하면서부터 랩 음악에서도 드럼 머신을 적극적으로 이용해 제작한 곡들이 나오기 시작했다. 힙합이 방법론의 확장을 맞이한 순간이었다.

당시 드럼 머신의 혜택을 받은 힙합은 월드 클래스 레킹 크루 같은 초기 일렉트로닉 브레이크비트나 캡틴 랩처럼 일렉트로 펑크의 반주 위에 랩을 하는 경우가 많은 편이었다. 바로 전자음악과 힙합의 퓨전인 일렉트로 합(electro hop)이 창성한 것이다. 대중도 강한 비트를 탑재한 새로운 랩 음악에 민감하게 반응했고 그 장르는 1980년대를 수놓았다.

맨트로닉스의 데뷔 음반 『Mantronix: The Album』은 전자음악과 힙합을 아우르고 이 두 장르의 간극을 좁히며 랩을 내실 있게 이행함으로써 힙합의 진일보를 이룩한 작품이다. 앨범에 담긴 곡들은 사실상 힙합의 정형이었으나 한편으로는 일렉트로 펑크의 잔향도 겸해 둘의 균등한 화합을 실현했고 「Bassline」, 「Hardcore Hip-Hop」에서 보이는 것처럼 반주에 싱코페이션을 두루 갖추고 복합적인 리듬을 연출해 탄탄한 조직력을 획득했다. 비트를 만드는 사람이나 프로듀서들에게 이들의 앨범은 본보기일 수밖에 없었다.

그룹의 음악감독 커티스 맨트로닉은 드럼 머신과 신시사이저를 이용해 다양한 음원과 리듬을 정교하게 혼방했고 역동성을 구축했다. 덕분에 맨트로닉스의 음악은 브레이크댄서들에게 지대한 사랑을 받았고 클럽에서 더욱 열렬한 환호를 얻었다. 또한, 「Needle To The Groove」에 나타나는 보코더(vocoder, 목소리의 주파수 성분을 변화시켜 가수의 음성을 기계음처럼 바꾸는 이펙터와 악기)로 윤색한 코러스는 미끈함을 확보하면서 랩 음악의 또 다른 형상을 제안했다.

앨범은 힙합에서 댄서블한 곡 만들기를 골똘히 힘쓴 시험장이었고 리듬 레이어링을 모색해 작법상의 발전을 일으키게 한 일종의 자극제였다. 기존에 나온 곡을 자재로 들여 곡을 짓지 않아도 된다는 것을 증명했다는 의미도 있다. 게다가 1980년대 초중반 동부 힙합 신에 불었던 일렉트로 합 유행을 주동하기도 했다. 그 역사성과 시대성 안에서 『Mantronix: The Album』은 확실한 명작으로 남아 있다.

Artist: LL Cool J
Album Title: Radio
Release Date: 1985-11-18
Label: Def Jam Recordings

01. I Can' t Live Without My Radio

02. You Can' t Dance

03. Dear Yvette

04. I Can Give You More

05. Dangerous

06. Rock The Bells

07. I Need A Beat

08. That' s A Lie

09. You' ll Rock

10. I Want You

05

엘엘 쿨 제이의 출현, 뉴 스쿨 힙합의 시작

  힙합 역사는 엘엘 쿨 제이의 데뷔작을 결코 외면할 수 없다. 이 앨범으로 인해 랩 음악의 르네상스가 본격적으로 시작되었으며 힙합은 음악 산업의 한 축으로 성장하게 됐다. 이에 더해 래퍼가 자신을 특징화해서 독자적인 이미지를 구축할 수 있음을 보여줬고 가사, 언어 표현에서 다양화를 도모하게 됐다. 일련의 공적이 힙합의 변화 흐름과 절묘하게 맞아떨어지면서 『Radio』는 단연 기념비적인 작품이 됐다. 그래서 역사는 이 앨범을 나이테 한쪽에 새길 수밖에 없는 것이다.

  시기와 내력에 관한 부분 말고도 앨범은 이전까지 힙합 음악 작법을 확 뒤엎어 버릴 만큼 새롭고 강렬한 반주의 완성으로 진가를 인정받는다. 신시사이저 위주의 예리한 악곡도 아니었고, 피 펑크(p-funk, 조지 클린턴이 이끌었던 펑크 밴드 팔러먼트와 펑카델릭의 이름에서 연유한 펑크의 하위 장르로 몽환적인 키보드와 혼 섹션, 묵직한 드럼 라인이 특징) 기를 불어넣은 것도, 디스코의 경쾌한 리듬을 대거 빌린 반주도 아니었다. 프로듀서 릭 루빈은 기름기를 쫙 거둬내 단순하면서도 세찬 음악을 선보이고자 했다.

　그는 한편으로 힙합과 록의 크로스오버를 시도해, 전에 흔하지 않던 참신한 양식을 창조했다. 날카로우면서도 무게가 느껴지는 기타 사운드를 덧댄 「Rock The Bells」나, 약간의 록의 향취가 감지되는 「That's A Lie」가 그러했다. 펑크(punk) 밴드에서 기타리스트로 활약했던 릭 루빈의 다른 쪽 뿌리가 엿보이는 곡들이었다. 이 노래들 덕분에 앨범은 랩 록의 초창기 작품으로도 존재감을 드높이고 있다.

　엘엘 쿨 제이는 어린 나이였지만 자신만만한 언어로 굳센 형상을 가공해보였다. 이를테면 본인의 실력을 부풀려 과시하는 허풍선이로 자기를 포장하는 태도였다. 또한 도심지에 사는 젊은이들의 생활과 비보이를 소재로 흑인 문화에 밀착한 랩을 들려줘 주제를 확장했다. 자기가 최고의 실력자임을 자처하는 「I Can't Live Without My Radio」와 「Rock The Bells」, 다른 사람의 춤이 별로라며 깔보는 「You Can't Dance」가 대표적이다.

　다수의 마음에 깊게 꽂힌 것은 따로 있었다. 사랑하는 이를 향한 구애가歌 「I Can Give You More」와 「I Want You」가 여성에게 먹힌 것이었다. 이제 여자들은 신나는 음악으로만 간주되던 힙합에서 연애, 사랑에 대한 환상을 가질 수 있게 됐다.

　발라드 힙합의 시초로 인식되는 이 노래들을 통해서 엘엘 쿨 제이는 힙합 진영에서 여성 팬들을 타깃으로 한 최초의 섹스 심벌로 등극했다. 'Ladies love cool James.' 라는 문장의 이니셜로 지은 이름이 더 빛난 순간이었다.

　앨범은 힙합이 올드 스쿨 시대를 마감하고 뉴 스쿨로 옮겨가는 시점에서 배턴을 이어받은 주자였다. 디스코 리듬 대신 드럼 머신으로 엮은 반주의 대대적 도입, 파티와 놀이에서 생활에 관한 내용이 주를 이루던 노랫말, 래퍼들 캐릭터와 태도의 다양화 등이 이 시기 힙합의 특징이기 때문이다.

　이에 더해 힙합 역사상 최초의 히트곡 「Rapper' s Delight」를 배출한 슈거힐 레코드사가 폐업하고 데프 잼이 신흥으로 부상하던 때였으며 힙합이 시장성 있는 음악임을 거듭 주장하던 무렵이었다. 이렇듯 산업적인 면에서도 변화가 목격된 때였다. 이 모든 흐름과 양상이 『Radio』에 담겨 있다.

Raising Hell

조셉 시먼스(Joseph "Run" Simmons)
대릴 맥다니엘스(Darryl "D.M.C." McDaniels)
잼 마스터 제이(Jam – Master Jay)

Artist: Run – D.M.C.
Album Title: Raising Hell
Release Date: 1986-07-18
Label: Profile Records

01. Peter Piper
02. It' s Tricky
03. My Adidas
04. Walk This Way
05. Is It Live
06. Perfection
07. Hit It Run
08. Raising Hell
09. You Be Illin'
10. Dumb Girl
11. Son Of Beyond
12. Proud To Be Black

힙합의 대중화에 공헌한 기록의 앨범

　수많은 역사를 쓴 앨범이었다. 빌보드 앨범 차트 10위권 안에 처음 진입한 랩 음반이었고 50만 장과 100만 장 이상 판매량을 올린 지난 두 앨범에 이어 300만 장 이상 판매돼 그룹을 골드, 플래티넘, 멀티 플래티넘 기록을 모두 보유한 최초의 힙합 뮤지션으로 등극하게 했다. 「Walk This Way」는 4위, 「You Be Illin'」은 29위에 올라 런 디엠시는 한 앨범의 수록곡 중, 두 곡 이상을 빌보드 싱글 차트 40위 안에 들여놓은 최초의 랩 아티스트가 됐다. 「Walk This Way」의 뮤직비디오는 MTV에서 내보낸 최초의 랩 음악 비디오였다. 『Raising Hell』은 말 그대로 '역사적인' 앨범이었다.

　노래와 앨범의 성공행진 덕분에 힙합은 비로소 주류 대중음악 궤도에 안착했다. 이때까지만 해도 많은 이가 랩을 그냥 잠깐 반짝하고 사라질 유행쯤으로 생각하고 있었다. 하지만 차트의 여러 갈래를 장악하고 많은 판매량을 기록함에 따라 랩 음악에 대해 회의적이었던 사람들의 편견이 깨지기 시작했으며 다수에게 큰 인기를 얻는 장르가 될 수 있다는 낙관적인 전망을 품게 할 수 있었다. 『Raising Hell』은 랩의 대중화에 혁혁한 공을 세운 작품이다.

역사 개척의 선두에 선 것은 하드록 밴드 에어로스미스의 동명 히트 곡을 샘플로 쓴 「Walk This Way」였다. 음악계에서 지분이 크지 않았던 랩 음악이 메인스트림을 지배하던 록과 만나면서 상승효과를 냈다. 또한, 백인의 것으로 인식되던 하드록과 흑인들의 랩이 결합해 「Walk This Way」는 흑백의 화합으로도 여겨졌다. 서로를 가르고 있던 벽을 허물고 마지막에는 어깨동무까지 하면서 노래를 부르는 뮤직비디오 역시 융화를 상징했다.

다른 수록곡들에서도 위세는 계속 유지된다. 올드 스쿨 브레이크비트를 표방한 반주와 잼 마스터 제이의 턴테이블 연주가 다이내믹한 분위기를 형성하는 「Peter Piper」, 록 그룹 낵의 히트곡 「My Sharona」의 기타 리프를 빌려와 인상적인 훅을 완성한 「It's Tricky」, 1980년대 후반 코미디언 장두석과 이봉원이 한 개그 프로그램에서 배경음악으로 사용해 국내 대중에게도 친숙한 「You Be Illin'」 등 처음부터 끝까지 힘이 넘친다.

앨범을 프로듀싱한 러셀 시먼스는 『Raising Hell』을 '비보이 앨범'이라고 정의했다. 공격적이고 날카로운 스크래칭 사이에서 두 엠시는 속도감 있게 랩을 주고받는다. 또한, 키보드 위주의 편집보다는 단호한 전기기타 리프를 배치함으로써 빠르기와 강세를 전면에 나오게 했다. 랩과 록이 맞물린 하이브리드 음악을 제작하는 동시에 흑인들의 길거리 문화까지 포괄하려는 욕심이 응결된 작품이었다.

많은 매체가 아낌없는 찬사를 보내며 지구촌 곳곳의 힙합 마니아들이 『Raising Hell』을 최고의 랩 앨범 중 하나로 꼽는 것은 이런 이유에서다. 런 디엠시는 두 명의 엠시와 한 명의 디제이라는 구성으로 타이트한 힙합을 선보였고 록의 문법을 차용해 신선한 변신을 계획함은 물론 랩 음악의 대중화에도 지대한 공을 세웠다. 이후 림프 비즈킷, 린킨 파크, 키드 록 같은 랩 록, 랩 메탈 밴드가 출현하는 데에도 기반이 되었다. 이 앨범을 통해 힙합이 진보, 성장했음은 주지의 사실이다. '역사적'이라는 수식이 붙어야 합당하다.

Licensed To Ill

애드 록(Ad-Rock)
마이크 디(Mike D)
엠시에이(MCA)

Artist: Beastie Boys
Album Title: Licensed To Ill
Release Date: 1986-11-15
Label: Def Jam Recordings

01. Rhymin & Stealin

02. The New Style

03. She's Crafty

04. Posse In Effect

05. Slow Ride

06. Girls

07. Fight For Your Right

08. No Sleep Till Brooklyn

09. Paul Revere

10. Hold It Now, Hit It

11. Brass Monkey

12. Slow And Low

13. Time To Get Ill

흑인사회의 불신과 편견을 깬
위대한 백인 랩 뮤지션의 등장

유태인 집안의 부유한 백인 청년들 비스티 보이즈가 펑크(punk)의 세례를 받고 음악계에 입교했을 때, 이들을 특별한 존재로 보는 이는 별로 없었다. 많은 10대가 그러하듯 그들 역시 음악에 대한 괜한 호기심으로 마음 맞는 친구들끼리 조잡한 합주나 하는 평범한 무리로밖에 여겨지지 않았다. 하지만 1983년 『Cooky Puss』에 수록된 동명의 노래로 힙합을 시도하고 2년 뒤 에이시디시의 「Back In Black」을 차용한 랩 음악 「Rock Hard」를 발표하면서부터 사람들의 시선은 점차 달라지기 시작했다. 백인 청년들이 랩을 하자 그 모습이 사람들 눈에 생소하고 신기하게 보인 것이었다.

정규 데뷔작 『Licensed To Ill』을 출시할 당시 이들을 향한 힙합 진영의 시선은 신기함에서 매서움으로 바뀌어 있었다. 랩을 백인들이 가로채는 게 아닌가 하는 일종의 위기감 때문이었다. 일각에서는 비스티 보이즈를 '문화 약탈자'라며 비난했다. 이때까지만 해도 힙합 커뮤니티는 백인이 랩을 하는 것에 대해 그리 관대하지 못했다.

일부에서 일어난 그룹의 힙합으로의 입회를 불허하는 제스처에도 불구하고 세 멤버는 누구보다 당당하게 음악계에 진출했다. 헤비메탈에서 추출한 강렬한 기타 리프와 예리하면서도 역동적인 음악은 록 애호가들을 아울렀고 거기에 가식 없는 날것 그대로의 랩과 비보이 문화에 대한 언급은 힙합 마니아들의 관심을 부추겼다. 대중음악의 핵심 수요층인 10대와 20대의 공감을 사는 내용, 더불어 비스티 보이즈가 갖는 음악적 복합성은 힙합뿐만 아니라 전체 팝 음악 진영의 빗장을 차차 풀게 했다.

빌보드 싱글 차트 7위에 오른 「Fight For Your Right」는 랩과 록의 전통문법을 유지하는 완벽한 합일, 랩코어(rapcore)의 모범을 제시했고, 「No Sleep Till Brooklyn」은 이들의 태생적 중혼을 겸허히 받아들여야 할 정도로 랩과 헤비메탈의 아름다운 하모니를 선사하며, 「The New Style」을 통해서는 릭 루빈의 기성품과 펑크 샘플을 짜 맞춰 긴장감 있는 구성을 선보였다. 일부의 사나웠던 거부반응이 무색해질 만큼 그룹은 흑과 백을 모두 포섭하는 음악으로 힙합 신을 넘어 미국 대중음악의 핫 아이콘으로 등극했다.

비스티 보이즈는 자신들이 흑인들의 문화를 침범한다는 말을 듣는다고 해서 고개를 조아리거나 애써 그들의 형편을 헤아리려고 노력하지 않았다. 이제 막 약관을 넘긴 여느 젊은이들과 크게 다를 바 없이 파티를 예찬하며 즐길 것과 이성을 찾았다. 덕분에 무겁지 않은 내용과 유희에 관심을 두는 음악팬들에게 지지를 얻기가 수월했다.

발동하는 대로 방치한 장난스러운 태도, 재미에 몰두하는 내용, 랩과 록의 크로스오버로 이룬 펑키함과 박력은 동시대 청춘들의 찬동을 구했고, 그로써 '1980년대 가장 많이 팔린 랩 앨범'이라는 타이틀을 거머쥐며 막강 화력을 과시했다. 그것을 몹시 언짢은 일시적 대유행으로 생각한 이도 많았다. 하지만 발표하는 앨범마다 명반의 대열에 오르며, 미국 내에서만 2천만 장 이상의 판매량을 기록하고, 사반세기에 달하는 긴 기간 동안 장수하는 힙합 팀이 됨으로써 그들을 둘러싼 우려와 불만을 말끔히 떨어 없앴다. 지속적인 실험정신과 뛰어난 작품성이 이룬 위대한 업적이었다.

Criminal Minded

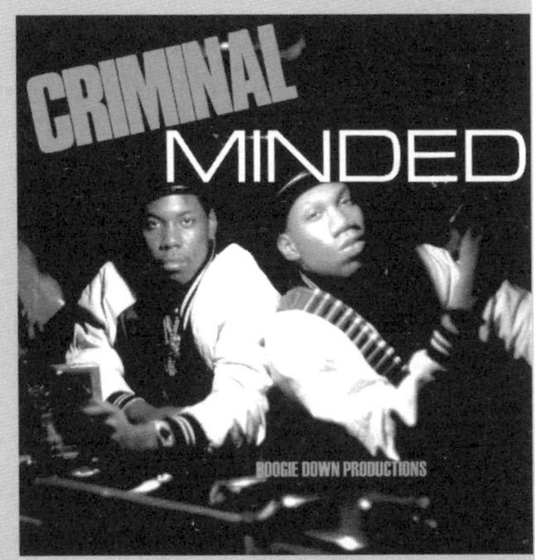

케이알에스 원(KRS-One)
스콧 라 록(Scott La Rock)

Artist: Boogie Down Productions
Album Title: Criminal Minded
Release Date: 1987-03-03
Label: B-Boy Records

01. Poetry

02. South Bronx

03. 9mm Goes Bang

04. Word From Our Sponsor

05. Elementary

06. Dope Beat

07. Remix For P Is Free

08. The Bridge Is Over

09. Super-Hoe

10. Criminal Minded

08

회개했습니다, 다시는 그러지 않겠습니다

재킷 표지에서부터 무시무시함이 풍긴다. 사진 속 멤버들은 약간의 빛만 들어오는 어두컴컴한 장소에서 권총을 들고 탄띠를 두른 채 카메라를 응시하고 있다. 타이틀마저도 '범죄자 심리'라니, 노래에서 이들이 호전적인 내용을 내뱉으리라 예상되는 것이 마땅했다.

살벌한 이야기는 「9mm Goes Bang」이 대표한다. 마약상 피터는 화자가 자신의 여자 친구를 넘봤다며 성을 냈고 화자는 그와 다툼 끝에 총을 쏴 그를 죽인다. 며칠 후 피터의 패거리가 복수하려 하지만 화자가 그들마저 모두 총으로 죽인다는 내용이다. 주인공은 총을 휘두르는 데 머뭇거림이 없으며 그의 행동에는 일말의 죄의식도 나타나지 않는다. 1인칭 시점으로 사실감 있는 스토리를 전개하는 이 노래는 도덕성 따위는 안중에도 없는 악랄한 범죄자의 표상에 지나지 않았다.

어떤 여자든 가리지 않고 섹스에만 열을 쏟는 난봉꾼의 생활을 그린 「Super-Hoe」, 마약에 중독된 매춘부와 만난 이야기를 전하는 「Remix For P Is Free」에서도 얼굴 붉힐 줄 모르는 과감한 표출은 이어진다. 「Criminal Minded」에서 자신들이 이런 내용을 말하는 것은 폭력을 부추기기 위함이 아니라 단지 재미있게 놀려는 의도라고 하지만 앨범의 반절 이상은 폭력성과 선정성이 농후했다.

괄괄한 행동은 다른 노래에서도 등장한다. 「South Bronx」로는 힙합이 정말 퀸스브리지에서 시작됐다고 생각하느냐며 그런 말을 브롱크스에서 했다간 죽은 목숨이라고 위협한다. 「The Bridge Is Over」에서는 브롱크스는 무언가를 꾸준히 창조하지만 퀸스브리지는 날조하기 바쁘다고 지역 간 불화를 일으킨다. 이 두 곡에서 케이알에스 원의 싸움닭 같은 모습은 극에 달했다.

이것이 바로 힙합 역사의 한 편을 장식하는 유명한 '디스(diss, disrespect의 줄임말로 특정 인물을 비방하거나 폄하하려는 목적에서 취하는 행동, 또는 그런 의도로 만든 노래)' 전戰 중 하나인 '브리지 전쟁'의 발단이었다. 엠시 샨은 1986년에 발표한 「The Bridge」에서 동료들과 랩을 하던 날들을 회상하며 고향인 퀸스브리지를 찬양했다.

하지만 퀸스브리지에서 그들이 힙합을 하기 시작했다는 가사가 힙합의 본고장이 브롱크스라는 사실을 날조한 것으로 곡해되면서 브롱크스 출신인 케이알에스 원에게 공격 대상이 됐다.

이전에 부기 다운 프로덕션즈가 홍보를 위해 데모 테이프를 갖고 인기 라디오 디제이인 미스터 매직을 찾아갔지만 단칼에 거절당한 일이 있었기에 복수심은 더할 수밖에 없었다. 미스터 매직이 엠시 샨과 같은 퀸스브리지 힙합 집단 주스 크루의 멤버였던 터라 자신들의 음악이 무시당한 데 대한 앙갚음으로도 격발한 것이었다. 두 진영의 디스 공수는 몇 해 동안 계속되었다.

섹스와 총격전, 맞수에 대한 비난이 가득한 『Criminal Minded』는 동부 갱스터 랩의 시작으로 간주된다. 철학자를 꿈꾸며 여느 래퍼들과는 달리 사회적인 사안을 주제로 삼았던 케이알에스 원의 엠시로서의 초창기 모습과는 완전히 딴판이었다.

하지만 얼마 후, 동료 스콧 라 록이 동네 불량배들이 쏜 총을 맞고 사망하자 케이알에스 원은 호전적 지향을 버리고 사회적 각성을 요하는 내용을 전파하게 됐다. 『Criminal Minded』는 그가 회개하기 전 처음이자 마지막 탈선이었다.

Paid In Full

에릭 비(Eric B.)
라킴(Rakim)

Artist: Eric B. & Rakim
Album Title: Paid In Full
Release Date: 1987-06-07
Label: 4th & Broadway Records

01. I Ain' t No Joke

02. Eric B. Is On The Cut

03. My Melody

04. I Know You Got Soul

05. Move The Crowd

06. Paid In Full

07. As The Rhyme Goes On

08. Chinese Arithmetic

09. Eric B. Is President

10. Extended Beat

09

운율의 범위를 확장한 명석한 라임

대중음악에서 가사는 한 편의 시詩나 마찬가지다. 그 때문에 노랫말을 쓸 때, 운율강조의 기본이 되는 각운 맞추기를 간과하지 않는다. 미국 대중음악의 본격적인 시작이 된 틴 팬 앨리(Tin Pan Alley) 시대부터 21세기를 넘긴 시점까지 대부분 노래가 각운을 불가결 요소로 품어온 사실은 그것의 긴요함을 확증한다. 영문을 알 수 없다고 할 때 주로 쓰는 '운도 이치도 맞지 않는(neither rhyme nor reason)' 이라는 표현은 말과 글의 논리성을 중시하는 미국 사람들의 보편적인 가치관을 나타내는 것일 뿐만 아니라 노래에서 운을 맞추는 작업도 중대함을 알려주는 말이기도 하다.

라임은 다른 노래들에 비해 비교적 긴 가사를 가지고 있으며 그렇게 글로 작성된 이야기를 입 밖으로 내보내는 과정이 특수화된 랩 음악에서 더욱 두드러졌다. 디제이 옆에서 추임새를 넣던 엠시들이 어느 순간부터 완결된 문장을 사용하기보다는 운을 맞추는 일에 더 신경을 쓴 것이 라임 구사의 발단이었다. 이는 빠른 템포의 음악이 흐르는 중에 간편하고 효과적으로 이야기를 전달하고자 한 언어의 경제성 측면도 있으나 언어의 율동성도 살림으로써 음악이 형성하는 경쾌함을 배가하려는 의도 때문이기도 했다. 이후 멜리 멜, 티 라 록, 비지 비 스타스키처럼 유창하고 말끔한 라임을 펼친 래퍼들의 등장으로 라임 구성의 형식미와 방법론은 빠르게 진보해갔다.

그들이 새로운 국면을 개척한 인물의 다는 아니었다. 에릭 비 앤 라킴의 엠시 라킴은 다리운에 한정되었던 라임 조성을 문장 가운데에도 배열함으로써 운율의 범위를 확장했다. 랩 음악 최초의 요운腰韻(internal rhyme)이 탄생한 것, 랩의 일대 혁신이었다. 이 때문에 그룹의 데뷔작 『Paid In Full』은 힙합 역사상 영향력 있고 길이 기념할 만한 작품 중 하나로 늘 꼽힌다.

라킴의 래핑은 이전의 올드 스쿨 래퍼들에 비해 표면상으로 다소 재미가 떨어졌다. 슈거힐 갱과 커티스 블로는 하이 톤의 발랄함으로 무장했으며 런 디엠시는 박력 있는 보컬을 들려줬던 반면에 라킴의 래핑은 조금의 흥분함 없이 차분한 어조로 일관했다. 하지만 요운을 통해 라임의 출현 빈도를 높임으로써 청취자가 가사에 집중하고 주의를 기울일 수 있게끔 했으며 랩의 유연성을 한층 증가시켰다. 라임을 알맞은 자리에 넣었을 때 사람들의 이목을 더 끌 수 있으며 진행을 매끄럽게 해준다는 라킴의 암묵적 주장을 후배 래퍼들은 수긍해야만 했다.

오직 라킴에게만 힙합의 명편을 완성한 공이 돌아가지는 않는다. 팀의 디제이 에릭 비는 제임스 브라운으로부터 뽑은 펑크 샘플 위주로 직조한 무겁고, 어두운, 그러나 더러 펑키한 비트로 라킴의 랩이 광이 나도록 했다. 그의 이러한 샘플링 활용은 랩 음악이 올드 스쿨 시대를 지나오면서 펑크에 열렬히 구애한 행적의 발단이 되기도 했다.

앨범은 향후 후배가 될 래퍼들과 예비 디제이들에게 강한 인상을 남겼으며 큰 영감을 줬다. 랩은 정밀화 과정을 거치고, 비트는 펑크를 주요 샘플로 해서 본격적인 레이어링 구조를 갖추게 된 까닭이다. 힙합 음악의 기능적 성장 또 하나가 『Paid In Full』에서 실현된 것이었다.

How Ya Like Me Now

Artist: Kool Moe Dee
Album Title: How Ya Like Me Now
Release Date: 1987-11-00
Label: Jive Records

01. How Ya Like Me Now

02. Wild Wild West

03. Way Way Back

04. 50 Ways

05. No Respect

06. Don' t Dance

07. I' m A Player

08. Suckers

09. Stupid

10. Rock You

11. Get Paid

10

대중성에 대한 열정과 동료에 대한 냉정 사이

쿨 모 디는 힙합이 태동하던 시기에 3인조 랩 그룹 트리처스 스리로 활동하며 힙합의 융성을 주도한 중요인물로 대중음악 역사에 기록된다. 그의 존재감을 드높이는 사항은 그것이 1순위는 아니다. 그는 빠르면서도 유창한 래핑, 복잡한 라임 전개를 통해 티 라 록, 멜리 멜, 지미 스파이서 등과 함께 랩의 기능적 업그레이드와 언어적 발전을 견인한 이로 여겨진다. 랩 음악이 빨리 유아기를 지날 수 있게 한 위인 중 하나였다.

단 한 장의 정규 앨범을 끝으로 그룹 활동은 조기 마감되었으나 1986년 발표한 동명의 데뷔 앨범은 솔로 아티스트로서의 성공적인 착수를 가능하게 했다. 발군의 래핑실력은 물론이며 코카인의 해로움을 여러 방향으로 접근해 설명하는 「Monster Crack」, 성병에 걸린 상황을 서술하는 「Go See The Doctor」 등을 통해 재치 있는 이야기꾼으로서의 재능을 과시했다. 강렬한 파티 트랙 「Rock Steady」나 자신을 섹시 아이콘으로 묘사하는 「Do You Know What Time It Is?」처럼 대중이 친근해 할 노래도 구비해 성공의 기초를 닦았다.

1집으로 얻은 대중의 신뢰는 두 번째 음반 『How Ya Like Me Now』의 흥행으로 이어졌다. 본인이 최고의 래퍼임을 천명하는 「How Ya Like

Me Now」와 1999년에 윌 스미스가 출연한 동명의 영화 사운드트랙에 샘플로 쓰인 「Wild Wild West」가 싱글 차트, R&B/힙합 싱글, 댄스음악 차트 상위권에 고루 위치하며 히트를 도왔다. 1988년 말에는 미국 음반 산업 연합(Recording Industry Association Of America, RIAA) 집계로 플래티넘을 달성하는 성과도 이뤘다.

데뷔작의 전반적인 반주가 드럼 머신과 신시사이저 소스를 활용해 만들어진 것과 달리 2집은 그것들의 이용을 지속하는 가운데 소울, 펑크, 록 음악에서 가져온 음원으로 샘플링을 병행함으로 편곡 방식에 변화를 줬다. 이로 인해 건조함은 누그러지고 대신 펑키함과 친숙함이 배가됐다. 대중 친화적인 음악을 선보이게 된 것이었다.

무엇보다 앨범의 가장 큰 관심사는 엘엘 쿨 제이를 향한 디스였다. 쿨 모 디는 앨범 재킷 커버에서부터 엘엘 쿨 제이를 도발했다. 이를 문 채 주먹을 꽉 쥔 모습 뒤로 그의 지프가 빨간색 캉골(Kangol) 모자를 짓밟은 사진이 공격 대상을 명확히 한다. 빨간색 캉골 모자는 엘엘 쿨 제이의 트레이드마크이기 때문이다. 쿨 모 디는 엘엘 쿨 제이가 자신의 스타일을 훔쳤다고 주장하면서 1집에서부터 그에게 디스를 가했다. 이번에는 앨범 재킷 사진에서까지 그에 대한 격분을 드러냈고 「How Ya Like Me Now」에서는 제임스 브라운을 말한 뒤 또 다른 제임스(엘엘 쿨 제이의 본명)를 이야기하면서 살살 약을 올렸다.

공방은 꽤 오래갔다. 엘엘 쿨 제이와 쿨 모 디는 신보를 낼 때마다 서로를 공격하는 노래를 수록했다. 쿨 모 디가 1994년 다섯 번째 작품 『Interlude』를 끝으로 긴 휴면에 들어가면서 지난한 전쟁은 종결 국면에 접어들었지만 그 누구도 승자라고 할 수 없었다. 힙합 애호가들에게 이슈로 작용했을 뿐, 힙합 음악계 전체나 각자에게 좋은 영향을 미친 것은 아니었다. 소모적인 소통이란 어떤 것인지를 이들은 1980년대와 90년대에 걸쳐 힘들여 보여주고 있었다.

It Takes A Nation Of Millions To Hold Us Back

척 디(Chuck D)
플레이버 플레이브(Flavor Flav)
터미네이터 엑스(Terminator X)
프로페서 그리프(Professor Griff)

Artist: Public Enemy
Album Title: It Takes A Nation Of Millions To Hold Us Back
Release Date: 1988-04-14
Label: Def Jam Recordings

01. Countdown To Armageddon
02. Bring The Noise
03. Don' t Believe The Hype
04. Cold Lampin' With Flavor
05. Terminator X To The Edge Of Panic
06. Mind Terrorist
07. Louder Than A Bomb
08. Caught, Can We Get A Witness?
09. Show 'Em Whatcha Got
10. She Watch Channel Zero?!
11. Night Of The Living Baseheads
12. Black Steel In The Hour Of Chaos
13. Security Of The First World
14. Rebel Without A Pause
15. Prophets Of Rage
16. Party For Your Right To Fight

11

힙합으로 승화한 블랙 파워 정신

퍼블릭 에너미는 자신들의 이야기를 분명히 전달할 수 있도록 화법과 톤을 상대에게 맞췄다. 대화 대상은 흑인들을 업신여기는 백인들과 약자를 신경 쓰지 않는 무책임한 정부였으며, 국민을 기만하는 국가였다. 흑인들의 얘기에는 귀 기울이지 않는 이들, 여전히 고압적인 자세로 일관하는 사회와 체제가 반응을 보이게끔 강한 소리를 냈다.

국가정보기관이 거짓말을 일삼지만 그들보다 자신들이 더 무서운 존재라며 공격의 칼날을 세우는 「Louder Than A Bomb」이라든가 혁명을 개시하기에 앞서 사나운 기세로 으름장을 놓는 「Rebel Without A Pause」, 진실을 왜곡하는 언론에 위협의 언사를 내비치는 「Don't Believe The Hype」가 대표적이다. '우리를 저지하려면 수백만 국민이 있어야 한다.' 라는 앨범 타이틀 역시 투쟁선언문이라 할 만큼 담대함과 기개로 충만하다.

후에 헤비메탈 밴드 앤스랙스와의 협업을 통해 랩 메탈의 클래식으로 자리매김한 「Bring The Noise」는 흑인들의 봉기를 종용하는, 그야말로 투쟁가에 가깝다. 흑인들이 힘을 모으면 승리할 것이라고 사기를 북돋우고, 행동으로 뭔가를 보여줘야 한다면서 다함께 일떠설 것을 부르짖는다.

이들이 이렇게 거센 언어를 펼친 데에는 당시 미국사회상과 연관이 깊다. 특히, 중산층과 빈민층으로부터 세금을 거둬들여 기업들을 활성화하고 생산력과 이윤을 높이는 기업중심의 경제정책 '레이거노믹스'의 폐해가 주요인 중 하나였다. 이 시스템으로 부의 양극화가 초래됐고, 군비는 확장하면서 사회복지재정은 감축한 탓에 국가에서 나오던 원조마저 못 받는 이들이 늘어났다. 일련의 부정적 영향을 고스란히 떠안은 이들은 대부분 흑인이었다. 나라에 대한 흑인사회의 원성을 퍼블릭 에너미가 크게 폭발시킨 것이었다.

그룹의 이 같은 태도에는 다른 부분도 작용했다. 흑인들이 힘을 키워야 한다고 주장한 이슬람 연합의 지도자 루이스 파라칸을 언급하는 것이나 「Party For Your Right To Fight」에서 1966년 창단된 흑인무장단체 흑표범당을 암시하는 가사가 그렇다. 앨범에 복류하는 항거정신, 백인을 향한 분노의 체현은 여기에서도 비롯되었다.

척 디의 중저음 래핑은 강건하고도 준엄한 메시지에 힘을 실었다. 그는 낮은 톤으로 무게감을 가지면서도 거침과 첨예함을 겸비해 위압감을 제공했다. 노래에서 추진력과 굳센 기상이 느껴진 것은 척 디의 옹골지고 단단한 래핑 덕분이라고 해도 과언이 아니다.

앨범의 위용은 정치적 성향과 랩을 통한 그것의 효과적 표출 말고도 더 있다. 프로듀싱 팀 밤 스쿼드가 주조한 반주는 새로운 형상의 사운드를 제시해 힙합 진영에서 남다른 의미를 갖는다. 갖가지 펑크 음원을 대용해 이룬 역동적인 리듬과 샘플의 변동, 자극적인 턴테이블 연주, 실황에서 뽑은 음성이 빈번하게 등장함으로써 번잡한 상황을 지속했다. 듣는 이로 하여금 가두시위나 공연현장에 나와 있는 듯한 느낌을 들게 하려는 전략이었다.

가사, 랩, 반주가 모두 하나로 합심한 작품이었다. 내용은 흑인들의 울분과 존엄성의 표함이었으며 이를 래핑과 비트가 지지하고 빛내줬다. 음악적인 견고함과 신선미를 겸해 퍼블릭 에너미의 목소리는 더 크게 울렸다. 1960년대 블랙 파워 정신을 힙합으로 재현한 것이다.

Strictly Business

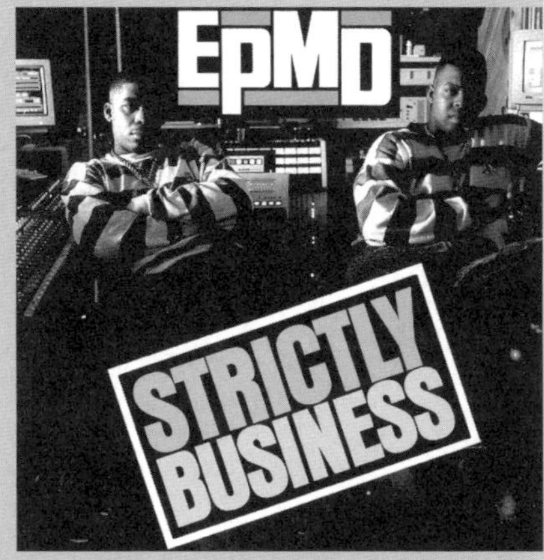

에릭 서면(Erick "E" Sermon)
패리시 스미스(Parrish "PMD" Smith)

Artist: EPMD
Album Title: Strictly Business
Release Date: 1988-06-07
Label: Priority Records

01. Strictly Business
02. I' m Housin'
03. Let The Funk Flow
04. You Gots To Chill
05. It' s My Thang
06. You' re A Customer
07. The Steve Martin
08. Get Off The Bandwagon
09. D.J. K La Boss
10. Jane

12

샘플을 잘 선택하고
그것들을 영리하게 조직한 좋은 예

이피엠디의 데뷔작 『Strictly Business』는 단조로움 안에서 멤버들의 기본기와 센스가 빛을 발한 작품이다. 누군가에게 어쩌면 도저히 견딜 수 없는 심심함을 안기는 음반이 될 수도 있겠지만 정석에 입각한 래핑과 탁월한 샘플 취사는 음악에서 나타나는 평이함을 그룹만의 특별함으로 승화시켰다. 이러한 표출은 표제처럼 '순전히 비즈니스' 나 다름없었다.

두 멤버의 음성은 모두 건조해 래핑은 무책임하고 무신경한 것 같이 느껴진다. 더욱이 톤 자체도 일정하고 변화무쌍한 플로우를 타는 것도 아니다. 그러한 연유로 강약이 확실하고 속도감 있는 래핑을 선호하는 청취자에게는 즉각적인 감흥을 주기가 쉽지 않았다.

거기에서 발생하는 아쉬운 점은 정교하고 체계적인 라이밍(rhyming)으로 보완했다. 절대로 그냥 건너뛰거나 은근슬쩍 넘어가는 법 없이 마디마다 각이 딱딱 떨어지는 라임을 배열해보였다. 자로 잰 것처럼 사이즈를 맞춰 동음을 살린 각운은 듣는 이들의 흥미를 자극하는 요소가 되었다. 균일한 규격에 유려함이 넘쳐흐르는 문장의 후미는 이피엠디 사업의 효자 상품이었다.

자신들의 문법을 만드는 데 충실했으나 불안한 점은 하나 더 머무르고 있었다. 바로 훅이 없다는 것이었다. 파트별로 버스(verse)를 부르고 나면 대개 훅이나 보컬 코러스가 나오기 마련이지만 이들의 음악에는 그런 것이 없었다. 교차점이라든가 중간에 흥을 만드는 요소가 애초부터 희미했다. 「I'm Housin'」, 「You're A Customer」, 「The Steve Martin」 등 대부분이 제목과 동일한 가사를 몇 번 되풀이하고 만다. 이 때문에 '한 줄 코러스' 라는 신개념 후렴구 설립을 제창하기도 했으나 널리 이용될 만큼 효능을 내는 품목은 아니었다.

이 리스크는 샘플링으로 극복했다. 이피엠디는 기존에 출시된 노래의 보컬부분을 인용해 훅이 없어 생기는 공간을 채웠다. 「Strictly Business」는 에릭 클랩튼의 「I Shot The Sheriff」를, 「It's My Thang」은 마바 휘트니의 「It's My Thing」을, 「You Gots To Chill」은 쿨 앤 더 갱의 「Jungle Boogie」를 샘플로 사용했다. 짧지만 명료해서 그들의 노래와 스타일을 각인하는 데에는 효과적이었다. 훅을 샘플링이나 스크래칭에 의존함으로써 노래의 기본이 되는 절節에 더 몰입할 수 있는 동기도 장만한 것이었다.

샘플링은 코러스뿐만 아니라 악곡 전체에서 위력을 퍼뜨렸다. 이피엠디는 펑크, 소울은 물론이고 프로그레시브 록, 블루스 록, 심지어는 같은 힙합에서도 원료를 구해 샘플링의 다양화를 꾀했다. 이들이 록을 끌어다 쓰고 펑크를 주로 활용한 시초는 아니었으나 『Strictly Business』의 대대적인 방식은 다음에 나올 힙합 뮤지션들에게 중요한 용례가 되었다. 좋은 샘플을 고르는 안목과 그 재료들을 끈기 있고 깔끔하게 조합해낸 소산은 프로듀서로서의 자질도 뛰어남을 말해줬다.

일견 밋밋했을지 몰라도 에릭과 패리시가 작품 완성 방침으로 택한 정돈된 래핑과 독자적인 샘플 운용은 그런 모자란 부분을 상쇄했다. 또한, 이피엠디가 세운 법칙은 1980년대 후반이 배출한 힙합의 전형적인 모델로 굳건히 위치를 잡았다. 그들의 사업은 많은 프로듀서와 래퍼가 인수하기를 원한 장쾌한 업적이 됐다.

Artist: Big Daddy Kane
Album Title: Long Live The Kane
Release Date: 1988-06-21
Label: Cold Chillin' Records

01. Long Live The Kane

02. Raw (Remix)

03. Set It Off

04. The Day You're Mine

05. On The Bugged Tip

06. Ain't No Half-Steppin'

07. I'll Take You There

08. Just Rhymin' With Biz

09. Mister Cee's Master Plan

10. Word To The Mother (Land)

13

랩 음악의 속도 상승을 몰고 온 기폭제

빅 대디 케인의 등장으로 랩 속도는 더욱 빨라졌다. 비트는 예전 곡들의 템포보다 상승된 속력을 내고 래핑은 거기에 맞춰 함께 날쌤을 보이기 시작한 것. 이는 힙합 황금기의 개막을 선언했던 1980년대 중후반부터 랩 음악에 전면적으로 나타난 특징 중 하나였다. 쿨 지 랩, 척 디 같은 실력파 엠시들이 래핑 속도를 올리는 데 가담하는 상황에서 빅 대디 케인은 이 시기 맨 선두에서, 누구보다 눈에 띄게 가속 국면을 주도했다. 그에 의해서 힙합은 액셀러레이터를 밟게 됐다.

데뷔작 『Long Live The Kane』은 힙합의 래핑과 비트가 빨라지는 역사적 순간을 개척한 작품이다. 퀸스브리지 힙합 집단 주스 크루의 창립자이자 프로듀서인 말리 말이 제조한 비트는 비교적 빠른 템포에 이전까지와는 확연히 차이 나는 역동성으로 랩 애호가들에게 짜릿한 쾌감을 안겼으며 충만한 리듬감으로 힙합 특유의 매력을 한껏 불러 냈다. 점유율이 제일 높은 제임스 브라운의 노래를 비롯해 앨범에 쓰인 펑크 샘플들은 수록곡들을 더욱 펑키하게 가공했다.

빅 대디 케인의 음악이 속도의 시대를 열었다는 것은 「Set It Off」가 가장 잘 증명해준다. 노래의 분分당當 비트 수(beats per minute, bpm)는 118 정도로, 당시에 런 디엠시의 「Can You Rock It Like This」나 「It's Tricky」, 투 라이브 크루의 「Move Somethin'」 같은 몇몇 곡을 제외하고는 100을 넘는 랩 음악이 그리 흔하지 않았던 사정을 고려한다면 「Set It Off」는 새바람이 되기에 충분했다. 차트 진입은 못했지만 그때부터 지금까지 브레이크댄스 배틀에서 디제이들의 세트 리스트에 좀처럼 빠지지 않고 등장하는 사실은 노래가 지닌 춤에 어울리는 성질, 빠른 속도감을 단번에 일러 준다.

단지 물리적인 빠르기를 내는 데에만 전념한 것은 아니었다. 자신을 고급스럽게 치장하며 허풍을 떠는 「On The Bugged Tip」, 사랑하는 이에게 띄우는 연서 「The Day You're Mine」, 흑인으로서의 자긍심을 일깨우려는 「Word To The Mother (Land)」 등으로 다양한 주제도 만족한다. 이 모든 게 여기에서 집약, 점화되고 있었다. 이러니 빅 대디 케인의 공적은 빠르기를 올린 것에 한정될 수 없었다.

라임 역시 무척이나 시원하고 매끈했다. 「Set It Off」의 도입부나 「Ain't No Half-Steppin'」 마지막 소절처럼 두운, 요운, 각운의 경계가 모호할 만큼 문장 하나를 아예 통으로 라임으로 연결해 유려함을 자랑했다. 어휘 결핍 따위는 없다는 자신감 있는 선전이었다.

빅 대디 케인의 등장이 실로 대단했고 기량 면에서 최고였음은 대중음악 평론가 레지널드 시 데니스의 말에서 잘 드러난다. 그는 "힙합 역사에서 빅 대디 케인의 위상을 묘사하는 것은 마일즈 데이비스나 무함마드 알리의 업적을 숙고하는 것과 같다." 면서 "마일즈가 음표를 연주하지 않아도, 알리가 링에 들어가지 않을 지라도 그들의 신비에 가까운 아우라는 한 장의 흑백사진에서도 느껴진다. 빅 대디 케인은 그런 존재다." 라는 말로 빅 대디 케인이 힙합 역사에서 영원히 조명될 인물임을 못 박았다. 그 위대한 족적이 『Long Live The Kane』에 온전히 새겨져 있다.

Straight Outta Compton

닥터 드레(Dr. Dre), 이지 이(Eazy–E)
아이스 큐브(Ice Cube), 디제이 옐라(DJ Yella)
엠시 렌(MC Ren), 아라비안 프린스(Arabian Prince)

Artist: N.W.A
Album Title: Straight Outta Compton
Release Date: 1988-08-08
Label: Ruthless Records

01. Straight Outta Compton

02. Fuck Tha Police

03. Gangsta Gangsta

04. If It Ain' t Ruff

05. Parental Discretion Iz Advised

06. 8 Ball (Remix)

07. Something Like That

08. Express Yourself

09. Compton' s In The House (Remix)

10. I Ain' t Tha 1

11. Dopeman (Remix)

12. Quiet On Tha Set

13. Something 2 Dance 2

14

FBI도 긴장하게 한 갱스터 랩 폭주 기관차

1989년 여름, 엔더블유에이의 소속사인 루스리스 레코드사는 FBI로부터 한 통의 편지를 받았다. 그 편지에는 이러한 내용이 쓰여 있었다. "폭력을 조장하는 것은 잘못된 일이다. 법을 집행하는 기관으로서 우리는 그러한 행동에 이의를 제기한다."

연방 수사국의 결단에 가장 큰 영향을 미친 것은 폭력적인 경찰을 비난한 「Fuck Tha Police」였다. 국가기관이 레코드사와 뮤지션의 활동에 직접적으로 개입하겠다는 뜻을 밝힌 것은 좀처럼 유례없는 일이었다. 폭력적이고 선동적인 내용도 문제였으나 자칫하다가는 그들의 노래를 듣고 사람들이 공권력을 우습게 아는 일이 발생할까 봐 내심 두렵기도 했을 것이다.

연방 수사국은 엔더블유에이의 몇몇 공연을 금지했고 경찰은 이들의 콘서트에 보안 지원을 해줄 것을 거절했다. 불온한 내용 때문에 방송에서도 노래를 내보낼 수 없었다. 하지만 공교롭게도 이것이 그룹의 음악에 대한 관심을 증폭시킨 요인이 됐다. '도대체 얼마나 폭력적이기에 FBI에서 경고장을 날렸을까?' 하는 호기심에 앨범은 더 불티나게 팔렸다.

데뷔 앨범 『Straight Outta Compton』은 거침없는 표현과 과격한 언어로 미국 전역을 흔들어 놓으며 자신들을 단숨에 유명인사로 만들었다. 곳곳에 분사된 비속어와 욕설, 폭력을 획책하고 마약과 섹스에 초점을 맞춘 불순한 노랫말은 기성세대의 가치관으로서는 도저히 용납할 수 없는 것이었다. 후에 다른 음반의 재킷에 쓰이기도 했던 '세상에서 가장 위험한 그룹(The World's Most Dangerous Group)'이라는 별칭은 더없이 적합했다.

첫 세 곡은 그야말로 격분에 찬 일제사격이다. 자신들이 얼마나 무시무시하며 무자비한 인물인지 소개하는 「Straight Outta Compton」을 비롯해 흑인들에 대한 경찰권 과용을 통렬히 비난한 「Fuck Tha Police」, 도시 빈민가에서의 위험한 삶과 갱스터의 생활을 기술한 「Gangsta Gangsta」는 수많은 범죄에 노출되어 있고 공권력 남용의 만만한 대상이 되는 흑인들의 끓어오르는 분노를 반영했다.

마약 판매상의 비극적인 생활을 풍자한 「Dopeman (Remix)」, 주변의 시선에 아랑곳하지 않는 당찬 표현을 종용하는 「Express Yourself」, 알코올 의존자의 모습이 그려진 「8 Ball (Remix)」, 자신의 거친 기질을 언명하는 「If It Ain't Ruff」까지 들머리에 위치한 맹공의 3연타 트랙보다는 덜 위압적이지만 공격적인 자세와 스스럼없는 태도는 절대로 포기하지 않는다. 이들이 내보이는 과감한 언행과 거리에 관한 이야기는 무시와 천대 속에서 살아온 흑인들의 억눌린 마음을 토출한 웅변이었다.

주저하지 않고 욕을 해대며, 체제에 반기를 들고, 여성을 업신여기거나 섹스에 매달리는 온갖 외설스러운 내용, 여간해서는 가시지 않는 화약내 가득한 범죄적 사고방식이 만발한 앨범은 갱스터 랩 시대를 선도하는 견인차 역할을 했다. 하지만 이들의 성공으로 말미암아 힙합 신, 특히 서부는 한동안 폭력성과 선정성 농후한 랩으로 점철되는 편중 현상을 맞이하게 된다. 힘없고 가난한 흑인들이 목소리를 높이는 계기가 되었으나 궁극적으로는 많은 후배 래퍼를 뒷골목 무뢰한의 행동, 과격한 삶에 몰두하게 하는 물꼬가 된 것이었다.

Into The Dragon

Artist: Bomb The Bass
Album Title: Into The Dragon
Release Date: 1988-10-00
Label: Rhythm King Records

01. Beat Dis (U.S. 7" Mix)

02. Megablast Rap (Version) (feat. Merlin)

03. On The Cut

04. Don' t Make Me Wait (feat. Lauraine)

05. Dynamite Beats

06. Megablast (Hip Hop On Precino 13)

07. Hey You! (feat. Aurra)

08. Shake It

09. Say A Little Prayer (feat. Maureen)

10. Beat Dat (Freestyle Scratch Mix)

15

미국 시장을 공략한
영국발發 샘플링 기반의 힙합

1987년 전 세계 차트를 강타한 마스의 「Pump Up The Volume」은 영국으로 하여금 샘플링 기반의 힙합, 하우스 음악 제작의 무한한 가능성과 실효성을 타진했다. 제임스 브라운, 트러블 펑크 등의 곡 일부를 떼어와 연결해 만든 마스의 음악은 힙합과 하우스가 본토인 미국에서 창성하던 시기에 그 장르들의 공통된 특징을 살리면서 자국 내에서 히트시키고 나아가 역수출했다는 점에서 중요한 의의를 갖는다. 힙합에 대한 기반이 상대적으로 부족했던 영국에서 비트를 자르고 접붙이는 힙합 제작의 기본 방식 '커트 앤 페이스트(cut and paste)'를 실행해 대중성 있는 힙합, 하우스 곡을 만들었다는 것은 획기적 사건이었다.

영국과 유럽에서 「Pump Up The Volume」의 위력은 일시에 끝나지 않았다. 얼마 지나지 않아 밤 더 베이스의 「Beat Dis」라든가 에스익스프레스의 「Theme From S' Express」, 콜드커트의 「Doctorin' The House」처럼 여러 샘플을 이어붙인 댄스음악이 출현하고 이 곡들이 상업적인 성공을 기록했으니 마스의 작품은 일종의 초석이 된 것이나 다름없었다. 영국은 그렇게 드럼 머신이나 샘플러 같은 하드웨어를 활용해 곡을 주조하는 전자음악, 힙합의 초벌단계를 지나고 있었다.

하우스 음악의 구조를 보였던 마스나 에스익스프레스의 작품들과 달리 밤 더 베이스는 브레이크비트와 랩 음악 쪽에 방향을 두었다. 데뷔 싱글 「Beat Dis」는 그들과 마찬가지로 여러 노래에서 살점을 빌려 새로운 모양을 완성한 작품이긴 했으나 하우스, 테크노는 아니었다. 120에 가까운 분당 비트 수, 턴테이블 스크래칭이 주는 박진감, 갖가지 리듬과 효과음으로 제작한 요란스럽고도 역동성 있는 반주는 거리춤꾼들의 구미를 자극했고 그때부터 21세기를 넘어서까지 인기 브레이크비트 테마로서 사랑을 받고 있다. 그럼에도 영국 싱글 차트 2위에 오르고 빌보드 댄스 음악 차트 정상을 석권하는 등 주류에서도 강한 파급을 보였다.

수록곡들은 대체로 스트리트 댄서들이 좋아할 만한 비트에 천착했다. 「Megablast Rap (Version)」, 「On The Cut」, 「Shake It」 등은 비보이들이 선호할 빠르기와 변주를 가진 음악이었다. 앨범은 고전 흑인음악을 재가공해 당시 젊은이들이 원하는 문법을 탄생시켰으며 거리의 춤꾼들에게 초점을 맞춘 음악으로 힙합 고유의 특성을 강화했다. 영국에서 나왔으나 이런 면에서는 상당히 미국적이었다.

미국 친화 성격을 띤 접근은 다른 곡에서도 발견된다. 「Don't Make Me Wait」는 라틴 프리스타일(latin freestyle, 1980년대 초반 뉴욕과 플로리다의 히스패닉 거주지에서 발생한 R&B와 일렉트로 펑크가 조합된 댄스음악)을 좇으며 「Say A Little Prayer」는 1960, 70년대 리듬 앤 블루스 스타 디온 워윅의 동명 곡을 리메이크해 미국인의 이목을 끌 표식을 달았다.

밤 더 베이스 등이 파고들었던 다층적 샘플링 기법은 1990년대에 들면서 블렌드(blend) 혹은 매시업(mashup)이라는 사운드 콜라주로 한층 복잡, 대범해지는 결과를 맞는다. 하지만 밤 더 베이스는 1995년 발표한 3집 『Clear』부터는 커트 앤 페이스트에서 탈피해 송라이팅으로 작법을 전환한다. 저작권에 관한 법적분쟁을 피하기 위함과 보컬, 멜로디에 중점을 둔 일렉트로니카 쪽에도 집중해보려는 목적에서였다.

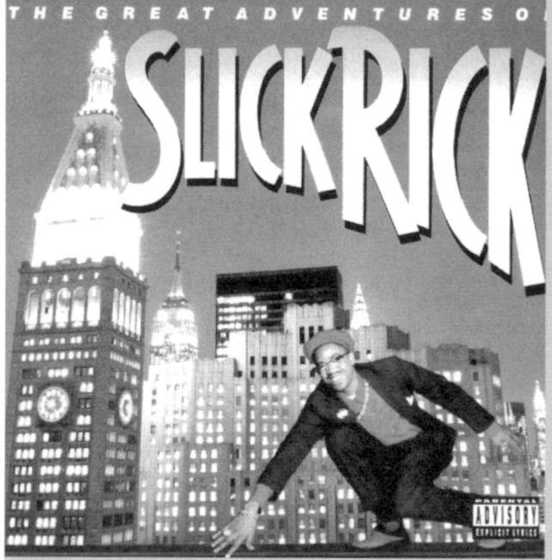

Artist: Slick Rick
Album Title: The Great Adventures Of Slick Rick
Release Date: 1988-11-01
Label: Def Jam Recordings

01. Treat Her Like A Prostitute

02. The Ruler' s Back

03. Children' s Story

04. The Moment I Feared

05. Let' s Get Crazy

06. Indian Girl (An Adult Story)

07. Teenage Love

08. Mona Lisa

09. Kit (What' s The Scoop)

10. Hey Young World

11. Teacher, Teacher

12. Lick The Balls

랩의 스토리텔링 기법을 구체화한
익살꾼의 모험담

1985년 수많은 힙합, 리듬 앤 블루스 노래에서 차용될 운명을 걸머지고 태어난 「La Di Da Di」를 통해 많은 사람이 힙합의 신세계를 봤다. 더그 이 프레시의 비트박스도 훌륭했지만 그 위에 펼쳐진 슬릭 릭의 랩이 무척 인상적이었기 때문이다. 유창한 플로우, 캐릭터가 나누어짐에 따라 음성을 달리하는 기지, 행동의 변화에 맞게 실생활에서 자연스럽게 말을 하듯 래핑 톤을 바꾸며 흥미를 자아냈다.

강한 마력은 또 존재했다. 이뤄질 수 없는 사랑을 우스꽝스럽게 서술한 가사가 듣는 이들의 뇌리에 깊게 파고든 것이다. 마치 자기의 경험담을 전달하는 것처럼 꽉 짜인 스토리텔링 기법을 과시한 래핑은 향후 힙합의 새 국면을 개척할 것으로 보였다. 랩 음악의 서사구조 건축이 그로부터 출범하고 있었다.

뚜렷한 족적을 찍으며 등장한 슬릭 릭은 데뷔작 『The Great Adventures Of Slick Rick』을 통해서 재기만점 스토리텔링 래핑을 내보였다. 동네 형이나 어른들이 직접 체험한 사건들을 이야기하는 자리에 아이들이 서서히 몰리듯이 구연과도 같은 그의 노래 역시 다수 청취자를 차분하게 끌어당겼다. 깔끔한 흐름과 생동감으로 무장한 이야기들은

「La Di Da Di」를 능가하는 재미를 안기기에 충분했다.

그는 다양한 재료를 취합했다. '슬릭 릭의 엄청난 모험'이라는 표제에서 유추할 수 있듯이 이곳저곳을 다니며 직간접적으로 겪은 내용을 모아 산포하고 있다. 여자들이란 오직 상처만 주는 존재니 확신이 서기 전까지는 잘해주지 말고 매춘부처럼 대하라는 「Treat Her Like A Prostitute」는 여성에게 제대로 덴 남자의 비통한 충고이며, 이별로 끝맺는 10대의 연애를 그린 「Teenage Love」는 미성숙한 사랑의 쓴맛을 본 사람이 또래 아이들에게 전하는 조언, 불량배들이 소지품을 빼앗으려 할 때나 애인이 있는 여자와 관계했다가 걸렸을 때가 정말 두려웠다는 「The Moment I Feared」는 웃고 못 배길 안타까운 이야기다. 슬릭 릭은 모든 노래에서 '있잖아, 내가 말이지⋯.'라든가 '그때 이런 상황이었어.'라는 식으로 흥미를 유발하며 이야기를 전개해나간다.

킬링 트랙은 단연 「Children's Story」였다. 열일곱 살 소년이 친구의 꼬임에 혹해 범죄에 빠지고 자신을 악한의 삶에 몰아넣다가 결국 경찰에 검거된다는 내용의 이 노래는 잠자리에 들기 전 조카에게 들려주는 이야기 형식으로 진행되고 있다. 시공을 옮기면서 박진감 넘치는 스토리를 주조하는 중에도 라임을 원만하게 연결하는 능력에 감탄을 금할 수 없다.

몇몇 곡에서 난잡한 내용, 노골적인 표현을 남기기도 한 탓에 나쁜 길로 새서 인생을 망치지 말라는 「Children's Story」의 교훈적 사담이 등장하는 게 다소 의아하지만 이것은 단지 그가 다양한 제재로 이야기보따리를 풀려는 의도에서였을 뿐 투철한 교화 정신에서 비롯된 것은 아니었다.

수록곡들은 눈앞에 상황을 여는 것 같이 선명하고 구체적인 내용을 펴 나간다. 그럼에도 원활하고 익살스럽게 시연해 랩의 즐거움을 곱절로 만들어 냈다. 차기작들의 부진으로 서서히 잊혀 갔지만 앨범은 슬릭 릭에게 '구문과 단어의 명수', '힙합 역사에서 가장 위대한 이야기꾼'이라는 칭호를 평생 사용하도록 한 명작으로 남았다.

As Nasty As They Wanna Be

루크(Luke)

미스터 믹스(Mr. Mixx)

브라더 마르퀴스(Brother Marquis)

프레시 키드 아이스(Fresh Kid Ice)

Artist: 2 Live Crew
Album Title: As Nasty As They Wanna Be
Release Date: 1989-02-07
Label: Luke Records

Luke's Side (A)

01. Me So Horny

02. Put Her In The Buck

03. Dick Almighty

04. C'mon Babe

05. Dirty Nursery Rhymes

Mr. Mixx's Side (B)

06. Break It On Down

07. 2 Live Blues

08. I Ain't Bullshittin'

09. Get Loose Now

Brother Marquis's Side (C)

10. The Fuck Shop

11. If You Believe In Having Sex

12. My Seven Bizzos

13. Get The Fuck Out Of My House

14. Reggae Joint

Fresh Kid Ice's Side (D)

15. Fraternity Record

16. Bad Ass Bitch

17. Mega Mixx III

18. Coolin'

17

남부 힙합을 크게 선전한
80년대 최고의 외설 음반

해변을 배경으로 네 명의 흑인 여성이 아슬아슬한 비키니를 입고 서 있고, 그녀들의 다리 사이에 남자 넷이 차례로 위치한 앨범 재킷 사진이 시선을 사로잡는다. 여성들 중 한 명은 심지어 브래지어를 착용하지 않았다. 이쪽에 일찍 통달한 사람들은 이 앨범에 어떤 내용의 노래가 있을지 대충 짐작할 것이다. 맞다. 마이애미 랩 그룹 투 라이브 크루의 3집 『As Nasty As They Wanna Be』에는 온갖 원색적이고 선정적인 표현이 가득하다.

앨범은 비속어와 성행위에 대한 노골적인 묘사가 범람해 웬만한 어른들이 듣기에도 거북할 정도였다. 성적으로 몹시 흥분된 상태를 나타낸 「Me So Horny」를 비롯해 세상 어떤 여자도 다 정복해버렸다는 전지전능한 음경을 찬양하는 「Dick Almighty」, 매음굴을 섹스에 굶주린 남성들의 지상낙원으로 묘사하는 「The Fuck Shop」 등 80분을 채운 수록곡들은 성욕의 발산으로 단결하고 있다.

논란이 이는 게 당연했다. 1990년 플로리다주 남부 지구 연방 법원은 앨범에 대해 외설적이라고 판결했고 메릴랜드와 플로리다를 위시한 여러 주에서의 음반판매를 금지했다. 미국 대중음악 역사에서 음반형태의 작품에 대해 공식적으로 선정적이라는 판결이 내려진 것은 처음이었다. 이런 상황에서 플로리다의 한 레코드 가게 상인이 음반을 팔다가 체포됐고 몇몇 소매점은 더 큰 사달이 날까 두려운 마음에 가게에서 아예 이들의 음반을 치워버리기도 했다. 얼마 후에는 팀의 공연마저도 외설적이라고 판단해 멤버 일부가 검거되는 사건도 벌어졌다. 하지만 레코드 가게 상인과 체포된 멤버들 모두 항소심에서 무죄를 선고받았다.

아티스트의 표현을 존중해야 한다는 주장과 문란한 노래가 청취자들에게 악영향을 미칠 수도 있다는 우려의 목소리가 충돌하는 가운데 이득을 본 쪽은 다름 아닌 그룹이었다. 속된 가사 때문에 이들의 노래는 방송을 타는 게 쉽지 않았으나 화젯거리가 된 일들 덕분에 단숨에 유명세를 탔고 여러 지역에서의 판매 금지 처분에도 불구하고 2백만 장 이상 팔렸다. 「Me So Horny」는 그룹 최초의 싱글 차트 40위 안에 든 곡이 되었고 앨범은 R&B/힙합 앨범 차트 10위 안에 들어서는 성과를 올렸다. 재미있는 현상이었다.

1980년대 중반부터 남부 힙합의 대표 스타일로 떠올랐던 마이애미 베이스(Miami bass)를 큰 시장으로 진출하게 한 점은 앨범 히트의 부대 실적이다. 미국 내 대형 레코드사와 제반 시설들이 동부와 서부에 집중된 탓에 남부는 상대적으로 소외돼 왔지만 이들의 흥행으로 90년대에 이르러 남부 힙합 뮤지션, 특히 베이스 음악을 주 장르로 하는 식스나인 보이즈, 태그 팀, 엠시 러셔스 같은 가수들의 주류 진입에 활로가 열리게 됐다.

끊임없이 사람들의 입에 오른 선정적인 내용 때문에 그룹은 앨범을 발표한 지 얼마 안 돼 클린버전을 공개했다. 재킷 커버에 있는 여성들의 엉덩이를 한 줄로 가리고 그 위에다 '이 앨범에는 노골적인 가사가 포함되어 있지 않습니다.' 라는 글을 적은 표지의 편집본이었다. 문제될 게 없어 보였다. 하지만 수록곡 중 로이 오비슨의 「Oh, Pretty Woman」을

패러디한 노래가 저작권 문제로 시비가 붙으면서 그룹은 또다시 법정
소송에 휘말렸다. 성에 관련한 표현을 다 제거해도 논란은 계속해서 발
생한 문제작 중 문제작이었다.

포스드누스(Posdnuos)
트루고이(Trugoy)
메이스(Mase)

Artist: De La Soul
Album Title: 3 Feet High And Rising
Release Date: 1989-03-03
Label: Tommy Boy Records

01. Intro
02. The Magic Number
03. Change In Speak
04. Cool Breeze On The Rocks
05. Can U Keep A Secret
06. Jenifa Taught Me (Derwin's Revenge)
07. Ghetto Thang
08. Transmitting Live From Mars
09. Eye Know
10. Take It Off
11. A Little Bit Of Soap
12. Tread Water
13. Potholes In My Lawn
14. Say No Go
15. Do As De La Does
16. Plug Tunin'
    (Last Chance To Comprehend)
17. De La Orgee
18. Buddy (feat. Jungle Brothers & Q-Tip)
19. Description
20. Me Myself And I
21. This Is A Recording 4 Living In A Fulltime Era (L.I.F.E.)
22. I Can Do Anything (Delacratic)
23. D.A.I.S.Y. Age
24. Plug Tunin' (Original 12' Version)

18

힙합의 전형적 인식을 뒤집은 이채로운 족적

특이한 앨범이었다. 검정, 회색 같은 무채색이나 짙은 갈색 계열의 어두운색으로 구성한 커버가 태반이었던 힙합 신에서 형광물감을 뿌려 놓은 듯한 원색으로 꾸며진 음반표지는 그 자체로 강렬했다. 에리카 바두의 「Honey」와 국내 힙합그룹 소울 다이브의 「L.I.E (Love Is Everywhere)」 뮤직비디오에서 앨범 커버가 패러디되었으며 유명 스포츠 브랜드의 인기 운동화 모델에 도안으로 사용됐다는 사실은 앨범의 재킷이 여느 것들과 아주 달랐으며 강한 인상을 남겼음을 시사한다.

출신도 특이했다. 이들이 나오기 전만 해도 뉴욕의 대다수 래퍼가 브롱크스와 브루클린, 퀸스브리지 출신이었기에 롱아일랜드에서 결성한 디 라 소울의 출현은 '세 빈민가 명소가 동부 힙합의 주요 적지適地'라는 대중의 무의식적인 각인을 깨뜨리는 계기가 됐다. 그룹의 등장은 힙합의 패권이 더는 대도시에만 국한되지 않음을 의미했다.

그것들만이 아니었다. 노랫말도 당시 랩 음악과는 사뭇 달랐다. 거리의 삶, 폭력, 파티와 놀이 문화에 집착하는 관행을 깨고 디 라 소울은 사랑과 평화, 긍정적인 사고 고양을 주된 소재로 택했다. 더불어 마약의 해악을 전하는 「Say No Go」, 순수한 사랑을 말하는 「Eye Know」, 도심 빈민가의 풍경 스케치 「Ghetto Thang」 등 다양한 이야깃거리로 가사의 팔레트를 확장해보였다. 풍부한 제재를 풀어내고 이 안에서 은유와 비유를 적절히 활용하면서 디 라 소울은 자신들을 범상치 않은 인물로 주목받게 했다.

이들의 랩은 그룹의 네 번째 멤버라 할 프린스 폴이 제작한 비트를 타고 순편히 전달될 수 있었다. 펑크, 힙합, R&B, 재즈 등 다양한 장르의 수많은 곡을 교접함에도 가지런하고 단정한 골격을 완성한 덕분에 앨범은 거칠고 탁한 힙합의 전형성에서 탈피해 팝의 느낌까지 냈다.

프린스 폴의 공적은 하나 더 있다. 그는 우스꽝스러운 가상의 게임 쇼를 꾸며서 앨범 중간, 중간에 배치했고 진행자의 질문에 대한 답은 다른 수록곡에 두는 방식으로 극을 만들었다. 무거운 분위기를 희석한다든가, 앨범의 유기성을 더하며 노래의 앞이나 뒤에서 복선 내지는 부연 역할을 하는 짤막한 이야기, 즉 스킷(skit)이 여기에서 본격적으로 시행됐다. 이후에 힙합의 방대한 특징 중 하나로 자리 잡은 스킷의 최대 발원지가 바로 여기였다.

차트에서도 선전했지만 얼마 후 록 그룹 터틀스가 자신들의 노래 「You Showed Me」를 「Transmitting Live From Mars」에서 불법으로 사용했다고 고소하면서 디 라 소울은 큰 위기를 맞았다. 샘플링에 연명하는 힙합의 작법이 갑작스럽게 철퇴를 맞음으로써 충격은 신 전체에도 퍼졌다. 이때부터 곡을 출시하기 전 샘플링에 대한 법적승인을 받는 게 필수 절차가 됐다.

힙합 팬들에게 『3 Feet High And Rising』은 법적공방보다는 그래도 높은 음악적 완성도로 기억에 새겨져 있다. 멤버들의 위트 있는 언어, 상상력이 빼곡하게 들어선 표현과 미적인 측면에서, 구성 부분에서 진일보를 이룩한 프린스 폴의 수려한 비트공정은 세월의 바람에도 변모되지 않는 준수함을 내왔다. 디 라 소울의 데뷔작은 특이함뿐만 아니라 불변할 내적 훌륭함까지 띠고 있었다.

No One Can Do It Better

Artist: The D.O.C.
Album Title: No One Can Do It Better
Release Date: 1989-06-19
Label: Ruthless Records

01. It's Funky Enough

02. Mind Blowin'

03. Lend Me An Ear

04. Comm. Blues

05. Let The Bass Go

06. Beautiful But Deadly

07. The D.O.C. & The Doctor

08. No One Can Do It Better

09. Whirlwind Pyramid

10. Comm. 2

11. Formula

12. Portrait Of A Master Piece

13. The Grand Final?

19

인간 승리의 드라마가 없었기에
더욱 슬픈 데뷔작

멤버들의 기량이 최고치에 달한 듀오의 작품이라고 여겨도 될 만큼 앨범은 래퍼 디오시와 프로듀서 닥터 드레의 출중한 능력이 응집되어 있다. 닥터 드레는 래퍼의 성향과 스타일을 간파한 듯 디오시가 잘 노닐 만한 음악을 제공했고 디오시는 익숙한 장소에 온 것 같이 그 위를 당당하게 활보한다. 중간마다 턴테이블 매만지는 소리까지 들어가서 영락없는 2인조의 음반으로 여길 소지가 다분했다.

비트는 맞춤의상과도 같았다. 톤이 강한 디오시의 장점을 살리기 위해 닥터 드레는 변주에 주력하지 않고 되도록 동일한 루프를 유지했다. 래핑을 더 드러나게 하려는 전술이었다. 한 곡에서 다수의 음원사용을 자제했고 많은 노래가 들어갔을지라도 샘플 중 보컬이 들어간 부분을 버스(verse) 사이에 생기는 공간 메우기에 쓴 것이 전부였다.

엠시를 배려하는 방식을 고수하는 가운데 새로운 흐름에 맞춘 시도도 함께 이행했다. 닥터 드레는 이즈음 런 디엠시와 비스티 보이즈가 랩과 록을 교배한 하이브리드 양식으로 크게 히트한 것에 영향을 받아 「Beautiful But Deadly」로 두 장르의 퓨전을 선보였다. 하드록이었음에도 디오시의 음성은 곡과 따로 논다는 생각이 전혀 들지 않을 정도로 조화롭게 스며들었다.

그만큼 그는 노래를 장악하는 힘이 대단했다. 목소리 힘 외에도 유창한 래핑은 천생 래퍼임을 확신하게 한다. 「Mind Blowin'」 중 두 번째 절節에서의 혀를 굴리는 래핑, 「Whirlwind Pyramid」와 「Portrait Of A Master Piece」처럼 빠른 템포의 곡에서도 페이스의 흔들림 없이 활연하게 내달리는 것이 특출한 능력을 뒷받침한다. 때때로 예상치 못한 위치에 각운을 배치하는 것과 풍성한 어휘 구사는 작사가로서의 재능을 부연한다. 솔로로 데뷔하기 전과 그 이후에 각각 엔더블유에이와 닥터 드레의 앨범에 작사 참여를 한 것은 보통 이상의 능력을 인정받았던 까닭이다. 닥터 드레와 비상한 솜씨를 주고받으며 그것의 진득한 혼효를 실현한 앨범은 비평가들로부터 호평을 들었으며 빌보드 R&B/힙합 차트 정상을 차지했다. 하지만 기쁨을 누릴 새도 없이 그는 쉽게 극복할 수 없는 고통을 겪어야 했다. 자동차 사고로 성대가 심하게 손상돼 예전과 같은 소리를 내지 못하게 된 것이었다. 생명을 유지하는 데 치른 대가로는 실로 막대했다.

1996년 2집 『Helter Skelter』를 발표하며 음악계에 복귀했으나 이렇다 할 반응은 이끌어내지 못했다. 교통사고로 왼팔을 잃고 나서 『Hysteria』로 재기에 성공했던 데프 레퍼드의 드러머 릭 앨런과 같은 인간 승리의 드라마는 디오시에게 없었다. 까칠하고 탁한 음성일지라도 이해하고 반겨주는 훈훈함이 동료 사이에서 얼마간 있었으나 대중의 반응은 썩 따뜻하지 못했다. 1990년대를 지나면서부터는 그의 예전 목소리만이 「It's Funky Enough」의 일부를 통해 간간이 다른 힙합 작품들에서 환기될 뿐이다. 『No One Can Do It Better』는 실력 있는 래퍼의 누구도 예감하지 못한 마지막 화려한 무대였기에 힙합 역사에서 가장 애처로운 데뷔 앨범 중 하나가 됐다.

Artist: Ice-T
Album Title: The Iceberg/Freedom of Speech...Just Watch What You Say
Release Date: 1989-10-10
Label: Sire Records

01. Shut Up, Be Happy

02. The Iceberg

03. Lethal Weapon

04. You Played Yourself

05. Peel Their Caps Back

06. The Girl Tried To Kill Me

07. Black 'N' Decker

08. Hit The Deck

09. This One's For Me

10. The Hunted Child

11. What Ya Wanna Do?

12. Freedom Of Speech

13. My Word Is Bond

20

보수정권의 검열에 맞서 지핀 항거정신

그 일이 있은 지 어느덧 2년이 흐르고 있었지만 아이스 티의 기분은 여전히 더러웠다. 데뷔작 『Rhyme Pays』에 민간음악 검열단체인 학부모 음악 자료 센터(Parents Music Resource Center)의 목소리에 친히 화답한 미국 음반 산업 연합의 '부모 조언 필요-노골적인 가사(Parental Advisory Explicit Lyrics)' 딱지를 붙여야 했던 기억은 세월이 지나도 아이스 티를 망령처럼 따라다녔다. 그 작은 로고를 음반에 단 최초의 아티스트가 되었지만 그것은 자랑할 훈장이 아니었다.

아이스 티에게 그 스티커는 사회의 안녕과 질서유지, 청소년을 보호한다는 미명하에 창작 욕구를 미리 차단하고 뮤지션으로 하여금 지레 움츠러들게 하는 족쇄이자 채찍이었다. 아니나 다를까 얼마 전에는 엔더블유에이가 FBI로부터 협박을 받았고 더 최근에는 투 라이브 크루의 앨범이 법정으로부터 선정적이라는 판결을 받은 터라 불편한 심경은 심해질 수밖에 없었다.

아이스 티는 굴복하지 않았다. 막고 짓밟으려 할수록 더 맹렬한 언어로 대응할 것을 선언한 듯 여기에서도 그들 생각에 '너무나도 유해해서 대중한테 전파되는 것을 막아야 마땅한' 내용을 준비했다. 레이건 보수 정권에 맞서 벌이는 힙합투쟁이었다.

첫 곡 「Shut Up, Be Happy」부터 정부와 거기에 기생하는 단체들에 대한 불쾌감을 드러낸다. 대민 방송처럼 연출한 노래는 통행금지가 발효되었으니 그 누구와 접촉해서는 안 되며 오직 집에서 머물라고 명령한다. 발전을 방해하는 최대의 적은 질문이며 국가안전은 개인의 생각보다 더 중요하다면서 닥치고 가만히 있을 것을 지시한다. 근래에 기득권이 뮤지션들을 탄압한 것이 계엄이나 다름없음을 말하고 있다.

여간해서 풀릴 화가 아니었다. 「Freedom Of Speech」로는 언론의 자유를 명시한 수정헌법 제1조를 거론하면서 그가 학부모 음악 자료 센터에 단단히 골이 났음을 대놓고 알렸다. 하지만 아이스 티는 첫 번째 절節에서 일련의 사태를 이성적으로 직시한다. '워싱턴의 부인 나리들, 댁들은 정말 눈 뜨고는 못 봐 줄 꼴통들이야. 레코드에 스티커를 붙이는 건 음반에 날개를 달아주는 격이라고. 모르겠어? 정신 나간 멍청이들아! 너희가 우리를 진압하려 할수록 우리가 얻는 것은 더 커질 뿐이지.' 맞는 말이었다. 정부기관으로부터 제재를 받은 사실이 알려지면서 세간의 눈길을 끈 엔더블유에이와 음탕하다고 여기저기서 떠들어댄 것이 판매량 상승의 결과로 나타난 투 라이브 크루의 경우가 역효과를 입증한다. 보수세력의 방침이 어리석은 짓임을 꼬집으며 그는 맘껏 비웃는다.

노기등등한 항거정신은 쉽게 물크러지지 않았다. 다음 앨범에서도 거리의 냉혹한 삶, 범죄에 관련된 소재들을 모아 기득권의 지도에 반하는 가사를 펼쳐 보였다. 1992년에는 그가 조직한 헤비메탈 그룹 보디 카운트의 「Cop Killer」로 또다시 학부모 음악 자료 센터와 보수 인사들의 도마 위에 올랐다. 경찰의 무력만행에 격노한 이가 경찰을 죽인다는 내용으로 1991년 3월 로스앤젤레스에서 과속운전을 하다가 검거된 흑인청년 로드니 킹을 백인경찰이 무차별적으로 구타한 사건이 연상되는 노래였다. 아이스 티는 「Cop Killer」를 '민중가요(protest song)'로 규정했다.

All Hail The Queen

Artist: Queen Latifah
Album Title: All Hail The Queen
Release Date: 1989-11-06
Label: Tommy Boy Records

01. Dance For Me

02. Mama Gave Birth To The Soul Children (feat. De La Soul)

03. Come Into My House

04. Latifah' s Law

05. Wrath Of My Madness

06. The Pros (feat. Daddy-O)

07. Ladies First (feat. Monie Love)

08. A King And Queen Creation (feat. DJ Mark The 45 King)

09. Queen Of Royal Badness

10. Evil That Men Do

11. Princess Of The Posse

12. Inside Out

13. Dance 4 Me (Ultimatum Remix)

14. Wrath Of My Madness (Soulshock Remix)

15. Princess Of The Posse (DJ Mark The 45 King Remix)

21

실력파 여성 래퍼의 강림

퀸 라티파는 1988년에 출시한 첫 싱글 「Wrath Of My Madness」에서 남자 래퍼와 견주어도 뒤지지 않을 힘 있는 래핑을 선보여 힙합 신의 시선을 한 몸에 샀다. 데뷔 전부터 연계하던 크루 플레이버 유닛은 그녀 덕분에 덩달아 유명해졌다. 솔로로서 음반을 먼저 냈고 전속된 팀이 아닌 그저 뜻이 맞는 무리의 일원으로서 활동했음에도 바깥에서 이름을 드높여 준 것은 이례적인 사례였다. 은총으로 충만한 강림이 바로 그녀였다. 앨범 제목마저도 '여왕에게 경배하라!' 니 당당함은 실로 대단해보였다.

대중에게 그녀는 위용스러운 존재로 비칠 수밖에 없었다. 「Dance For Me」, 「Queen Of Royal Badness」는 화려한 플로우와 라임으로 가사에서 나타내는 자기과시와 자신감에 설득력을 심었고 「Come Into My House」에서는 파티의 주최자이자 안내자가 되어 흥겹게 분위기를 달군다. 「Princess Of The Posse」에서도 계속해서 자신을 고양하는 일에 매진하며 왜 본인이 떠받들어지는지를 설명한다. 그러나 이 우쭐거림이 영 불편하고 우습게 느껴지지 않는다. 1989년에 이렇게 분방한 플로우를 구사하고 래핑과 싱잉을 유창하게 해내는 여자 래퍼가 흔치 않았던 까닭이다. 여왕이라는 호칭은 듣는 사람이 수긍해야 할 것이었다.

수록곡 중 가장 강한 파급을 낸 곡은 영국 여성 래퍼 모니 러브와 같이 한 「Ladies First」였다. 노래는 당시 대중이, 래퍼들이 은연중에 품고 있던 여자는 랩을 못할 것이라는 고정관념에 정면으로 대항했다. 여자는 못할 거라고 말하는 사람은 시각장애인이 틀림없다면서 자신은 여성의 능력이 만만치 않다는 것을 온 우주에 전달하러온 표본이라고 주장한다. 랩 세계를 살아가는 그들 상황에 대한 주제였으나 여성이라면, 여성이라는 이유로 차별당하는 느낌을 받았던 이라면 쉽게 공감할 이야기였다. 덕분에 「Ladies First」는 20세기의 마지막 10년을 시작할 즈음에 남녀 평등주의자들의 찬가로 등극하게 됐다.

싱글 차트 100위 안에도 못 들었지만 거기에서의 위치는 중요하지 않았다. 여성 래퍼가 많지 않았던 시기에 영미 두 나라의 여성 래퍼가 뭉쳤다는 사실만으로도 힙합 신에서는 충분히 눈여겨볼 사건이 됐다.

앨범을 총괄 프로듀싱한 디제이 마크 더 포티파이브 킹의 원조가 없었다면 이만 한 찬사를 받기가 쉽지 않았을 것이다. 각기 상이한 스타일의 음원을 엮은 펑키 사운드로 퀸 라티파의 래핑을 더욱 박력 있게 들리도록 했고 레게, 하우스 등으로 장르를 넓힘으로써 다채로움을 획득했다. 포티파이브 킹의 비트로 그녀의 래핑에 생기가 돌았고 퀸 라티파의 랩 덕분에 그의 음악이 더 빛났다. 둘은 서로 모자란 부분을 보충하면서 상승효과를 거뒀다.

마니아들과 평단은 이 앨범을 통해서 걸출한 여성 래퍼의 등장을 목도했다. 이후 활동 반경을 넓혀 가면서 연기자, 재즈 보컬리스트로서 발길을 옮기긴 했어도 여기에서 보여 준 당참과 빼어난 래핑은 집에서 음반을 들으며, 텔레비전을 보며 힙합 필드에 뛰어들 준비를 하던 후배 여성 래퍼들에게 동경의 대상이자 모범으로 전달됐다. 세월이 지나도 『All Hail The Queen』을 경배하는 발길이 끊이지 않는 게 당연하다.

Greatest Hits

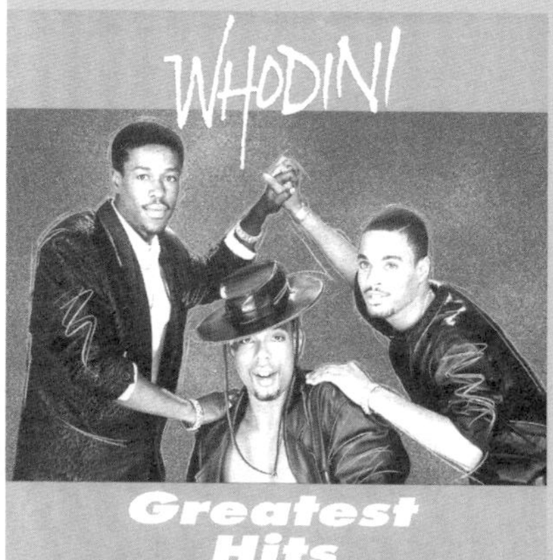

자릴 허친스(Jalil Hutchins)
존 플레처(John "Ecstasy" Fletcher)
드류 카터(Drew "Grandmaster Dee" Carter)

Artist: Whodini
Album Title: Greatest Hits
Release Date: 1990-06-12
Label: Jive Records

01. Funky Beat

02. One Love

03. Friends

04. Haunted House Of Rock

05. Be Yourself (feat. Millie Jackson)

06. Freaks Come Out At Night

07. Five Minutes Of Funk

08. I'm A Ho

09. Tricky Trick

10. Big Mouth

11. Any Way I Gotta Swing It

12. In The Beginning

13. Magic's Wand

14. Escape (I Need A Break)

22

경쟁력을 갖춘 일렉트로 합의 총괄

어떤 뮤지션이 다른 음악가들에 비해 두드러져 보이기 위해서는 자기만의 분명한 색깔과 특징이 있어야 한다. 이는 동서고금을 막론하고 거의 모든 경우에 적용되는 법칙이라서 랩 음악이 막 동트던 시기에도 마찬가지였다. 몇 해 차이 나지 않는 1980년대 후반과 견주어 활동하는 뮤지션이 많지 않았던 그때였지만 이러한 상황에서도 존재감을 부각하려면 독자성이 긴요했다. 힙합을 랩 게임이라고도 부르는 게 괜한 이유가 아니다.

후디니는 그들만의 특징들로 동시대 힙합 팀들에 뒤지지 않을 경쟁력을 자랑했다. 그룹의 스타일은 대중에게 신속하게 어필했고 덕분에 빌보드 흑인음악, 댄스음악 차트 상위권을 제 집 안방 드나들듯이 드나들 수 있었다. 그뿐 아니라 라디오 방송국들도 후디니의 노래를 자주 모셔서 그룹은 꼬리를 이으며 흥행에 성공했다.

그 시절 다수 래퍼가 그랬던 것처럼 이들도 일상적이고 가벼운 노랫말로 대중으로부터 호감을 얻었다. 1984년 발표한 『Escape』에 수록된 「Freaks Come Out At Night」는 신데렐라 이야기를 빗대 클럽은 12시 이후가 더 재미있다면서 파티를 찬양하고 나스가 동명의 곡에서 차용한 세 번째 앨범 『Back In Black』의 「One Love」는 사랑이 주는 짜릿함과 이별 후에 남는 허전함을 진솔하게 표현한다. 「Magic' s Wand」는 랩 음악이 흑인사회에서 인기장르로 부상하던 초창기의 흐름과 풍경을 구술했다. 그룹은 도시흑인들의 생활을 중심으로 한 가사로 대중감성에 친숙하게 다가갔다.

음악에서는 보편성을 내세운 노랫말과 달리 춤추기에 좋은 비트를 착용해 타 그룹들과 구분되는 강점을 만들어 갔다. 영국 신스팝 뮤지션 토머스 돌비가 공동 프로듀싱을 담당해 전자음 위주의 사운드로 마감한 1집부터 그의 영향이 잔류한 2집과 다시 공동 프로듀서로 참여한 3집까지 일렉트로 합 양식이 이어졌다. 이들의 음악이 빠른 템포가 아님에도 흥겨운 기운을 내고 유토피아적 첨단향수를 발산한 것은 일렉트로니카적 접근 때문이었다.

1998년에 미국 댄스음악 프로듀서 디제이 아이시가 리믹스해서 전 세계 댄서들에게 잦은 간택을 받았던 「Five Minutes Of Funk」는 흡인력 있는 루프와 보코더로 처리한 보컬로 마니아들에게 강한 인상을 남겼다. 육중한 전자음이 장엄함을 연출하는 「Escape (I Need A Break)」, 펑크 비트에 빠른 래핑과 보코더 코러스가 번갈아가며 이어져 팽팽함을 드리운 「Any Way I Gotta Swing It」 등은 깔끔한 편곡과 출중한 동력으로 댄스음악 차트에서 유독 사랑받았다.

두 엠시 자릴 허친스와 존 플레처는 음의 높낮이를 계산해서 진행하는 것처럼 탄력적이면서도 안정적인 래핑을 선보였다. 래퍼와 보컬리스트를 겸하는 포지션이었기에 둘의 장점을 살린 래핑을 이행할 수 있었다. 멜로디의 결여로 랩 음악을 못마땅하게 생각한 사람들에게도 후디니의 음악은 포용 범위에 들었다.

히트곡들과 싱글 커트 곡들을 담은 이 컴필레이션은 단순한 모음집에 머무는 게 아니다. 후디니가 어떠한 스타일로 자신들을 차별화했는가를 집약하며 그들이 랩 음악을 대중에게 전파한 역사를 압축한다. 정규앨범보다 더 큰 존재감을 나타내는 작품이다.

Coolin' Ø At The Playground Ya Know!

로멜 채프먼(Romell Chapman)

에이드리언 위처(Adrian Witcher)

크리스 셀러스(Chris Sellers)

데이비드 쉘튼(David Shelton)

디미트리어스 퓨(Demetrius Pugh)

말리스 퓨(Marliss Pugh)

Artist: Another Bad Creation
Album Title: Coolin' At The Playground Ya Know!
Release Date: 1991-02-11
Label: Motown Records

01. Parents

02. Playground

03. Mental (So Pay Attention)

04. Little Soldiers

05. My World

06. Iesha

07. Spydermann

08. That's My Girl

09. Jealous Girl

10. A.B.C.

23

아이돌 힙합 그룹의 본격 등장

1980년대 큰 흥행을 기록한 흑인 보이 밴드 뉴 에디션의 마이클 비빈스는 그룹이 해체된 후에도 한솥밥을 먹던 리키 벨, 로니 드보와 함께 벨 비브 드보를 결성해 기복 없는 성공을 이어 갔다. 또 다른 멤버 랄프 트레스번트와 바비 브라운 역시 솔로로서 훌륭한 첫출발을 해내고 있었다. 1990년대 초반은 그들이 프로듀서 모리스 스타의 도움 없이도 자력으로 성장할 수 있는 뮤지션임을 각자 증명하던 시기였다.

다른 움직임도 싹텄다. 다들 노래 부르기에 전념하고 있을 때 마이클 비빈스가 프로듀서로 영역을 넓히길 꾀한 것이다. 그는 뉴 잭 스윙(new jack swing)의 인기에 맞춰 노래와 랩을 소화할 수 있는 유소년그룹을 만들고자 했고 사춘기 직전의 어린아이들을 발굴해 어나더 배드 크리에이션을 탄생시켰다.

데뷔 앨범 『Coolin' At The Playground Ya Know!』는 그들 또래가 뛰노는 광경을 보는 것처럼 시끌벅적하고 발랄하다. 10대가 생각하는 보편적인 내용과 풋풋한 사랑 얘기가 무척 귀엽게 느껴진 덕분에 비슷한 연령대의 소녀들에게 강하게 호소했다. 「Candy Girl」(뉴 에디션의 히트 러브 송)의 그룹 판이라고 봐도 무방했다. 앨범의 음악감독 댈러스 오스

틴은 작곡가, 프로듀서로서 데뷔무대가 된 이 자리에서 매끈한 업 템포의 뉴 잭 스윙, 힙합구조물을 완성해 이후 주류를 활보하는 최고의 음악가로 성장할 발판을 마련했다.

아이들의 이성에 대한 풋내 나는 감정과 데이트를 그린 「Iesha」는 빌보드 싱글 차트 9위, 가수로서의 등장을 당당히 알리는 「Playground」는 같은 차트 10위에 오르며 인기를 끌었고 MTV나 흑인음악 전문채널 BET에서 꾸준히 뮤직비디오가 방영되며 앨범판매량도 상승세를 타 100만 장 이상을 기록했다. 마이클 비빈스가 제작자 직함을 달고 경험한 마수걸이치고는 제법 짭짤했다.

그러나 앨범은 단점도 내재하고 있었다. 나이도 어리고, 오랜 기간 준비해서 나온 것이 아니다 보니 멤버들은 노래와 래핑 모두 특출한 기량을 발휘하지 못했다. 프로페셔널이란 기준에서 판단하면 형편없었다고 해도 가히 틀린 말은 아니며, 너그럽게 봐도 결코 뛰어나다고는 할 수 없는 수준이었다. 히트는 이들의 앳된 모습, 마이클 비빈스의 명성에서 연유한 바가 컸다.

기능적인 흠은 차기작의 부진으로 결론지어졌다. 1993년 2집으로 활동을 재개했지만 대중의 반응은 냉담했다. 차트 어느 한 구석에서도 그룹의 이름을 볼 수 없었으며 데뷔 앨범의 절반에도 미치지 못하는 판매 성적은 이들을 곧 역사 뒤로 사라지게 했다. 실력이 보장되지 않은 유희가 두 번은 먹힐 수 없음이 밝혀진 것이었다.

다만 10대 중반도 채 안 된 아이들이 갖는 이성에 대한 감정이나 그맘때 하는 생각을 그들 세대의 표현을 살려 드러낸 것은 충분히 흥미를 유발할 수 있는 요소였다. 앨범은 토니 토니 토니, 보이즈 투 멘, 가이 같은 성인 가수들뿐만 아니라 어린아이들이 뉴 잭 스윙을 해도 흑인음악 애호가들에게 사랑받을 수 있음을 증명했으며 이후 치 알리, 크리스 크로스, 티비티비티, 영스타즈 등의 유소년 래퍼들로 하여금 힙합 신에 자신 있게 출사표를 던지게 한 계기가 돼주었다. 앨범의 역사적 의미는 이에 있다.

Peaceful Journey

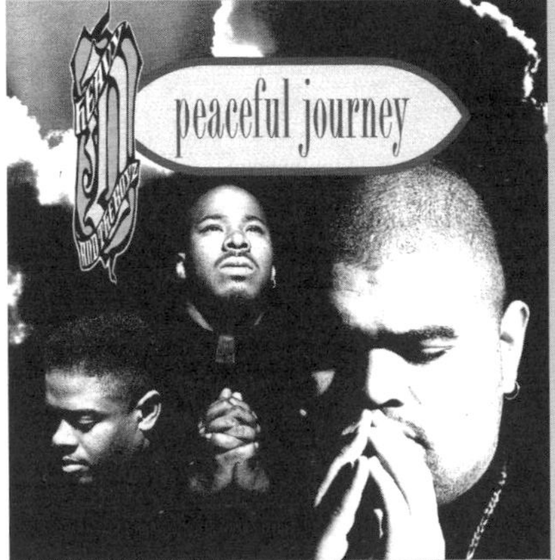

헤비 디(Heavy D.)
글렌 패리시(Glen Parrish)
에드워드 페럴(Edward Ferrell)

Artist: Heavy D. & The Boyz
Album Title: Peaceful Journey
Release Date: 1991-07-02
Label: MCA Records

01. Now That We Found Love (feat. Aaron Hall)

02. Let It Rain

03. I Can Make You Go Oooh

04. Sister Sister

05. Don' t Curse (feat. Big Daddy Kane, Grand Puba, Kool G. Rap, Q-Tip & Pete
    Rock & CL Smooth)

06. Peaceful Journey (feat. K-Ci & JoJo)

07. The Lover' s Got What U Need

08. Cuz He' z Alwayz Around

09. Is It Good To You (feat. Tammy Lucas)

10. Letter To The Future

11. Swinging With Da Hevster

12. Body And Mind (feat. Daddy Freddy)

13. Do Me, Do Me

14. Somebody For Me (Jazz Lover Mix)

24

식지 않는 대중성을 검증한 팝 랩의 모범

헤비 디 앤 더 보이즈는 산만하지 않은 업 비트의 음악, 리듬 앤 블루스와 힙합을 안정적으로 줄타기하는 스타일로 다수의 사랑을 받았다. 감각적이거나 혁신적이진 않았지만 유柔와 강剛이 적당히 버무려진 편안하면서도 활달한 음악은 대중에게 꽤나 우호적이었다. 리더 헤비 디의 실팍한 살집에서 풍기는 푸근함과 깔끔한 옷차림도 많은 사람에게 거부감 없이 다가갈 수 있던 요인이었다.

세 번째 앨범 『Peaceful Journey』는 데뷔 때부터 고수해온 방식을 그대로 전개했다. 피트 록, 말리 말, 테디 라일리 등은 전작들보다 더 부드럽고 가뿐한 음악을 이들 트리오에게 제공했다. 부담스럽지 않은 노랫말, 경쾌한 비트로 꾸며진 열네 편의 수록곡은 흑인음악 마니아와 그 밖의 여러 청취자를 매혹할 채비를 갖추고 있었다.

전작 『Big Tyme』과 비교해 앨범 전체의 성과는 조금 약했으나 몇몇 노래의 권세는 과거를 능가했다. R&B 그룹 오제이스의 동명곡 후렴구를 옮겨온 「Now That We Found Love」와 영국 가수 주니어의 「Mama Used To Say」를 차용한 「Is It Good To You」는 각각 빌보드 싱글 차트 11위와 32위에 오르며 이전까지 없었던 빌보드 싱글 차트 최고 성적을 세웠다.

그중 「Now That We Found Love」는 윌 스미스 주연의 로맨틱 코미디 영화 《미스터 히치: 당신을 위한 데이트 코치》에서 주인공들이 결혼식 피로연 중 라인 댄스를 추는 장면에서 배경음악으로 쓰이며 또 한 번 주목을 받았다. 어려운 과정을 이기고 진실한 사랑을 확인한 커플의 행복한 심정을 나타내기에 딱 맞는 곡이었다. 헤비 디 앤 더 보이즈의 존재를 모르는 사람들은 누가 불렀는지 찾기 위해 인터넷 게시판에 질문을 남겼고 영화의 인기에 힘입어 그룹은 해체한 지 10년 만에 온라인에서 다시금 회자됐다. 2002년에는 은지원이 「Now」라는 제목으로 번안해 국내 음악팬들의 관심을 사기도 했다.

전반적으로 남녀 간의 사랑에 중점을 두고 있지만 공공에 관계된 이야기도 존재했다. 편지 형식으로 된 「Letter To The Future」는 범죄에 휩쓸리지 말고 올바른 선택을 할 것을 권유한다. 케이알에스 원이 「Self Destruction」을 취입할 때 헤비 디가 동참한 것을 통해 알 수 있듯 그는 사회 현안에 대해서도 미약하게나마 꾸준히 시선을 보냈다.

앨범이 나오기 1년 전 그룹은 멤버 트러블 티 로이를 잃는 아픔을 겪었다. 공연 후 뒤풀이를 즐길 때 난간에서 춤을 추던 티 로이가 중심을 잃고 추락해 사망한 것이다. 앨범 타이틀은 오랜 세월 친구로 지내온 티 로이의 명복을 기원하는 의미로 지은 것이었고 동명의 수록곡에서도 일정 부분 그를 추억하는 내용을 포함했다. 그와 친했던 피트 록 앤 시엘 스무드는 2년 뒤 애도의 마음을 담아 「They Reminisce Over You (T.R.O.Y.)」를 발표했다.

멤버의 죽음이라는 참담한 배경도 존재했지만 그룹은 전과 다름없는 모습을 내비쳤다. 강함과 부드러움, 상쾌함을 혼합한 음악은 계속해서 다수를 사로잡았다. 『Peaceful Journey』는 뒤숭숭한 상황에서도 음악적 기조를 확고히 함으로써 그 당시는 물론 새천년에 이르러서도 높은 대중 접근성을 증명했다.

Naughty By Nature

트리치(Treach)

빈 록(Vin Rock)

케이 지(Kay Gee)

Artist: Naughty By Nature
Album Title: Naughty By Nature
Release Date: 1991-09-03
Label: Tommy Boy Entertainment

01. Yoke The Joker

02. Wickedest Man Alive (feat. Queen Latifah)

03. O.P.P.

04. Ghetto Bastard

05. Let The Ho' s Go

06. Every Day All Day

07. Guard Your Grill

08. Pin The Tail On The Donkey

09. 1, 2, 3 (feat. Lakim Shabazz & Apache)

10. Strike A Nerve

11. Rhyme' ll Shine On (feat. Aphrodity)

12. Thankx For Sleepwalking

25

외설스러운 가사, 팝의 정서,
하드코어 비트의 어울림

미국 전역이 'O.P.P.'를 연호했다. 그것은 가지지 못한 자의 푸념이었으며 한편으로는 성적 일탈과 유희를 꿈꾸는 이들을 위한 카타르시스였다. '다른 사람의 소유물(other people' s property)'이라는 머리글자를 딴 노래는 애인이 있는 사람에게 함부로 접근할 수 없어 애끓는 이의 마음과 각자 연인이 있음에도 스스럼없이 육체적 쾌락을 즐기는 부류를 동시에 언급하며 이런 상황에 전혀 개의치 말고 즐겨 볼 것을 권유한다. 1991년은 미국 대다수 젊은이가 「O.P.P.」로 도덕적 해방감을 맛보며 알파벳 세 개로 이뤄진 이니셜을 외친 해였다.

단순히 노래가 안내하는 특정한 행동과 방향에 수긍해서 신세대의 찬가가 된 것만은 아니었다. '다른 사람의 물건'을 돌려 말하는 래퍼들의 표현도 재치 있었다. 'O는 다른, P는 이 건물에 모이는 사람, 마지막 P는… 글쎄… 그건 그렇게 단순하지 않아.', '처음 두 글자는 똑같지만 마지막 글자는 조금 다르지. 그것은 가장 길고, 가장 사랑스럽고, 군더더기 없는, 나는 그걸 살만 있는 것이라 불러.'라며 호기심을 부추겼다. 아슬아슬한 외설이었다.

자극적인 내용은 대중의 귀를 낚아챌 주요인이었으나 잭슨 파이브의 히트곡 「ABC」의 피아노 연주를 차용해 만든 경쾌한 반주도 노래가 승 승장구하는 데 날개 역할을 했다. 아니, 곡 자체가 한 편의 기획물이었 다. 의도된 수줍음으로 능글맞음을 감췄고 다섯 소년의 모습이 연상되 는 원본 반주에 여성의 신음을 끼워 넣어 교묘하게 두 가지 성질을 담았 다. 곡은 그룹의 이름처럼 선천적으로 무례하고 외설적인 면모를 효과 적으로 내비치며 그해 빌보드 차트를 마음껏 누볐다.

뒤이어 커트된 싱글들은 노티 바이 네이처가 주류 대중음악계에서 굳 게 뿌리내릴 수 있도록 도왔다. 「Everything's Gonna Be Alright」라는 제 목으로 불리기도 한 「Ghetto Bastard」는 빈민가 청년의 힘든 삶을 기술 하면서도 궁극적으로 희망을 내포하는 노랫말로 많은 사랑을 받았으며, 투팍이 주연한 영화 《돌아온 이탈자 2》의 사운드트랙으로 만들어졌다 가 이후 재발매판에 실린 세 번째 싱글 「Uptown Anthem」은 간결하고 도 명료한 훅을 앞세워 청취자의 귀를 장악했다. 「O.P.P.」가 낸 성적에 는 못 미쳤지만 이 두 노래는 그룹을 대중에게 인식시키는 데에 큰 공을 세웠다.

앨범은 거리를 거점으로 살아가는 이의 거친 생활을 읊으면서도 래퍼 들의 기세등등한 태도, 가볍게 즐길 만한 언어를 아울러 하드코어 힙합 에 몰두하는 애호가들뿐만 아니라 억세지 않은 랩을 좋아하는 이들의 인기를 한꺼번에 획득했다. 세기를 내내 가져가는 가운데 편하게 받아 들일 수 있는 여지를 만듦으로써 거리 군중과 라디오 전파에서 고르게 열광을 유도했다.

뉴 스타일이라는 이름으로 데뷔했지만 무반응 속에서 꼬리를 감췄던 2 년 전과는 비교할 수 없는 출세를 세 멤버는 『Naughty By Nature』로 경험 했다. 새로 바꾼 이름이 성공적인 재기의 전적인 동력은 아니었다. 이 작 품에서 행했던 중추적인 공법을 이어간 차기작들인 『19 Naughty III』와 『Poverty's Paradise』의 연속된 히트가 효과적 방법론을 증명한다. 물론 「O.P.P.」라는 튼튼하고 멋진 주춧돌이 있었음은 간과할 수 없을 것이다.

그레그 나이스(Greg Nice)
스무드 비(Smooth B)

Artist: Nice & Smooth
Album Title: Ain' t A Damn Thing Changed
Release Date: 1991-09-03
Label: Rush Associated Labels

01. Harmonize

02. Cake & Eat It Too

03. Down The Line

04. Sometimes I Rhyme Slow

05. Paranoia

06. Sex, Sex, Sex

07. "Billy-Gene"

08. How To Flow

09. Hip Hop Junkies

10. One, Two And One More Makes Three

11. Pump It Up

12. Step By Step

26

단점을 강점으로 승화시킨 '메아리 랩'

　나이스 앤 스무드는 대중 친화적인 음악으로 승부를 봤다. 격정, 거침의 외투를 걸치지 않고 펑키하고 가벼운 외면을 갖춰 다수 청취자에게 편안하게 다가섰다. 이는 맞춤형 전략이었다. 두 멤버의 목소리는 맑은 편이었고 래핑 또한 강하지 않아서 애초부터 하드코어 같은 장르에는 그리 어울리지 않아 보였기 때문이다. 대신 안정감이 느껴질 정도로 편안한 음성 덕분에 일반 대중에게 부담 없이 접근 가능했다.

　세차지 않은 래핑은 일시에 강렬한 인상을 남기기 어렵다는 단점도 보유했기에 그룹은 자신들의 랩을 돋보이게 하기 위해 다른 특징을 마련했다. 바로 각운 부분에 에코 효과를 가하거나 그것을 한 번 더 불러 포인트를 준 것이었다. 일명 '메아리 래핑', 단순했지만 그 강조 기법으로 말미암아 랩 음악팬들은 나이스 앤 스무드의 노래를 단번에 알아차릴 수 있었다.

　이 방식은 곡의 바운스감을 확충하는 데에도 큰 도움을 줬다. 1994년 빌보드 댄스음악 차트 정상에 오른 시앤시 뮤직 팩토리의 「Do You Wanna Get Funky」가 적확한 예다. 느린 템포임에도 「Hip Hop Junkies」의 래핑 일부를 삽입해 도입부에서부터 충일한 탄성을 형성하는 효과를 톡톡히 봤다.

분명히 탐스럽고 흥미로운 스타일이었다. 남부 힙합 그룹 포이즌 클랜이 1992년 발표한 『Poisonous Mentality』 수록곡 중 「Somethin' 4 You Raggedy Ho's」의 도입부와 세 번째 절節에서 따라 한 것이나 디 라 소울이 『AOI: Bionix』의 「Simply」에서 나이스 앤 스무드의 래핑을 모방한 것은 그룹의 특징이 무척 매력적이었음을 거듭 설명해준다.

데뷔작에서는 크게 부각되지 않았던 특유의 방법론은 본 작품에서 더 확대되었다. 넘실거리는 기타 리프를 타고 유창하게 랩을 펼치는 「Harmonize」, 경쾌한 색소폰 연주와 호흡을 함께하는 「Paranoia」, 농밀한 리듬 위에 중독성 있는 훅을 발설하는 「One, Two And One More Makes Three」 등에서 멤버들의 각운 반복 기법을 확인할 수 있다. 게다가 둘의 확연한 톤 차이로 생기는 화음은 감마제 역할을 해 작품을 더 매끄럽게 만들었다.

가장 큰 인기를 누린 것은 샘플 선택이 훌륭했던 「Sometimes I Rhyme Slow」였다. 노래에 쓰인 흑인 포크 가수 트레이시 채프먼의 「Fast Car」는 열악한 환경에서 생계를 위해 일하는 편의점 여종업원의 얘기를 통해 소외 계층의 처량함을 조명했다. 「Sometimes I Rhyme Slow」도 한 남자가 성병에 걸린 상황을 암시하거나 물질적으로 여유로운 생활을 묘사하며 빈곤에 대해 역설적으로 말하는 등 행복과는 거리가 먼 이들의 사정을 다뤘다. 단순히 반주를 더 빛나게 하는 편곡 영역을 넘어 그룹이 말하고자 하는 바를 이미 반쯤 내포한 소스를 탑재한 것이었다. 3분이 채 되지 않는 짧은 시간 안에서 펼쳐지는 생기 가득한 플로우 역시 일품이었다.

가벼움, 숙고의 성질을 함께 지닌 가사와 개성 있는 플로우로 각광받은 그들이었으나 3년 뒤 출시한 세 번째 앨범 『Jewel Of The Nile』부터 쇠퇴를 맞이했다. 여전히 즐기기에는 좋았지만 이들의 고향인 동부 일대에서는 하드코어 힙합이 세를 장악해가던 시기였고 많은 힙합 애호가가 그것을 추종하는 데 열심이었다. 어느 순간 찾아온 대대적인 지형 변화를 겸허하게 받아들여야 했다.

Death Certificate

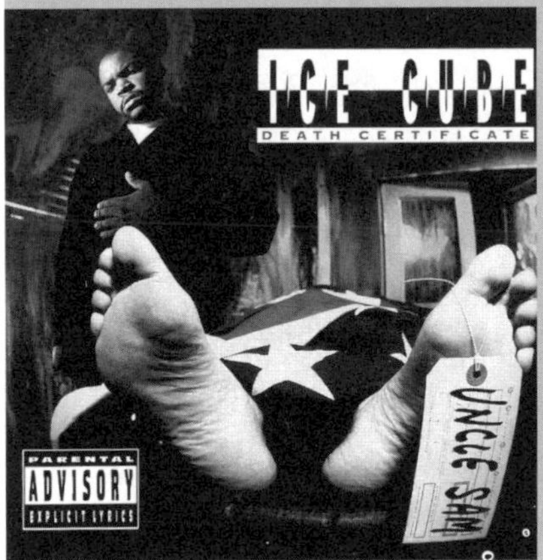

Artist: Ice Cube
Album Title: Death Certificate
Release Date: 1991-10-29
Label: Priority Records

The Death Side	The Life Side
01. The Funeral	12. The Birth
02. The Wrong Nigga To Fuck Wit	13. I Wanna Kill Sam
03. My Summer Vacation	14. Horny Lil' Devil
04. Steady Mobbin'	15. Black Korea
05. Robin Lench	16. True To The Game
06. Givin' Up The Nappy Dug Out	17. Color Blind
07. Look Who' s Burnin'	18. Doing Dumb Shit
08. A Bird In The Hand	19. Us
09. Man' s Best Friend	20. No Vaseline
10. Alive On Arrival	
11. Death	

27

한인들의 공분을 산 악명 높은 갱스터 랩

1992년 4월 29일 로드니 킹에게 폭력을 행사한 백인 경찰 네 명에 대해 무죄 평결이 내려지자 흑인 사회의 분노는 걷잡을 수 없이 빠르게 확산됐다. 사우스 센트럴 지역 일부의 교통이 마비되기 시작했고 몇몇 상가에서 기물 파손과 약탈이 일어났다. 로스앤젤레스는 아비규환의 아수라장으로 변했다. 50명 이상이 사망하고, 2,000명 넘는 부상자를 낸 이 소요를 겪으며 많은 한인 상인이 피해를 입었다.

폭동의 배경을 본다면 흑인들이 백인에게 격분하는 게 자연스러운 일이었지만 사우스 센트럴 지역의 흑인 실업률이 날이 갈수록 높아지는 상황에서 한인 이민자들의 경제 활동 진출이 계속해서 증가하자 흑인들이 서서히 한국 사람들에게 적대심을 품게 된 것이 컸다. 게다가 1991년 3월 16일 두순자라는 상점 주인이 가게에 들어온 여학생 라타샤 할린스를 절도범으로 오해한 나머지 살해한 사건 때문에 갈등은 더 커질 수밖에 없었다. 한인과 흑인들 간의 반목이 심화되는 과정에서 아이스 큐브의 「Black Korea」가 악감정을 더욱 부추겼다. 50초도 채 되지 않는 노래에서 그는 한인들을 향해 맘껏 불만을 터뜨리고 협박한다.

'맥주를 마시고 싶을 때마다 1페니도 일일이 다 세는 두 명의 빌어먹을 동양인이 있는 가게로 가야 해. 그들은 검둥이로부터 작은 소동을 만들어내기에 충분하지. 세상 모든 흑인을 도둑질이나 하는 놈으로 생각하는지 움직임을 샅샅이 관찰해. 그들은 내가 권총을 꺼내 그들의 작은 가게를 털지 않길 바라고 있어. 그렇지만 말이지, 쌍년아! 나는 직업이 있는 몸이라고! 야, 이 망할 되놈들아! 난 너희 물건을 훔치려는 게 아니라니까. 날 좀 가만 놔둬! 그러니까 너희 가게 어딜 가든 날 따라오지 마. 안 그랬다가는 잡채를 먹는 네놈들은 전국적 보이콧의 대상이 될 거야. 민중을 동반한 영향력은 우리 흑인들이 갖고 있지. 그러니 검은 주먹에 존경을 표하라고. 아니면 너희 가게를 다 태우고 재만 남길 거야. 그러고 나서 널 만나러 갈 거야. 너희는 이곳 우리의 땅을 검은 한국으로 만들지 못해. 엿이나 먹어!'

노랫말에 격분한 한인 상인들은 아이스 큐브와 관련된 상품과 광고들을 취급하지 않기로 결의했다. 당시 그를 중요 홍보 인물로 두었던 음료 회사 매켄지 리버(McKenzie River)는 얼마 후 아이스 큐브와 한인 식품 협회 지도부들과의 만남을 주선했다. 이 자리에서 아이스 큐브는 "그것은 친구들과 내가 실제로 문제를 겪은 일부 상점에 대한 이야기였다. 우리가 함께 힘을 합치면 한인과 흑인 공동체를 연결하는 다리를 건설할 수 있을 것이다."라며 상인들에게 사과하고 폭력을 막기 위해 노력하겠다고 약속했다.

앨범은 1집과 마찬가지로 그가 선호하는 피 펑크, 일렉트로 펑크를 기초로 만든 탄력적이고 육중한 비트를 선보였으며, 인종 문제나 총기 소지에 대한 의견을 제시하고 여전히 마약과 폭력을 주된 소재로 다뤘다. 범죄로 얼룩진 현생을 죽음으로 간주하고 건실한 이상향을 삶으로 정해 두 파트로 나누었지만 그다지 확연한 내용적 차이를 보이지는 않았다.

문제의 「Black Korea」는 1990년대 초반 한국 이민자들과 흑인 간의 갈등이 얼마나 격렬했는지 가늠하게 해준다. 이 곡 하나만으로도 한인들에게는 쉽게 잊히지 않는 악명 높은 갱스터 랩 앨범일 수밖에 없다.

F.U. "Don't Take It Personal"

칩 푸(Chip Fu)
목 푸(Moc Fu)
폭 푸(Poc Fu)

Artist: Fu-Schnickens
Album Title: F.U. "Don' t Take It Personal"
Release Date: 1992-02-25
Label: Jive Records

01. True Fuschnick

02. Movie Scene

03. Ring The Alarm

04. Back Off

05. Heavenly Father

06. La Schmoove (feat. Phife Dawg)

07. Props

08. Generals

09. Check It Out (feat. Dres)

10. Bebo

28

비공식 속도광, 동양 무술 트렌드세터의 인상적 첫발

다른 보컬 음악과 달리 랩 음악에서 흥미를 끄는 부분 중 하나는 래핑이 얼마나 빠른지를 직접 듣고 보는 것이다. 사람들이 평상시에 말하는 것보다 빠르게 가사를 뱉는 랩의 기초적 성격상 속도를 더 주시하게 되는 것은 당연하다. 캐나다 출신에다가 수감 생활로 인해 홍보도 제대로 못했던 스노가 1993년에 자신의 데뷔곡 「Informer」를 빌보드 싱글 차트 1위에 올릴 수 있었던 이유도 빠른 랩이 제공하는 재미 때문이었다고 봐도 무방하다.

1990년 재즈 오가 그의 두 번째 음반에 실린 「The Originators」에서 엄청난 빠르기의 래핑을 선보인 이후 랩은 또 한 번 가속을 감행했다. 1초당 열 개 이상의 음절을 발음하는 능력으로 1992년에 기네스 기록을 세운 트위스타처럼 공인된 스피드스터로 등극하지는 못했더라도 푸 쉬니큰스는 그보다 석 달 정도 앞서서 속도전 양상의 불길을 날리고 있었다. 랩이 배태한 선천적 기민함으로 그들은 마니아들의 환심을 샀다.

이들은 다스 이펙스의 라임과 조금은 유사하게, 한글로 따지면 '이' 모음이 되는 뜻이 없는 단어를 늘어놓는다거나 의성어, 의태어를 주입해 마찰과 저항을 덜 받는 문법을 특징으로 취했다. 거기에다가 레게 스타일의 높낮이가 명확한 플로우를 내서 신속하게 랩을 전개하는 중에도 꽤 율동적으로 들리게끔 했다. 각자 맡은 파트를 소화할 때에 나머지 멤버는 미량 투하 코러스로 짤막하게 치고 빠지거나 콜 앤 리스폰스(call and response, 주고받기)를 행해 영민하게 역동성을 보충했다. 훅을 제외한 어디에서도 단어 다섯 개를 초과하는 문장으로 합창하지 않았다. 대부분이 단어 한두 개로 끝났다. 이들의 스타일은 대만 댄스 그룹 엘에이 보이즈가 빠르게 흡수하기도 했다.

활력 있는 래핑에 더해 다른 부분에서도 자신들을 특징지으려고 애썼다. 1970년대 이후 홍콩, 일본 등지에서 제작된 무술 영화가 미국에 유입됨으로써 동양 문화와 무예가 흑인들의 호기심을 자극하는 가운데, 푸 쉬니큰스도 앨범 곳곳에 무도의 향기를 배치해 거기에 매료되었음을 알렸다. 「La Schmoove」에서는 유도를 예로 들었으며 「Movie Scene」의 도입부에 무술 영화의 한 장면을 삽입하고 싸움에 자신 있다는 태도를 보임으로써 노래를 액션물화化했다. 닌자, 부처, 쿵후가 도처에 깔려 있다는 점과 쿵후 도복을 입고 찍은 앨범 재킷 사진은 이들이 동양 문화와 격투기에 애착함을 일러 준다. 동양 무술을 힙합 세계 전체에 전파한 우탱 클랜과는 비할 수 없을 만큼 영향력은 미미했으나 그들보다 1년 6개월이나 먼저 이를 음악에서 구현했다는 점은 특기할 만했다.

불행히도 이들만의 특징은 동시에 단명의 원인이 됐다. 처음에는 귀가 솔깃해지는 속도 때문에 굉장한 재미를 주지만 들으면 들을수록 신기함은 급감하는 단점도 동반하고 있었다. 대중문화 화제의 인물이나 영화 캐릭터를 비유해서 호기를 드러낼 뿐 곱씹어 보고 생각해볼 가사는 별로 없다는 것도 청취 욕구를 금방 식게 하는 요소였다. 다수가 즉각적으로 흥미를 느낄 수 있는 방편이 그만큼 빠르게 열기를 잃는다는 것을 푸 쉬니큰스는 약 2년 뒤에 몸으로 해득해야 했다.

Totally Krossed Out

크리스 켈리(Chris "Mac Daddy" Kelly)
크리스 스미스(Chris "Daddy Mac" Smith)

Artist: Kris Kross
Album Title: Totally Krossed Out
Release Date: 1992-03-17
Label: Ruffhouse Records

01. Intro Interview

02. Jump

03. Lil' Boys In Da Hood

04. Warm It Up

05. The Way Of Rhyme

06. Party

07. We're In Da House

08. A Real Bad Dream

09. It's A Shame

10. Can't Stop The Bum Rush

11. You Can't Get With This

12. I Missed The Bus

13. Outro

14. Party (Krossed Mix)

15. Jump (Extended Mix)

단 한 번의 엄청났던 도약,
유소년 힙합의 최고 흥행작

　낮은음으로 반복되는 건반 연주, 찢어질 듯 아슬아슬하게 펼쳐지는 고음의 신시사이저가 묘하게 어우러지는 가운데 앳된 목소리의 랩이 펼쳐지는 데뷔 싱글 「Jump」는 발매되자마자 미국 전역을 강타하며 크리스 크로스가 정상의 자리로 도약하는 것을 도왔다. 당시 이들의 나이는 12살, 13살로 잭슨 파이브 시절 「I Want You Back」으로 11살의 나이에 빌보드 팝 차트 1위에 오른 마이클 잭슨이나 「Fingertips - Part 2」로 13살 때 넘버원에 등극한 스티비 원더 같은 팝 거장들과 거의 동급의 역사를 이룬 것이었다. 「Jump」는 두 꼬마를 단숨에 팝 스타로 등극하게 한 초고속 승강기나 마찬가지였다.

　노래는 우리나라에도 강한 파급력을 과시했다. 이것은 크리스 크로스로부터 직접 전달된 것이 아니라 이들보다 약 5개월 뒤에 현진영이 발표한 2집 타이틀곡 「흐린 기억 속의 그대」를 통해 이뤄졌다. 현진영은 옷을 거꾸로 입거나 바지를 최대한 내려 밑위 부분을 무릎까지 오게 하는 이들의 패션에다 팔을 휘저으며 양다리를 구부렸다 폈다 하는 제스처를 벤치마킹한 '엉거주춤 춤'으로 인기를 끌었다. 쉽고 재미있는 춤동작과 생경한 힙합 패션은 힙합 문화가 국내에 서서히 유입되던 시기에 많은 사람의 관심을 자아냈고 청소년과 젊은이들 사이에서 유행했다. 그렇게 「Jump」와 「흐린 기억 속의 그대」는 우리나라에서만큼은 뗄 수 없는 관계를 맺었다.

노래에는 또한 힙합 문화의 일부인 디스가 담겨 있기도 하다. 표적은 1년 먼저 데뷔해 유소년 힙합의 지평을 연 어나더 배드 크리에이션이었다. 크리스 크로스는 「Jump」의 첫 소절에서 '우리를 또 다른 어린 개구쟁이들(another bad little fad)과 비교하지 마.'라고 간접적으로 대상을 언급하며 엄포를 놓았다. 그러나 상대방으로부터 이렇다 할 반응이 없었던 탓에 단순히 '괜한 힘주는 호령'으로 그쳤다.

두 번째 싱글 「Warm It Up」도 빌보드 랩 싱글 차트 1위, 영국 싱글 차트 14위에 오르며 뜨거운 인기를 지속하게 했다. 피 펑크 스타일의 둔중한 베이스라인을 내세운 「It's A Shame」, 늦잠을 자서 통학버스를 놓쳤다는 이야기로 또래의 공감을 산 「I Missed The Bus」도 연이어 히트했다. 뉴 잭 스윙풍의 「Party」는 정식으로 싱글 커트되지 않았지만 라디오 전파를 타며 다수에게 사랑받았다.

저메인 듀프리의 주도하에 완성된 음반은 익살맞은 가사, 경쾌한 비트와 깜찍한 모습까지 더불어 갖추며 대중의 이목을 집중시켰다. 총 네장의 싱글을 내보인 앨범은 400만 장 이상의 판매량을 기록하며 랩 음악계에서 돌풍을 일으켰다.

질주에 가까운 상업적 성공을 실현한 1집과 달리 이듬해 선보인 2집 『Da Bomb』은 연타를 날리는 데 실패하고 만다. 1년 사이에 몰라보게 성숙한 외모는 앳된 모습에 반했던 팬들을 실망시켰고 갱스터를 자처하며 쓴 비속어 가사는 팬들을 또 한 번 실망시켰다. 음악적으로나 외적으로나 영원히 밝고 귀엽기만을 바란 대중의 염원을 자발적, 비자발적으로 저버린 그들은 인기의 급격한 내림세를 경험해야 했다. 마지막 앨범이 된 『Young, Rich & Dangerous』도 다르지 않았다. 세계 수많은 사람을 뛰게 한 기록적인 점프는 안타깝게도 1차시기로 마무리되었다.

스피치(Speech)
헤드라이너(Headliner)
바바 오제(Baba Oje)
몬초 에시(Montsho Eshe)
알 타리(Aerle Taree)
라사 돈(Rasa Don)

Artist: Arrested Development
Album Title: 3 Years, 5 Months & 2 Days In The Life Of...
Release Date: 1992-03-24
Label: Chrysalis Records

01. Man's Final Frontier

02. Mama's Always On Stage

03. People Everyday

04. Blues Happy

05. Mr. Wendal

06. Children Play With Earth

07. Raining Revolution

08. Fishin' 4 Religion

09. Give A Man A Fish

10. U

11. Eve Of Reality

12. Natural

13. Dawn Of The Dreads

14. Tennessee

15. Washed Away

16. People Everyday

   (Metamorphosis Mix)

30

갱스터 랩 시대를 비집고 나온
의식 있는 메시지

1980년대 후반부터 90년대 초반은 다수 래퍼가 사정없이 가상의 총질을 해대고 마리화나, 매춘에 대한 찬미로 차트와 거리를 점령한 때였다. 정부와 체제에 대한 불평을 여기저기에서 연달아 터뜨렸고 퇴폐와 폭력의 기치 아래 그들만의 이상향을 만드는 데 정진했다. 지역을 막론한 래퍼들이 갱스터 랩으로 대동단결해서 거친 삶을 전달하는 것을 빈번하게 목격할 수 있었다.

모두가 거기에 함몰된 것은 아니었다. 여성을 비하하고, 마약에 탐닉하며, 범죄를 조장하는 가사가 범람하던 순간에도 미국 사회에서 벌어지는 문제들을 환기하고자 노력하고 희망적인 메시지를 전파하려는 움직임은 있었다. 조지아주 출신의 어레스티드 디벨로프먼트가 그랬다. 이들은 당시 힙합 신을 잠식해가던 갱스터리즘의 다른 편에 기거한 대안이었다.

음반 계약을 따내기까지 3년 5개월 2일이 걸렸다는 사실에 기인해 제목을 붙인 데뷔 앨범은 긍정적인 메시지, 흑인들의 자긍심을 유발하는 가사로 랩 음악팬들과 매체의 시선을 빼앗았다. 그룹의 따뜻한 언어는 곤궁에 처한 흑인들을 위로하는 손길이 되었고 절망에 다다른 사람들에게 희망의 문을 열어주는 열쇠가 되었다. 그룹은 삶을 힘들어하는 이들에게 용기를 북돋워 줬다.

노예제도로 인한 흑인들의 고통스러운 심정을 밝히며, 동료들의 자각을 요구하고, 번민 없이 살 수 있는 유토피아를 갈구하는 「Tennessee」는 이들 노래의 사상적 지향을 파악할 수 있는 대표곡이다. 신의 인도와 가르침을 구하는 태도는 일상성, 진지함을 겸함으로써 대중에게 진실하게 다가갔다. 곡은 케이블 음악 방송 VH1에서 뽑은 '위대한 힙합 100곡' 리스트 중 78위에 랭크되며 가치를 빛냈다.

걸인을 통해서 인류애를 찾고 소외된 사람들에게 관심 두기를 요구하는 「Mr. Wendal」, 흑인 여성의 사기를 고취하려는 「Mama's Always On Stage」, 흑인들 간의 다툼을 멈추고 스스로 격을 떨어뜨리는 행동에 대한 자제를 요구하는 「People Everyday」 등은 어레스티드 디벨로프먼트의 방향타를 확실히 명시한다. 깡패 근성과 온갖 욕설로 물든 소비적인 푸념이 아닌 건강한 사회를 만들어 보려는 의젓함이 이들 음악에 깃들어 있다.

수수한 반주도 스포트라이트를 허락한 중대 요인이었다. 여느 힙합 음악처럼 리듬 앤 블루스와 펑크를 뼈대로 사용했지만 대체로 투박한 매력이 전면에 나타나 전원의 냄새가 물씬 뱄다. 그 질박함이 친근감을 획득했고 빠른 템포까지 거두어 흥미롭게 들렸다.

1993년 《그래미 시상식》에서 '최우수 신인상', '최우수 랩 퍼포먼스 듀오, 그룹' 트로피를 거머쥐고 데뷔 1년 만에 라이브 앨범을 낼 정도로 인기가 대단했지만 1994년에 발표한 2집이 전작에 미치지 못하는 성적을 내며 아쉽게도 급격한 쇠락을 맞았다. 자신들 이름처럼 '발육을 저지당한' 예상 밖의 결과였다.

2집을 끝으로 해체를 선택한 그룹은 새천년을 거치면서 재결성했다.

그러나 초창기의 화려했던 순간을 재현하기란 쉽지 않았다. 긍정성을 표하며 사회, 환경 등 다양한 주제에 걸쳐 사람들의 관심을 호소하는 건 전한 의견은 이제 언더그라운드에서 소리를 내고 있다.

Dead Serious

드레이지(Drayzy)
스쿱(Skoob)

Artist: Das EFX
Album Title: Dead Serious
Release Date: 1992-04-07
Label: East West Records

01. Mic Checka

02. Jussummen

03. They Want EFX

04. Looseys

05. Dums Dums

06. East Coast

07. If Only

08. Brooklyn To T-Neck

09. Klap Ya Handz

10. Straight Out The Sewer

31

수많은 추종자를 낳은 신개념 라임 구성

일반적인 노래에서 악곡, 가사와 함께 가수의 창법이 작품의 감동과 재미를 더하는 핵심 요소로 작용하는 것처럼 랩 음악에서 비트와 노랫말 외에도 래핑 스타일은 특정 곡의 감흥을 높이는 인자다. 청취자들은 독특한 방식이 삼투된 랩을 더 빨리 받아들이고 더 오래 머릿속에 저장해둔다. 많은 사람에게 각인될수록 입신立身은 순차적으로 따라온다. 이는 상업적 성공을 넘어 가수의 존재감을 부각한다거나 새로운 장르의 탄생, 신경향으로까지 이어지기도 한다. 경제 가치를 압도하는 업적이 되는 것이다.

다스 이펙스가 그러한 실적을 거뒀다. 이들의 특이한 어법은 전 세계 힙합 마니아들의 청각 신경을 자극했고 팀을 빌보드 흑인음악 차트 상위권에 손쉽게 오르게 하는 사다리 역할을 했다. 이전에 체험하지 못한 색다른 래핑이 시도된 『Dead Serious』는 힙합 역사에서 중요한 한순간을 점할 정도로 흥행 이상의 의의를 지닌다.

다스 이펙스는 「Mic Checka」 중 'Yo, I riggedy-write my pages when I figgedy-feel the flavor', 「Brooklyn To T-Neck」의 'I'm miggity-makin yens in Japan' 처럼 'iggity' 또는 'iggedy'로 끝나는 단어를 생성해 넣

음으로써 기존 래퍼들과 구분되는 자신들만의 래핑을 체계화했다. 혀를 굴려야 하는 스타일은 흐름을 더욱 부드럽게 만들었고 탄력을 배가했다. 청취자들은 여기에서 재미를 느꼈고 무의식적으로 따라 하며 빠져들었다. 본인들이 예견했든 안 했든 간에 팀 이름과 같은 '다스 효과(Das effects)'가 순식간에 발휘되었다.

이들이 설정한 법칙은 자메이카 스타일의 빠른 래핑에 연소돼 플로우의 열기를 높였다. 노래 곳곳에 텔레비전 드라마나 영화 속 캐릭터, 배우, 음악가들을 등장시켜 어떠한 행위를 비유하거나 자신들과 비교하는 가사도 흥미를 곱절로 늘렸다. 이들의 이야기는 대체로 엉뚱하기 짝이 없고, 약간은 치기 어리고, 자기 과시에 머물렀으나 유희의 범위에 한정 짓는다면 특별히 반감을 살 만한 내용은 아니었다. '무척 심각한'이라는 앨범 타이틀은 반어로 받아들여질 만큼 유쾌했다.

두 멤비가 만끽해야 할 환희는 그것으로 최고점을 찍지 않았다. 팀의 등장 이후 영 블랙 틴에이저스, 에보니 브로드캐스트 시스템, 메신저스 오브 펑크 등 여러 랩 그룹이 이들의 스타일을 본뜸으로써 거듭해서 다스 이펙스를 언급하게 했다. 1996년에 나온 중창 그룹 블랙스트리트의 「No Diggity」는 다스 이펙스에게 영향을 받았다는 사실을 단번에 알게 하는 곡이었다. 제목은 의심할 여지가 없다는 뜻의 'no doubt'를 'iggity' 라임으로 바꾼 것으로 그들의 래핑은 새로운 속어 창조에도 공을 세웠다. 솔리드, 듀스, 현진영 같은 국내 힙합 뮤지션들도 다스 이펙스의 래핑 스타일을 모방한 것을 확인하면 이들의 형식이 얼마나 획기적이었고 강한 힘을 보였는지 알 수 있다.

그룹은 다음 앨범 『Straight Up Sewaside』부터 하드코어 스타일을 옮겨 들이기 시작했다. 검측해진 외형은 이지 모 비, 디제이 프리미어 등이 프로듀싱한 『Hold It Down』에서 방점을 찍었고 강성 사운드를 연모하는 팬들에게 깊은 인상을 남겼다. 그러나 매체의 호평과 상업적 성공을 두루 달성한 곳은 처녀작이 유일했다.

Daily Operation

디제이 프리미어(DJ Premier)
구루(Guru)

Artst: Gang Starr
Album Title: Daily Operation
Release Date: 1992-05-05
Label: Chrysalis Records

01. Daily Operation (Intro)

02. The Place We Dwell

03. Flip The Script

04. Ex-Girl To Next Girl

05. Soliloquy Of Chaos

06. I' m The Man

  (feat. Jeru The Damaja & Lil' Dap)

07. 92 Interlude

08. Take It Personal

09. 2 Deep

10. 24-7/365

11. No Shame In My Game

12. Conspiracy

13. The Illest Brother

14. Hardcore Composer

15. B.Y.S.

16. Much Too Much (Mack A Mil)

17. Take Two And Pass

18. Stay Tuned

전통과 정통에서 찾은 근사한 해답

갱 스타의 세 번째 앨범 『Daily Operation』은 그룹의 음악적 방향이 이제는 완연히 자리 잡았음을 알린 작품이다. 그것은 기본에 충실하며 단아한 그루브를 발산하는 힙합에의 정착이었다. 올드 스쿨 브레이크비트, 각종 펑크 샘플과 재즈 루프, 반주 전체를 위협하는 스크래칭이 혼재된 탓에 다소 어수선했던 처녀작의 전철을 밟지 않고 통일성을 기하는 데 성공한 2집 『Step In The Arena』는 훨씬 단정해진 모습, 깊이 있는 사운드로 평단의 긍정적인 의견을 이끌어 냈다. 3집에서 그 기법은 또 한 차례 발전했다.

재즈, 펑크 샘플은 강고해졌으며 그것들의 조합은 매끄러움을 배가했다. 브라스 샘플을 이용해 경쾌함을 형성하는 「Ex-Girl To Next Girl」, 고요한 운치를 비트로 설명하는 「No Shame In My Game」 등은 요란스럽거나 경박하지 않으면서도 만족감을 느낄 흥을 낸다. 적당한 장소에 나타나 성긴 부분을 메우거나 노래 제목, 가사를 강조하는 프리미어의 전매특허 턴테이블 연주는 업그레이드된 자태를 뽐냈다.

구루의 래핑 또한 안정적으로 변화했다. 1집에서 때로는 펑키한 반주에 맞춰 고조된 목소리로 랩을 하기도 했으며 전작에서는 힘을 과하게 줘서 음악과 불일치하는 경우도 있었으나 이곳에서는 프리미어의 비트와 조화하면서 반주는 물론 자신의 랩도 도드라져 보일 수 있도록 톤을 굳혔다. 흥분하지 않으며 어디에서나 일정하게 반듯한 플로우를 갖는 것이었다. 이러한 연유로 일부 마니아가 구루의 랩을 재미없다고 단언하곤 하지만 그에게는 그것이 최선의 선택이었다. 급작스럽게 변주하지 않고 동일한 루프에 스크래칭만 겸하는 게 다이며 점잖은 흥을 내는 데 주력하는 프리미어의 음악을 해치지 않고 완전히 하나가 되기 위해서는 모노톤의 래핑이 가장 효과적이었다. 그럼에도 배틀 래퍼로서 위풍당당한 모습을 보이는 「Flip The Script」이나 자신이 재능 넘치는 인물이라고 꺼드럭거리는 「B.Y.S.(Bust Yo Shit)」 등으로 충분히 위협적인 아우라를 풍긴다.

앨범은 재즈 색채의 비트로 재즈 힙합을 좋아하는 이들에게 사랑을 받았지만 이것이 『Daily Operation』의 절대적인 중요성은 아니다. 자극적인 언어를 쏘아 대지 않고 상업성에 매달리지 않은 채 기초와 정통, 디제이와 엠시의 전통 체제 안에서 생각을 전달하고 라임을 다듬으며 새로운 비트를 만드는 것에 전념했다는 점이 음반의 격을 높인다. 이 과정에서 멤버들의 기능을 배양한 것은 내적 결실이었다.

둘은 여기에다 영원히 살림을 풀지 않았다. 다음 작품부터는 길거리 이미지에 부합하는 사운드를 창출해 강한 힙합을 좋아하는 이들에게 애착을 구했다. 큰 변신은 아니었을지라도 갱 스타는 마니아들의 호응과 평단의 찬탄을 한꺼번에 획득한 성공모델에 머물러 있기를 사절했다.

이러한 변화는 어쩌면 프리미어에게만 초점이 맞춰진 것이었다. 팀의 다른 한 축 구루는 샘플링 방식을 넘어 재즈와 힙합을 수평으로 병합하는 그만의 새로운 스타일을 준비하고 있었다. 갱 스타가 행한 재즈 힙합과는 또 다른 음악, 그것은 바로 힙합과 재즈의 절묘한 혼인식 『Jazzmatazz』였다.

Whut? Thee Album

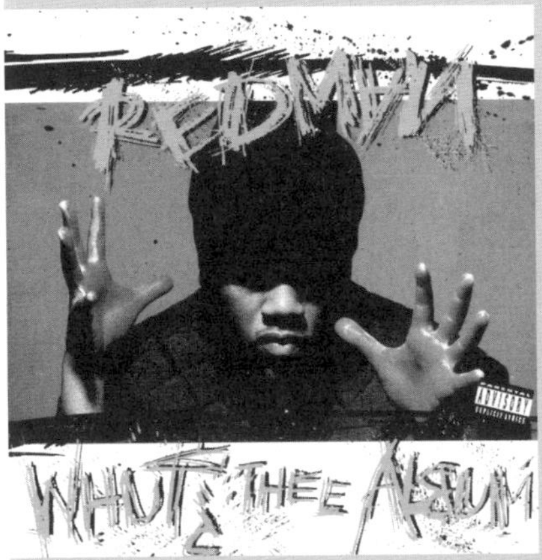

Artist: Redman
Album Title: Whut? Thee Album
Release Date: 1992-09-22
Label: Def Jam Recordings

01. Psycho Ward

02. Time 4 Sum Aksion

03. Da Funk

04. News Break

05. So Ruff

06. Rated "R"

07. Watch Yo Nuggets
　　(feat. Erick Sermon)

08. Psycho Dub

09. Jam 4 U

10. Blow Your Mind

11. Hardcore

12. Funky Uncles

13. Redman, Meets Reggie Noble

14. Tonight`S Da Night

15. Blow Your Mind (Remix)

16. I' m A Bad

17. Sessed One Night

18. How To Roll A Blunt

19. Sooper Luver Interview

20. A Day Of Sooperman Lover

21. Encore

33

약동하는 비트와 포효하는 래핑,
한국어 랩의 재미까지

이피엠디에게 평단의 호평을 집중하게 한 에릭 서먼의 피 펑크 기반의 비트 가공 전법은 신성 레드맨의 데뷔작 『Whut? Thee Album』에서 또 한 번 펼쳐졌고 이는 그의 등장을 성공적으로 만들어 주었다. 힙합에서 자주 등장하는 펑크 음악이 샘플로 많이 쓰였음에도 수록곡들은 다른 소스들과의 배합으로 신선미와 듣는 재미를 간수했다. 에릭 서먼의 영특한 프로듀싱 능력이 몸담던 그룹 바깥에서 검증되는 지점이었다.

펑크의 연대가 빚은 노래들은 하나같이 견고했다. 조지 클린턴과 로저 트라웃먼에게서 뽑혀 나온 드럼 루프는 그 자체로 에너지가 넘쳤으며 압도적이었기에 수록곡이 내는 세기는 단단할 수밖에 없었다. 비트는 음반의 시작부터 끝까지 펄펄 뛰는 활어의 모습을 연상하게 한다. 거기에 더해 R&B, 소울의 리프가 리듬 사이를 연결하면서 작품의 인장강도를 높이는 동시에 유연한 기운도 올렸다. 적소에 둔 음원은 각 노래의 완성도를 수직으로 상승시켰다.

'오리지널을 어디에 삽입하고 어떻게 활용하는 것이 현명한 방법인가?'에 대한 모범 답안은 「Time 4 Sum Aksion」이 쥐고 있었다. 노래는 링 아나운서의 전설로 꼽히는 마이클 버퍼의 유명 캐치프레이즈인

"Let's get ready to rumble!" 코멘트를 활용해 초반부터 분위기를 달궜고 드라마틱스의 「Get Up And Get Down」 도입부와 쿨 앤 더 갱의 「Jungle Boogie」 코러스를 붙여 활력을 키웠다. 사이프레스 힐의 「How I Could Just Kill A Man」 샘플은 임팩트를 결정했다. 비 리얼의 코맹맹이 소리는 여기에서 도리어 날카로움이 됐다. 이 샘플링은 짧지만 뒤통수를 치는 느낌이 들 만큼 강렬하다. 듀스가 리믹스 앨범 『Rhythm Light Beat Black』 중 「Time 2 Wreck」을 통해서 표현한 동일 기법은 오마주이든 모방이든, 의도를 떠나서 그 여파가 컸음을 말해주는 것이었다.

모든 공을 에릭 서먼에게 돌리기란 어렵다. 포악하며 어디로 튈지 모르는 격식화되지 않은 래핑을 터뜨리는 레드맨의 활약을 지나칠 수 없다. 강조 되는 가사를 한 차례 더 입히는 구간에서는 화를 내듯이 신경질적인 톤으로 더빙한다든가 음계로 나타낼 수 있을 정도로 싱잉 스타일의 래핑을 구사해 생동감을 만들어 냈다. 그래서 긴장감이 내내 유지된다. 바운스로 똘똘 뭉친 음색과 플로우는 비트와 상호 보완하는 효과를 가져왔다.

국내 힙합 마니아들에게는 「Blow Your Mind」가 자주 회자된다. 둘째 절에서 나오는 한국어 랩 때문이다. 그는 어설픈 발음으로 '저리가, 비켜라, 물러가라. 누구냐? 나다. 나, 나는 레드맨. 나보다 잘난 놈 하나도 없다. 이 세상 제일의 나는 레드맨.' 이라고 랩을 한다. 흑인이 우리나라 말로 랩을 하는 것은 무척이나 신기한 일이었기에 청취자들의 이목을 끌었고 국내의 한 인포테인먼트 프로그램에서는 그것을 이유로 들어 이 노래를 소개하기도 했다.

둔중한 펑키 비트와 레드맨의 원기 그득한 래핑은 힙합 마니아들의 이목을 사로잡았고 이로써 그는 대번에 주류 랩 음악의 신성으로 추대됐다. 이피엠디 앨범의 찬조 출연자에서 힙합 스타로 성장하는 데 기반이 된 작품이었다.

Homebrew

Artist: Neneh Cherry
Album Title: Homebrew
Release Date: 1992-10-26
Label: Circa Records

01. Sassy (feat. Guru)

02. Money Love (feat. J$)

03. Move With Me

04. I Ain' t Gone Under Yet

05. Twisted

06. Buddy X (inspired by !?!)

07. Somedays

08. Trout (feat. Michael Stipe)

09. Peace In Mind

10. Red Paint (inspired by Moki Cherry)

34

아티스트란 어때야 하는가를
힘주어 말한 용감한 변신

1988년 「Buffalo Stance」로 전 세계 클럽을 무른 메주 밟듯 활보한 네네 체리는 두 번째 앨범을 발표하며 예상치 않은 변화를 감행한다. 팝 댄스, 랩 음악을 적당히 혼합해 밝고 대중적인 스타일을 두루 갖췄던 처녀작과 달리 한층 건조하고 진중한 기운으로 변했다. 과거와 흡사한 형식을 지향했다면 그에 준하는 성공이 보장될 정도로 높은 인기를 구가하던 그녀였기에 의외의 결정은 평단과 음악팬들을 어리둥절하게 했다. 쉽게 이해되지 않는 행동이었다.

이와 같은 행보는 이미 예정된 것이었는지도 모른다. 그녀는 스웨덴 출신이었지만 10대 시절 영국으로 건너가 펑크(punk)의 세례를 받으며 저항의 기질을 체내에 이입했다. 체리스, 립 릭 앤 패닉 등의 록 밴드를 거치며 자연스럽게 청춘성, 저항의 에너지를 축적한 그는 댄스음악으로 차트를 석권하기 이전에도 남미의 영국 식민지인 포클랜드 제도에서 벌어지는 분쟁을 보며 느낀 아픔과 번민을 「Stop The War」라는 노래로 풀어냈다. 1990년에는 에이즈 퇴치를 위한 비영리 단체 레드 핫 오거니제이션(Red Hot Organization)에서 발매한 자선기금 마련 음반 『Red Hot

『+ Blue』에 참여하기도 했으니 신나는 음악이 네네 체리가 사는 세상의 전부는 아니었다.

수록곡들의 주제는 개인에 관한 이야기부터 사회 곳곳에서 벌어지는 현상과 본인의 생활 철학을 두루 담고 있다. 황금만능주의가 만연한 사회에 불편한 심기를 드러내는 「Money Love」, 현실은 비록 좋게 느껴지지 않을지라도 언젠가는 나아질 거라며 희망찬 내일을 소망하는 「Somedays」, 한순간 육체적 사랑에 빠지는 아이들을 위해 가정과 학교에서의 성교육이 절실하다고 주장하는 「Trout」, 가난과 약물로 둘러싸인 여성을 통해 빈민층의 생활상을 그리는 「I Ain' t Gone Under Yet」는 그녀의 숙고와 사회 참여적 지향을 읽을 수 있는 노래들이다. 이후에도 영국 실험 음악 뮤지션 원 자이언트 립의 「Braided Hair」나 유쑤 은두르와의 듀엣 곡 「Wake Up Africa」 등으로 보통 사람들의 삶과 사회를 살피려는 노력을 이어 갔을 정도로 그녀는 공공의 일에 유다른 관심을 표했다.

음악도 확 바뀌어 있었다. 스트레이트한 업 비트의 얼개가 대부분을 차지했던 전작을 떠올려 보기란 어려울 만큼 다양한 장르의 혼합을 계획했다. 록(「Trout」)과 재즈 힙합(「Sassy」, 「I Ain' t Gone Under Yet」), 트립 합(「Move With Me」)의 요소를 적당히 아우르면서 복잡한 형태를 나타낸 것이다. 첫 편에서 행하지 못했던 모든 것을 다 해보려는 양 이것저것을 섞으며 앨범을 그녀만의 실험실로 만들었다.

전 세계적으로 200만 장 이상 판매됐으며 성공적인 미국 차트 입성을 있게 한 데뷔 앨범 『Raw Like Sushi』와는 비할 수 없을 정도로 상업적 성과는 미미했다. 대중성을 의식적으로 무의식해버린 탓이었다.

안정된 길을 택할 수 있었음에도 네네 체리는 구석지고 고된 쪽으로 발을 뗐다. 그녀의 행동은 아티스트가 단순히 차트 순위와 음반 판매량으로 형용되는 인물이 아님을 역설한다. 뚜렷한 지향과 목표, 변화를 두려워하지 않는 기개가 필요함을 몸소 실천한 것이다. 당찬 발걸음은 『Homebrew』에서 시작됐다.

Free At Last

토비 매키언(Toby McKeehan)
케빈 맥스 스미스(Kevin Max Smith)
마이클 테이트(Michael Tait)

Artist: dc Talk
Album Title: Free At Last
Release Fate: 1992-11-01
Label: ForeFront Records

01. Luv Is A Verb

02. That Kinda Girl

03. Greer

04. Jesus Is Just Alright

05. Say The Words

06. WDCT

07. Socially Acceptable

08. Free At Last

09. Time Is...

10. The Hardway

11. 2 Honks And A Negro

12. Lean On Me

13. Testimony

14. I Don' t Want It

15. Will Power

16. Word 2 The Father

17. Jesus Is Just Alright (Reprise)

35

크리스천 힙합의 명작

　가스펠은 19세기 초반 남부 흑인 노예들의 자유를 위한 대이동과 함께 서서히 미국 전역에 전파되기 시작했다. 이후 그것의 곡 구조, 멜로디, 창법은 리듬 앤 블루스와 소울에 큰 영향을 주었지만 거대한 상업적 흥행과는 거리가 멀었다. 종교적인 내용의 가사가 압도적 다수의 호응을 구하기란 어렵기 때문이었으며 형식 부분에서도 누구나 다 그런 음악에 호감을 가질 수는 없던 까닭이었다. '가스펠의 여왕' 마헤일리어 잭슨의 1948년 곡 「Move On Up A Little Higher」가 8백만 장 이상 팔리며 공전의 히트를 기록했지만 이후 이렇다 할 가스펠 성공작이 나오지 않은 것이 50년대 이후 가스펠의 정체 상황을 말해준다.

　1950년대에 로큰롤이 태동한 이래 젊은이들의 감성에 부합하는 빠르고 강한 사운드가 팝 음악의 헤게모니를 잡게 되면서부터 가스펠은 대중과 더 큰 사이를 두게 됐다. 접점을 찾을 필요가 있었다. 그 결과로 나온 것이 종교적 요소는 그대로 가져가면서 대중음악의 주 소비층인 10대, 20대가 좋아하는 코드에 맞게 팝, 록 등 현대 대중음악 양식으로 나타낸 컨템퍼러리 크리스천 뮤직(contemporary christian music, CCM)이다.

1980년대에 접어들면서 힙합 신에도 CCM의 물결이 파고들었다. 디시 토크는 크리스천 힙합 신의 중요 뮤지션 중 하나로《그래미 시상식》 '최우수 록 가스펠 앨범'을 세 번이나 수상했으며 유구한 역사를 자랑하는 최대의 가스펠 음악 행사《가스펠 음악 연합 도브 시상식》에서 많은 상을 가져갔을 정도로 음악성을 인정받았다.

디시 토크의 세 번째 앨범 『Free At Last』는 랩을 중심에 두면서 뉴 잭 스윙(「That Kinda Girl」, 「Say The Words」), 하우스(「Jesus Is Just Alright」), 록(「Time Is…」) 등을 아우르며 다양화를 도모한 것이 강점이다. 그중 백미는 대규모 성가대 코러스를 꾸린 「Free At Last」로 열띤 찬양 예배를 보는 것 같은 인상을 들게 할 만큼 현장감과 가스펠의 정서를 잘 구현했다. 하지만 엠시 해머가 1년 먼저 선보인 가스펠 랩 「Do Not Pass Me By」와 구조, 악기 사용 등이 무척 흡사해 노골적인 참조에 대한 의심을 품게 하기도 했다.

하나님께 영광을 돌리는 노랫말 외에도 이들은 일상의 소재로 긍정적인 메시지를 전달하는 데 힘썼다. 「Time Is…」는 자기에게 주어진 시간을 값지게 사용할 것을 이야기하고, 「Luv Is A Verb」에서는 조건 없이 표현을 우선으로 하는 사랑 방식이 중요하다고 주장하며, 「The Hardway」는 실수와 역경을 통해서 교훈을 얻는 게 삶이라면서 겸허한 자세를 취한다. 디시 토크는 선한 내용의 가사로도 청취자들에게 사랑을 받았다.

디시 토크의 성공은 이후 커크 프랭클린이나 프리처스 인 더 후드, 가스펠 갱스터즈 같은 크리스천 힙합 뮤지션 후배가 등장하는 데 기반이 됐다. 하지만 크리스천 힙합은 힙합의 전체 지형도 안에서는 예나 지금이나 변방 장르로 머무는 중이다. 활동하는 인원도 적을뿐더러 이들 크리스천 힙합 뮤지션의 음악이 센세이션을 몰고 올 만큼 아주 빼어나지 않았다는 사항도 있다. 무엇보다도 비非 기독교 음악팬들에게 다가가기에 종교라는 벽은 여전히 높기 때문이다.

잭 디 라 로차(Zack De La Rocha)
톰 모렐로(Tom Morello)
티미 시(Timmy C.)
브래드 윌크(Brad Wilk)

Artist: Rage Against The Machine
Album Title: Rage Against The Machine
Release Date: 1992-11-06
Label: Epic Records

01. Bombtrack

02. Killing In The Name

03. Take The Power Back

04. Settle For Nothing

05. Bullet In The Head

06. Know Your Enemy

07. Wake Up

08. Fistful Of Steel

09. Township Rebellion

10. Freedom

36

록과 랩의 공통분모 소음, 청춘성, 저항성의 온전한 구현

레이지 어게인스트 더 머신은 록과 랩이 지닌 저항성과 시끄럽고 부산한 특질을 토대로 초강성의 음악을 표출했다. 체구를 잔뜩 키운 맹렬한 전기기타 소리, 날카롭다가도 때로는 구호를 외치는 것 같은 잭 디 라 로차의 전투형 래핑은 록과 랩의 특성을 개괄하는 이들의 주요 표현법이었으며 사회와 정치에 관련된 노랫말은 정신적 지향이었다. 둘의 모양만 산술적으로 종합해서 나타내는 게 아니라 기저에 있는 정서까지도 내보인 뮤지션들이었다.

이름부터 체제와 제도를 거부하는 의지가 서려 있다. 빈민이나 소외 계층을 돌보기는커녕 탄압하고 무시하는 정부라든가 노동자를 억압하는 초국적 기업, 약자를 조롱하는 기득권 세력과 온갖 부정의를 양심 없는 기계로 규정하고 그들을 향해 격노를 터뜨릴 것을 결심한 작명이었다. 존재 자체로 이미 투쟁의 시작이었던 셈이다.

사랑 이야기 따위는 찾아볼 수 없다. 권력을 가진 자들을 타깃으로 강력하게 성토하는 「Killing In The Name」, 흑인 민족주의 운동을 언급하며 맬컴 엑스와 마틴 루서 킹 목사를 환기하는 「Wake Up」, 미디어에 의해 사람들의 생각마저도 조종당하는 현실에 대한 비판 「Bullet In The Head」, 본인들이 적으로 규정하는 모든 것들에 대한 노여움을 재차 강조하는 「Know Your Enemy」 등으로 철저하게 좌파 노선을 유지한다. 이들의 말은 이즈음 정치 성향이 짙은 가사를 뱉은 여느 래퍼들보다 더 직설적이었다.

강력한 연주는 메시지에 힘을 실어 줬다. 톰 모렐로는 송곳처럼 예리한 사운드를 주조했으며 기타로 턴테이블을 긁는 것과 유사한 소리를 만들어내기도 했다. 브래드 윌크는 긴장감을 조성하는 영리한 패턴을 구사하면서 저돌성을 살린 격렬한 드럼 연주를 해보였으며 베이시스트 티미 시는 매서운 소리가 전면에 흐르는 중에 감각 있는 연주로 곡의 탄성을 확충했다. 넘치는 에너지를 발산하는 탄탄한 연주는 50분이 넘는 재생 시간 동안 계속된다. 카리스마 가득한 연설에서 잠시도 한눈 팔 수 없도록 하는 마력이었다.

밴드는 노래로만 투쟁하지 않았다. 1993년 《롤라팔루자》 콘서트에서는 검열 제도에 반대하는 뜻으로 멤버들 가슴에 학부모 음악 자료 센터의 이니셜 PMRC를 그린 후 15분 동안 나체로 무대 위에 서 있기도 했고, 2007년 기타 제조사 콜트(Cort)가 한국 노동자들을 대량 해고한 이후 오랜 기간 투쟁해온 실직자들이 2010년 초 미국에 복직을 요구하는 원정 투쟁을 갔을 때 톰 모렐로는 직접 지지 방문을 갔다. '행동하는 예술가'라는 수식이 달리 붙는 게 아니다.

2000년에 해체한 후 작품 활동이 없었음에도 2009년 말 「Killing In The Name」이 1위에 오르는 기이한 현상이 일어났다. 2000년대 중반 이후 줄곧 크리스마스 시즌에 영국 인기 오디션 프로그램 《엑스 팩터》 출신 가수가 영국 싱글 차트 정상을 차지해온 관행을 마뜩잖게 여긴 한 네티즌이 주도한 캠페인에 의한 결과였다.

《엑스 팩터》가 무려 1,000만 명 이상이 시청하는 프로그램이기에 이

캠페인은 거대 미디어와 온라인 공간을 결집 장소로 한 시민들 간의 대결이라고 할 만했다. 결국 이를 통해서 레이지 어게인스트 더 머신은 그들이 노래로 강조했던 민중의 힘으로 이룬 값진 승리를 체험했다. 언행 일치하는 음악인에게 전해진 답례처럼 보였다.

Hard Or Smooth

아킬 데이비슨(Aqil Davidson)
마켈 라일리(Markell Riley)

Artist: Wreckx-N-Effect
Album Title: Hard Or Smooth
Release Date: 1992-11-24
Label: MCA Records

01. Rump Shaker

02. New Jack Swing, Pt. 2

03. Wreckx Shop

04. Knock-N-Boots

05. Here We Come

06. Tell Me How You Feel

07. My Cutie

08. Wreckx-N-Effect

09. Ez Come Ez Go (What Goes Up Must Come Down)

10. Hard (Short)

11. Smooth (Short)

37

뉴 잭 스윙 힙합의 결정판

명민한 프로듀서 테디 라일리는 많은 히트곡을 양산하며 본인이 고안한 뉴 잭 스윙으로 1980년대 후반부터 리듬 앤 블루스 신을 서서히 점령해나가기 시작했다. 차트 곳곳은 그가 작곡하고 프로듀싱한 노래들이 차지했고 그의 작법과 비슷한 스타일의 곡이 계속해서 출몰했다. R&B의 부드러움과 힙합의 다이내믹한 리듬을 교합한 이 신종 장르는 다수 청취자를 공략하며 금세 주류 흑인음악의 트렌드가 되었다.

뉴 잭 스윙은 리듬 앤 블루스 토지에서만 힘을 행사하지는 않았다. 헤비 디 앤 더 보이즈의 「We Got Our Own Thang」, 빅 대디 케인의 「I Get The Job Done」과 쿨 모 디의 「They Want Money」가 테디 라일리의 손을 거친 노래들로, 그가 개발한 하이브리드 신생 양식은 랩 음악 영역에서도 지분을 확장해갔다.

렉스 앤 이펙트 역시 뉴 잭 스윙의 성세聖洗를 받은 그룹이었다. 하지만 데뷔 때부터 테디 라일리의 지원을 받았음에도 장르 특성을 살리지 못하고 보통 힙합과 별반 차이 없는 음악을 들려줘 대중의 시선을 끄는 데 실패하고 만다. 뉴 잭 스윙의 창시자도 그것을 힙합으로 이동시키며

과도기를 겪은 것이었다. 2집 『Hard Or Smooth』는 그의 표현력이 페이스를 찾은 제대로 된 뉴 잭 스윙 힙합 앨범이었다. 비트는 초기 발생 단계와 달리 정제되어 세련미를 풍겼고, 그럼에도 묵직함과 댄서블함을 유지했다. 정교한 세공을 거친 작품은 「Rump Shaker」, 「Knock-N-Boots」, 「My Cutie」, 「Wreckx Shop」 등 네 편의 싱글을 뽑아내며 빌보드 앨범 차트 9위에 오르는 성과를 기록했다.

수훈의 1등은 단연 「Rump Shaker」였다. 끈적끈적한 색소폰 연주 샘플로 만든 중심 뼈대, 'All I wanna do is zoom a zoom zoom zoom in a boom boom' 을 반복하는 테디 라일리의 훅, R&B 그룹 드바지의 히트곡 「I Like It」의 가사를 이용한 랩 버스(verse)는 무척이나 멋있고, 흥미로웠으며 친숙했다. 이 모두를 아울렀기에 열띤 지지를 얻을 수 있었다. 랩 싱글 차트 1위, 댄스음악 차트 9위에 오르며 인기를 누렸으나 휘트니 휴스턴이 부른 영화 《보디가드》의 주제곡 「I Will Always Love You」가 14주 동안 정상을 지키고 있던 탓에 끝내 1위에 등극하지는 못했다.

2007년에는 「Rump Shaker」 일부가 영국 뮤지션 엠아이에이의 「Paper Planes」 코러스로 쓰이면서 원곡을 향한 향수를 불러일으키기도 했다. 또한, 이 노래는 당시 각종 힙합, 댄스음악 편집 앨범에 단골로 수록되었으며 지금까지도 몇몇 컴필레이션에 들어갈 정도로 변치 않는 위엄을 드러내고 있다. 국내에서는 현진영의 「두근두근 쿵쿵」 후렴이 「Rump Shaker」와 유사해서 표절 논란이 일기도 했다.

이들이 대중의 사랑을 경험한 시간은 여기가 다였다. 1996년 세 번째 앨범 『Raps New Generation』을 선보였지만 「Top Billin'」이 랩 차트 38위에 오른 것 외에는 그 어떤 기록도 세우지 못한 채 묻혀 버리면서 해체로 이어졌다. 1990년대 중반 뉴 잭 스윙이 급격하게 쇠하기 전까지 이 스타일이 펼쳐진 곳은 거의 보컬 곡이었고 랩은 곁들여지는 고명에 지나지 않았다. 힙합에서 뉴 잭 스윙이 앨범 전반에 시도된 곳은 『Hard Or Smooth』밖에 없었다. 흥행까지 성취했기에 더욱 값진 앨범이다.

The Chronic

Artist: Dr. Dre
Album Title: The Chronic
Release Date: 1992-12-15
Label: Death Row Records

01. The Chronic (Intro)

02. Fuck Wit Dre Day (And Everybody' s Celebratin')

03. Let Me Ride

04. The Day The Niggaz Took Over

05. Nuthin' But A "G" Thang

06. Deeez Nuuuts

07. Lil' Ghetto Boy

08. A Nigga Witta Gun

09. Rat-Tat-Tat-Tat

10. The $20 Sack Pyramid

11. Lyrical Gangbang

12. High Powered

13. The Doctor' s Office

14. Stranded On Death Row

15. The Roach (The Chronic Outro)

38

지 펑크의 출범 선언,
서부 힙합 약진의 밑거름

닥터 드레는 엔더블유에이의 『Straight Outta Compton』에 두 가지 음악적 복선을 깔았다. 맨 마지막에 자리 잡은 댄스곡 「Something 2 Dance 2」가 그중 하나로, 라틴 프리스타일과 더불어 1980년대 힙합 신의 일부를 소유했던 브레이크비트류의 일렉트로 합 시대가 저물고 갱스터 랩, 하드코어 랩이 힙합의 핵심 장르로 부상하리라는 예언이었다. 그리고 그가 한 음향 예언은 정확히 현실로 나타났다. 어쩌다 우연히 맞은 게 아님을 당시 힙합의 조류가 한 번 더 확증했다.

다른 중요한 하나는 「Gangsta Gangsta」였다. 4분 5초를 지나 그는 아랍 음악풍으로 신시사이저 프로그래밍을 가미해 곡을 변주했다. 점점 올라가 조마조마하게 들리는 신스 사운드, 그것은 향후 탄생할 지 펑크(g-funk)의 심장박동 소리였다. 1991년 출시된 엔더블유에이의 마지막 앨범 『Efil4zaggin』의 「Alwayz Into Somethin'」에서 전면화한 그 특징적음의 발진은 닥터 드레가 이 새로운 장르를 출산할 날이 머지않았음을 예고한 것이었다. 1년 후 그는 첫 솔로 앨범 『The Chronic』으로 지 펑크 시대의 개막을 본격적으로 선언했다.

수록곡들은 팔러먼트와 펑카델릭의 음악에서 융통한 드럼 라인으로 육중함을 유지했으며 R&B 노래들을 함께 들여 유연성을 살렸다. 거기에다가 느긋하면서도 둔하고, 왠지 모르게 신경질적으로도 들리는 고음의 신시사이저 연주를 가미해 몽환적이며 중독성 강한 사운드를 주조했다. 이는 지 펑크가 음악계에서 생존하는 동안 전형이 됐다.

지 펑크가 갱스터의 'g'와 펑크를 합성한 용어인 만큼 음악적으로는 펑크와 깊은 연관을 맺었고 가사로는 갱스터 랩의 태도를 지향했다. 따라서 엔더블유에이가 내세웠던 폭력성, 여성 비하, 마약 찬미는 지 펑크에서도 주요 코드로 되새김질되었다.

지 펑크의 클래식 「Nuthin' But A "G" Thang」을 비롯해 「Fuck Wit Dre Day (And Everybody's Celebratin')」, 1994년 《그래미 시상식》 '최우수 랩 솔로 퍼포먼스' 부문을 수상한 「Let Me Ride」 등 모든 노래는 욕설을 퍼부으며, 온갖 범법 행위를 저지르고, 마리화나를 흡입하는 모습으로 채워져 있다. 라이벌 조직을 위협하거나 수익 배분 문제로 결별한 동료 이지 이를 향해 적개심을 표출하는 것은 풀 옵션 중 하나다. 섹스에 대한 찬미도 여전해서 「The Doctor's Office」는 아예 소리로 감상하는 포르노그래피나 마찬가지였다.

난잡한 내용, 폭력적인 가사에도 불구하고 『The Chronic』은 앨범 차트 3위에 오르고 싱글 차트 40위권 안에 세 곡을 들어놓으며 상업적으로 크게 성공했다. 이로 말미암아 지 펑크는 빠르게 메인스트림으로 편입됐다. 이후 서부를 근거지로 둔 래퍼들은 너나 할 것 없이 지 펑크를 들고 나왔다.

앨범은 서부 힙합의 득세에 발단이 되면서 갱스터 랩, 지 펑크의 거대한 쏠림현상을 몰고 왔다. 쾌락을 추구하고 폭력을 조장하는 노랫말이 당대 랩 음악에 득시글거렸고 래퍼들 간의 비난과 다툼이 연이어 터졌다. 언론과 일부 힙합 애호가들은 갱스터 랩이 청취자들에게 정서적으로 악영향을 미치고 범죄를 충동질한다고 책망했다. 『The Chronic』은 새 장르의 신세기를 연 혁명인 동시에 랩의 부정적 측면을 부각한 본보기 중 하나였다.

Artist: Guru
Album Title: Jazzmatazz, Vol. 1
Release Date: 1993-05-18
Label: Chrysalis Records

01. Introduction

02. Loungin' (feat. Donald Byrd)

03. When You're Near (feat. N'Dea Davenport)

04. Transit Ride (feat. Branford Marsalis)

05. No Time To Play (feat. Ronny Jordan & D.C. Lee)

06. Down The Backstreets (feat. Lonnie Liston Smith)

07. Respectful Dedications

08. Take A Look (At Yourself) (feat. Roy Ayers)

09. Trust Me (feat. N'Dea Davenport)

10. Slicker Than Most (feat. Gary Barnacle)

11. Le Bien, Le Mal (feat. Mc Solaar)

12. Sights In The City

39

재즈와 힙합의 무결한 융화

　재즈와 힙합의 퓨전은 1990년대에 접어들면서부터 활성화되었으나 두 장르를 교합하려는 움직임은 80년대부터 있어 왔다. 허비 행콕은 1983년에 발표한 『Future Shock』에서 랩을 동반하지는 않았지만 힙합의 자양분인 일렉트로 펑크, 초기 턴테이블리즘과 재즈를 버무린 음악을 선보였고 퀸시 존스는 『Back On The Block』에 빅 대디 케인, 아이스 티 등을 초빙해 재즈와 랩의 혼합을 시도했다. 1988년 스테차소닉의 「Talkin' All That Jazz」가 인기를 누리고 나서 얼마 후 트라이브 콜드 퀘스트, 어스쓰리, 디거블 플래닛츠 등이 배턴을 이어받아 재즈 힙합의 공식적인 붐을 일으켰다.

　이들 음악 대부분은 재즈 연주곡의 일부를 추출하거나 관악기를 적극적으로 활용한 '재즈 느낌이 나는 힙합' 일 뿐이었지 재즈와 랩, 각각의 매력을 온전히 살린 퓨전이라고 볼 수는 없었다. 재즈, 펑크 밴드 카고가 1985년에 「Jazz Rap」이란 노래를 취입했으나 재즈가 아닌 펑크에 랩을 곁들인 음악이었다. 마일즈 데이비스의 『Doo-Bop』에 실린 「The Doo Bop Song」 정도가 그나마 재즈와 랩의 조화로운 모습을 보여 줬을 뿐이었다.

갱 스타의 구루는 재즈다우면서도 랩 음악다운 면모를 겸비한 『Jazzmatazz』를 공개하며 두 장르의 자연스럽고도 아름다운 어울림을 제시했다. 기존에 나온 재즈곡을 재가공해 반주를 구성하는 것은 최소한으로 하고 거의 모든 곡을 실제 악기로 만든 점이 이를 가능하게 했다. 명연주자들의 참여 또한 음악의 품질을 상승시킨 요소였다. 각 수록곡에서 이들의 연주는 구루의 랩에 보조를 맞추며, 때로는 대결하는 것처럼, 한편으로는 즉흥 연주를 하듯 자유롭게 흐른다.

객원 가수들의 음성은 랩만으로는 자칫 팍팍해질 수 있는 위험요인을 거둬내는 역할을 했다. 구루의 낮은 톤이 안정감은 있으나 후련하게 다가서는 편은 아니기에 이들이 참여한 노래에서는 한결 가벼운 멋을 감지하게 된다. 러브 언리미티드 오케스트라의 히트곡 「Satin Soul」 샘플과 로니 조던의 명징한 기타 리프 위에서 펼쳐지는 코러스가 싱긋한 분위기를 조성하는 「No Time To Play」, 엔디아의 목소리로 인해 감미로움이 면면에 묻어나는 세레나데 「Trust Me」는 그래서 무척 대중적이다.

앨범의 진가 중 다른 하나는 랩과 음악의 야릇한 조화였다. 건조한 목소리로 차분하게 펼쳐 나가는 구루의 래핑은 노래들이 내보이는 탁한 공기, 밝다고는 할 수 없는 기류와 절묘하게 맞아떨어진다. 청취자들이 음악을 들으며 뿌연 연기가 가시지 않는 라이브 클럽에 와 있는 듯한 인상을 받는 게 당연하다. 힙합의 느낌도 살리면서 재즈 하면 연상되는 특유의 그림과 그 음악이 오롯이 나타나는 것도 같은 이유에서다.

앨범을 통해 구루는 그의 동료이자 비트 장인인 디제이 프리미어가 없어도 충분히 독자적인 활동이 가능하다는 것을 증명했다. 이 기획물로 래퍼로서의 역량뿐만 아니라 곡 만들기와 프로듀싱에도 출중한 재능이 있음을 대대적으로 알린 것이었다. 게다가 재즈 랩이라는 특화 상품으로 신에서의 입지를 더욱 굳게 다질 수 있었다. 재즈와 힙합, 이 두 장르의 매력이 온전히 융화, 공존하는 작품은 1990년대에서는 『Jazzmatazz, Vol. 1』이 거의 유일했다.

Black Sunday

비 리얼(B-Real)
센 도그(Sen Dog)
디제이 머그즈(DJ Muggs)

Artist: Cypress Hill
Album Title: Black Sunday
Release Date: 1993-07-20
Label: Ruffhouse Records

01. I Wanna Get High

02. I Ain' t Goin' Out Like That

03. Insane In The Brain

04. When The Shit Goes Down

05. Lick A Shot

06. Cock The Hammer

07. Lock Down

08. 3 Lil' Putos

09. Legalize It

10. Hits From The Bong

11. What Go Around Come Around, Kid

12. A To The K

13. Hand On The Glock

14. Break 'Em Off Some

40

음산하고 몽환적인 음악으로 전달한 대마초 예찬

수많은 라틴계 래퍼가 그들만의 리그를 벗어나지 못했던 반면에 사이프레스 힐은 데뷔 싱글 「How I Could Just Kill A Man」을 흥행 궤도에 올리면서 단숨에 주류 힙합 신에 입장했다. 그룹의 음악감독 디제이 머그즈가 제조한 흡인력 있는 비트와 비 리얼의 비음 섞인 랩, 센 도그의 힘 있는 래핑은 서로 절묘한 화학작용을 일으키며 사이프레스 힐을 도드라지게 했다.

두 번째 앨범 『Black Sunday』는 힙합 필드에서 그들의 입지를 한층 단단하게 다지게 해줬다. 다양한 장르에서 채집한 음원 소스를 엮어 만든 반주는 넘실거리는 리듬감을 내비치는 동시에 몽환적이면서 음산한 분위기를 자아냈다. 펑키함이 특징이었던 전작과 달리 앨범을 관통하는 대기가 확 바뀌어 있었다. 「I Wanna Get High」, 「I Ain' t Goin' Out Like That」, 「Insane In The Brain」에서처럼 찢어질 듯 괴상하게 울리는 관악기 소리, 콘트라베이스를 이용한 고탄성 반주, 의도적으로 뒤튼 기타는 강한 인상을 전하며 거부할 수 없는 중독성을 안겼다.

앨범의 또 다른 특징은 1집보다 더 격화된 마리화나 예찬에 있다. 부클릿에 '삼과 대마초는 같은 것이며 마리화나라는 단어는 멕시코인들이 대마에 이름을 붙인 것이다.', '대마초는 기원전 4,000년 경 중국에서 처음으로 재배되었다.' 라든가 '대마는 메스꺼움, 진통, 경련 등을 치료하는 의약으로도 사용할 수 있다.' 등 대마초에 관한 사실과 긍정적인 점 열아홉 가지를 기재했을 정도다.

몇몇 곡이 몽롱한 분위기를 띠는 이유가 그런 환각 상태에 기반을 두며, 이를 유도하고 있기 때문이다. 마리화나를 피우고 나서 몸이 풀리고 기분이 좋아진 상황을 옮긴 「I Wanna Get High」, 마리화나를 하는 과정을 상세하게 언급한 뒤 마리화나 파이프에 불을 붙이라고 권하는 「Hits From The Bong」, 대마초 재배를 합법화하라고 주장하는 「Legalize It」이 그러하다. 1990년대에 마리화나를 소재로 한 힙합 작품이 많았으나 사이프레스 힐의 이 앨범이 방대함 면에서 단연 으뜸갔다.

국내에서 이들의 이름이 회자되고 『Black Sunday』의 노래들이 대대적으로 언급된 일도 있었다. 1995년에 히트한 서태지와 아이들의 4집 타이틀곡 「Come Back Home」은 사이프레스 힐의 음악을 본보기로 삼았다는 생각이 들 만큼 구성이 유사했으며 서태지는 이 노래에서 비 리얼 모창을 하는 것처럼 비음을 흉내 내 표절 논란이 일었다. 이듬해에는 아이돌 그룹의 원조 에이치오티의 데뷔곡 「전사의 후예 (폭력시대)」 반주가 「I Ain't Goin' Out Like That」과 흡사해 또 한 차례 표절 시비가 붙기도 했다. 사이프레스 힐의 독특한 매력이 국내 가수들에게도 여러모로 영향을 주었음을 확인할 수 있다.

비 리얼과 센 도그는 솔로 활동으로는 힙합을, 프로젝트 팀을 결성해서는 랩 메탈을 하면서 두 장르에 대한 애정을 드러냈고, 디제이 머그즈는 실력파 래퍼들과 협업한 '대결 시리즈'를 통해서 비트 마에스트로의 명성을 이어 갔다. 그러나 세 멤버가 모두 모여 음산함, 환각적인 분위기, 리드미컬함을 한꺼번에, 근사하게 보여 준 자리로는 여기가 제일이었다.

Very Necessary

셰릴 제임스(Cheryl "Salt" James)
샌드라 덴튼(Sandra "Pepa" Denton)
디제이 스핀데렐라(DJ Spinderella)

Artist: Salt-N-Pepa
Album Title: Very Necessary
Release Date: 1993-10-12
Label: Next Plateau Records

01. Groove Me

02. No One Does It Better

03. Somebody's Gettin' On My Nerves

04. Whatta Man (duet with En Vogue)

05. None Of Your Business

06. Step

07. Shoop

08. Heaven Or Hell

09. Big Shot

10. Sexy Noises Turn Me On

11. Somma Time Man

12. Break Of Dawn

13. I've Got AIDS (PSA)

41

남성들의 세계에서 살아남은
여성 힙합의 승전보

랩 음악계는 거의 남성이 주도하는 사회였다. 그렇다고 여성들의 족적이 아예 없었던 것은 아니다. 펑키 포 플러스 원의 샤 록은 힙합이 상업적으로 융기하던 초창기의 한 편을 장식했으며, 레이디 비와 시퀀스는 항상 음반 취입상의 '최초'라는 수식을 달고 다니는 여성 솔로 래퍼와 여성 랩 그룹으로 역사에 기록된다. 하지만 이들은 빅 히트곡을 보유하지 못해서, 남자들에 필적할 만한 강한 어조를 제시하지 않았기 때문에 너르고 상시적으로 회자 대상이 될 수 없었다. 랩 게임의 대단한 승자는 되지 못했던 것이다.

그러나 솔트 앤 페파는 달랐다. 1985년 슈퍼 네이처라는 이름으로 첫 싱글 「The Showstopper」를 발표한 이들은 남성 못지않은 박력 있는 래핑과 자신감 넘치는 가사로 빠르게 주목받기 시작했다. 더구나 이 노래는 더그 이 프레시와 슬릭 릭의 합작 「The Show」에 대한 답가로서, 그들의 이름과 곡 제목을 노랫말에 넣어 조소를 날렸다. 남성 중심으로 돌아가는 힙합 신에서 원기 왕성하고 건방진 태도는 단연 주목을 살 수밖에 없었다. 성에 대한 개방적인 표현으로 다소 논란이 되었던 3집 수록곡 「Let' s Talk About Sex」는 솔트 앤 페파의 스스럼없는 행동에 방점을 찍는 노래였다.

그런 과감한 모습이 이름을 알리는 데에 힘이 되었고 밝고 활기찬 음악으로 그룹은 대중성까지 획득했다. 네 번째 정규 앨범 『Very Necessary』는 지금까지 솔트 앤 페파의 모습을 압축해서 보여 준 자리이자 그들이 이룬 성과까지도 함께 나타낼 수 있는 대표기록이다.

이들은 요조숙녀이기를 거부했다. 감추고, 재고, 떠보지 않는 게 매력이었다. 그 솔직함이 XY 염색체가 점령한 전지에서 자신들을 살아남게 했다. 남자를 조종하듯 자신을 흥분하게 만들어 보라고 이야기하는 「Groove Me」, 완벽한 만족을 안기는 내 남자에 대한 아낌없는 자랑 「Whatta Man」, 사랑의 언어로 계속해서 속삭여 달라는 「Sexy Noises Turn Me On」은 육체적 관계에 대해 조금도 숨기지 않으려는 당돌한 태도를 발견할 수 있다. 원하는 대로, 말하고 싶은 대로 뜻을 밝힌 것이 인기의 득이 됐다.

솔트 앤 페파가 상업적으로 성공할 수 있었던 데에는 프로듀서 허비 아조의 조력도 크다. 그는 단조롭지만 정갈한 비트를 제작해 이들의 랩을 안정감 있게 받쳐주는 데 중점을 뒀다. 눈에 띌 만한 기교 없이 정박正拍으로 진행하는 래핑이 현란한 반주를 만나면 거기에 묻힌다는 것을 꿴 허비는 조화로우면서도 랩을 강조할 수 있는 음악으로 샌드라와 셰릴의 목소리를 부각하게 했다.

당찬 언사, 에너지를 느낄 수 있는 랩, 어울림을 강조한 음악으로 앨범은 무려 500만 장 이상 팔리는 기염을 토했다. 덕분에 이들은 멀티 플래티넘을 달성한 최초의 여성 랩 그룹이 됐다. 또한, 「None Of Your Business」는 1995년 열린 《그래미 시상식》에서 그녀들에게 '최우수 랩 퍼포먼스 듀오, 그룹' 부문의 트로피를 안겨줬다. 평단과 대중 모두 그들 편이었다. 솔트 앤 페파는 여느 남성 래퍼들에 달리지 않는 강경한 어투와 다수의 히트곡을 완비함으로써 해체 후에도 계속된 관심을 받을 수 있었다. 랩 게임의 기억될 만한 여성 승자가 된 것이었다.

Plantation Lullabies

Artist: Me' Shell NdegéOcello
Album Title: Plantation Lullabies
Release Date: 1993-10-19
Label: Maverick Records

01. Plantation Lullabies

02. I' m Diggin' You (Like An Old Soul Record)

03. If That' s Your Boyfriend (He Wasn' t Last Night)

04. Shoot' n Up And Gett' n High

05. Dred Loc

06. Untitled

07. Step Into The Projects

08. Soul On Ice

09. Call Me

10. Outside Your Door

11. Picture Show

12. Sweet Love

13. Two Lonely Hearts (On The Subway)

42

하이브리드, 얼터너티브 힙합의 선두 주자

이 앨범은 래핑과 관련한 거의 모든 면을 망라한다. 플로우와 라임을 갖춘 일반적인 래핑을 비롯해 평상시 사람들이 말하는 것처럼 발화發話하는 스포큰 워드(spoken word), 순간적인 느낌을 중시하고 리듬을 동반해 시문을 읊거나 자기 생각을 표출하는 재즈 포에트리(jazz poetry)가 두루 나타난다. 모양을 가다듬어 정형을 지니기 전부터 현재에 이르기까지 랩의 갖가지 형태가 담겨져 있다.

이 앨범은 또한 흑인음악의 많은 부분을 종합해서 보여준다. 힙합, 재즈, 펑크, 소울 등 다양한 흑인음악 장르가 공존한다. 심지어 이 앨범이 나온 지 몇 년 후에야 생장의 바람이 분 네오 소울의 기운까지도 포괄하고 있다. 이로 말미암아 하이브리드 골조를 추구하는 가수 겸 래퍼들이 마니 코폴라, 데사, 네카 등이 여기에 음악적 빚을 지고 있다고 해도 과언이 아니며, 에리카 바두, 과펄레이, 재규어 라이트 같은 네오 소울 가수들 역시 이 앨범을 자양분 삼았다고 할 수 있다. 광범위한 혼종 스타일로 여러 음악인들의 해산解産을 도운 소중한 작품이다.

이는 미셸 엔데게이오첼로의 데뷔작 『Plantation Lullabies』에 관한 설명이다. "그녀의 앨범은 슬라이 스톤의 소울에다 제임스 브라운의 펑크,

프린스의 팝 감성, 레나 혼의 우아함을 섞은 힙합의 정수다."라는《슬랜트 매거진》의 정의처럼 앨범은 온갖 흑인음악을 합집합해 힙합으로 승화했다.

미셸은 이를 얼터너티브 힙합(alternative hip hop)이라고 축약한다. 기존 힙합의 하위 카테고리에 들어가기를 거부하고 다양한 장르와 접합하면서 새로우면서도 하나의 스타일로 정의할 수 없는 까다로운 양식을 만들어 보였으니 그녀의 설명은 타당했다. 규약과 틀에서부터 자유로워지려는 욕심이 앨범 면면에 배어 있다.

수록곡들은 각양각색 다채로움을 뽐낸다. 어젯밤 다른 여자의 남자친구와 자신이 함께했다며 뻔뻔함을 드러내는 「If That's Your Boyfriend (He Wasn't Last Night)」는 재즈 힙합을, 꿈에서도 등장하는 사랑하는 이를 향한 고백이 내레이션으로 전개되는 「Outside Your Door」은 네오 소울을, 연방 정부의 무관심이 가난한 생활에서 벗어날 수 없게 한다고 암묵적으로 주장하는 「Shoot'n Up And Gett'n High」는 재즈 펑크를, 사랑하는 이에게 헌신적으로 행동할 것을 약속하는 「Call Me」는 리듬 앤 블루스 계열의 발라드를 그릇으로 하고 있다. 그럼에도 단호한 정의를 내리기 어려울 정도로 한 곡 안에서도 퓨전은 민활히 진행된다.

이처럼 현란하고 구조 파괴적인 힙합은 1990년대 초반에 흔치 않았기에 평단이 솔깃해 할 수밖에 없었다. 그녀는 기타, 키보드, 베이스를 연주하고 작사, 작곡, 프로듀싱까지 아우른 다재다능함으로도 음악팬들의 이목을 집중시켰다. 복잡하고도 매혹적인 사운드는 형식의 경계를 허물며 힙합이 나아갈 영토를 확장했다. 앨범은 여성 힙합 아티스트의 작품 중에서는 최초의 하이브리드, 얼터너티브 힙합 앨범으로서 값어치를 드높였으며 미끈하고 준수한 소리 골격까지 완벽히 구비해 결코 쇠잔하지 않을 매력을 발산했다. 다음 작품부터 미셸은 소울, R&B 쪽에 더 무게를 두면서 힙합과는 멀어졌다. 그럼에도 하이브리드 성향은 여전했고 변화는 거듭됐다.

벅샷(Buckshot)
디제이 이블 디(DJ Evil Dee)
파이브에프티(5ft)

Artist: Black Moon
Album Title: Enta Da Stage
Release Date: 1993-10-19
Label: Nervous Records

01. Powaful Impak!

02. Niguz Talk Shit

03. Who Got Da Props?

04. Ack Like U Want It

05. Buck Em Down

06. Black Smif-N-Wessun

07. Son Get Wrec

08. Make Munne

09. Slave

10. I Got Cha Opin

11. Shit Iz Real

12. Enta Da Stage

13. How Many MC's...

14. U Da Man

43

합창 훅을 대중화한
동부 하드코어 힙합의 지표

미국 동부 힙합, 특히 하드코어 랩은 보편적으로 다음과 같은 특징들을 갖는다. 그것은 둔중함이 전면에 부각되는 드럼 루프, 먹빛처럼 어두컴컴한 분위기, 때로는 고함으로 느껴질 만큼의 혈기 왕성한 래핑, 파괴적, 공격적인 콘텐츠를 거리낌 없이 내뱉는 가사 등으로 요약된다. 일련의 성분은 1990년대 초중반을 기점으로 동부의 랩 음악을 타 지역, 또는 다른 장르와 구분 짓는 성질로 자리 잡아 왔다.

블랙 문의 데뷔 앨범 『Enta Da Stage』는 그러한 구성의 압축인 동시에 효시 격으로서 중요한 의미를 지닌다. 내용물은 동부 힙합이 지닌 묵직함, 단도직입의 언사를 좋아하는 사람들의 취향을 만족하면서 동부 힙합의 전형성을 규정하는 데 한몫했다. 이들이 점화한 불꽃은 방대한 흐름을 일군 기폭제가 되었다.

강건한 흡인력을 발휘하며 독보적인 스타일이 된 부분은 우선 악곡에 있었다. 프로듀싱을 전담한 디제이 이블 디와 그의 형 미스터 월트는 재즈, R&B에서 소스를 구하되 루프를 꾸리기보다는 거의 효과음, 배경음 정도로 사용하면서 절제된 곁들임을 가했다. 이 덕분에 드럼이 전면을 주무르는 듯한, 건조하고 성긴 느낌이 풍겨난다. '여백의 미' 라는 수식은 이 음반에 그렇게 잘 어울릴 수가 없다.

유려한 래핑을 펼친 벅샷의 능력도 앨범의 흥미와 진가를 상승시키는 요소다. 기교 부리기에 열을 올리지는 않지만 침착하고 여유 있는 플로우는 청취자들로 하여금 그의 연기에 집중할 수 있게 한다. 이와 더불어 사실적 묘사보다는 상상을 통해 구성한 적대적인 감정의 노랫말은 센 것을 좇는 마니아들의 구미를 자극했다. 그는 총기, 마약, 범죄를 들먹이면서 공공을 향해 계획된 협박을 날린다. 과거에 갱단에 몸담았던 것이나 자신이 저지른 과오에 대해 후회하는 종류의 랩은 여기에서 발견하기 쉽지 않다. 벅샷에 비해 비중이 크지 않은 파이브에프티 역시 하드코어에 충직하다.

앨범은 또한 '블랙 문 훅(Black Moon hooks)'이라는 용어를 양산하며 그들만의 훅 스타일을 완성했다. 팀 멤버를 비롯해 이들과 친분을 맺은 래퍼들이 모두 모여 코러스를 제창하는 방식을 취함으로씨 역동성을 자연스럽게 내세운 것이었다. 훅이 아예 없는 「Slave」, 턴테이블로 간주를 대신하는 「Powaful Impak!」을 제외하고는 절반 이상의 곡이 단체 훅으로 구성되었다. 블랙 문보다 먼저 나온 오닉스의 데뷔작도 유니슨(unison, 제창) 방식을 띠긴 하지만 그들은 콜 앤 리스폰스를 병행하는 점에서 차이를 보였으며 블랙 문에 필적하는 집단화를 이루지는 못했다. 허니 패밀리의 「우리 같이해요」, 브로스의 「Winwin」, 『2000 대한민국』에 수록된 「비상」 등도 모두 블랙 문으로부터 음악적 차관을 받았다고 할 수 있다.

무시하지 못할 독자성은 앨범을 동부 힙합의 명작 중 하나로 추앙받게 했으나 같은 해 나온 우 탱 클랜의 『Enter The Wu-Tang (36 Chambers)』나 1년 터울을 두고 출시된 나스의 『Illmatic』, 몹 딥의 『The Infamous』 등에 비해서 상업적인 성과나 차트에서의 기록이 변변치 못했다. 『Enta Da Stage』는 예술적, 역사적 가치와 대중의 호응이 꼭 붙어 있지만은 않다는 걸 알려 준, 조금은 소외받은 명반이었다.

Artist: K7
Album Title: Swing Batta Swing
Release Date: 1993-11-09
Label: Tommy Boy Records

01. Come Baby Come

02. Let's Bang

03. Zunga Zeng

04. Hi De Ho

05. Body Rock

06. I'll Make You Feel Good

07. Move It Like This

08. Hang On In There Baby

09. Beep Me

10. Hotel Motel

11. With A Little Help From My Friends

12. Move It Like This (Alternate Mix)

44

프리스타일의 쇠퇴, 힙합화化한 프리스타일의 탄생

온전한 힙합 앨범이라고 규정하기에는 어려운 작품이다. 랩이라고 할 만한 언어행위는 두어 편 남짓이며 나머지는 다 싱잉이기 때문이다. 여기저기에 구호를 외치거나 합창하는 구간이 있지만 그것마저도 길지 않으며 업 비트의 리듬 앤 블루스 노래에서 쉽게 발견할 수 있는 형식인 탓에 그리 힙합적이라고 느껴지지는 않았다. 성격은 확실히 랩 앨범보다는 보컬 앨범에 훨씬 많이 기운다.

케이세븐의 데뷔작 『Swing Batta Swing』은 그럼에도 많은 이에게 힙합 앨범으로 간주된다. 빌보드 싱글 차트 20위 안에 든 댄서블한 힙합 넘버 「Come Baby Come」이 음악팬들에게 무척 강한 인상을 남긴 덕분이다. 반주를 장악하는 관악기 프로그래밍, 적당한 중량을 갖춘 넘실거리는 리듬, 시종 지속되는 콜 앤 리스폰스 방식의 래핑을 앞세운 노래는 청취자와 파티나 클럽에서 흥을 즐기려는 사람들에게 '힙합 댄스음악은 이래야 한다.'는 것을 명시한 교본처럼 다가갔다. 대다수가 짜임새 좋은 경쾌함을 따랐다.

위력을 나타낸 노래는 그것 말고도 더 있다. 묵직한 베이스라인 위에 펼치는 레게 스타일의 보컬이 리드미컬함을 뽐내는 「Move It Like This」

와 짐 캐리가 주연한 영화 《마스크》의 사운드트랙으로 쓰인 「Zunga Zeng」은 랩 싱글 차트, 댄스음악 차트에서 히트했다. 도표 기록은 없지만 「Hi De Ho」 또한 라디오 전파를 타며 케이세븐이 높은 상승세를 탈 수 있도록 도왔다. 앨범은 몸을 덩실거리게 하는 댄스음악의 도가니였다.

몇 편의 히트곡과 클럽의 찬가를 출산했다는 사실이 『Swing Batta Swing』에 대한 완전한 설명은 아니다. 이 작품이 흑인음악 신에서 점하는 위치 또한 중요하다.

1980년대 초반 미국 동부와 남부 지방에서 탄생한 일렉트로 펑크 기반의 댄스음악 라틴 프리스타일은 90년대를 넘어오면서 서서히 하우스 음악에 클럽에서의 세를 빼앗기게 됐다. 같은 흑인음악 진영에서 힙합이 대대적으로 주류 음악계에 진입하는 중이었고 뉴 잭 스윙 역시 무서운 기세로 메인스트림을 장악하던 때였다. 라틴 프리스타일 그룹 티케이에이에서 활동한 케이세븐은 지는 문법이자 자신이 해왔던 음악과 뜨는 스타일을 접목시켜 그것들의 성향이 집합된 힙합을 선보인 것이다. 디스코와 R&B, 일렉트로 펑크, 전자음악, 라틴음악 등을 뿌리와 줄기로 둔 잡종 양식 프리스타일을 매개로 또 다른 혼성체 힙합을 구사한 셈이다. 일렉트로 펑크 뮤지션 이집션 러버의 「Egypt, Egypt」를 쓴 「Body Rock」, 리사 리사 앤 컬트 잼류의 프리스타일 발라드를 표방한 「Hang On In There Baby」, 뉴 잭 스윙을 적극적으로 흡수한 「Beep Me」 등이 저무는 장르, 떠오르는 장르 간의 혼합 지점을 넌지시 일러준다.

보컬 앨범 쪽에 가깝지만 수록곡들이 탑재한 비트는 힙합의 다이내믹한 기운을 조금의 부족함 없이 전달했다. 그것 때문에 랩이 별로 첨부되지 않았음에도 애호가들은 케이세븐의 음악을 힙합으로 받든다. 퓨전이 활발해지던 시기에 80년대의 형식과 90년대의 신진 스타일을 조화하면서 다른 이들과 구분되는 힙합을 엮어낸 업그레이드 퓨전 작품이었다. 하지만 연속적인 창작 활동의 부재 탓에 여기가 그의 작법을 감상할 수 있는 처음이자 마지막 터가 됐다.

Enter The Wu-Tang

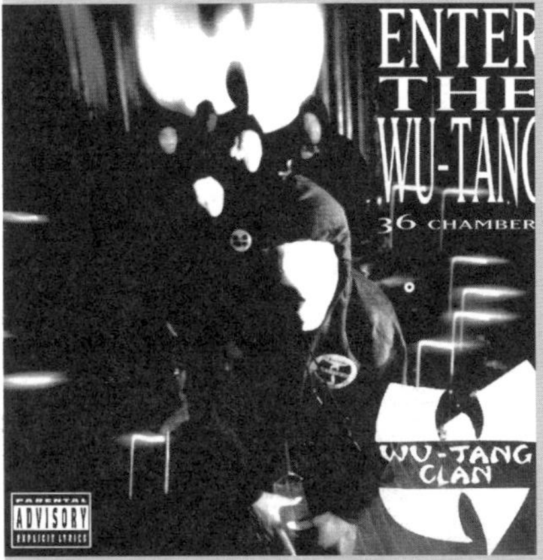

리자(RZA), 지자(GZA), 고스트페이스 킬라(Ghostface Killah)
올 더티 배스터드(Ol' Dirty Bastard), 메소드 맨(Method Man)
인스펙타 덱(Inspectah Deck), 레쾬(Raekwon)
유 갓(U-God), 마스타 킬라(Masta Killa)

Artist: Wu-Tang Clan
Album Title: Enter The Wu-Tang (36 Chambers)
Release Date: 1993-11-09
Label: Loud Records

01. Bring Da Ruckus

02. Shame On A Nigga

03. Clan In Da Front

04. Wu-Tang: 7th Chamber

05. Can It Be All So Simple

06. Da Mystery Of Chessboxin'

07. Wu-Tang Clan Ain' t Nuthing Ta F' Wit

08. C.R.E.A.M.

09. Method Man

10. Protect Ya Neck

11. Tearz

12. Wu-Tang: 7th Chamber - Part II

13. Method Man (Remix) Skunk Mix

45

동부 힙합의 르네상스를 몰고 온 음啙의 격투장

　동부는 다소 소강상태였다. 1990년대 초반 언저리의 랩 음악 헤게모니는 캘리포니아의 갱스터 래퍼들에게 넘어간 듯 모든 성황을 서부에서 독차지하고 있었다. 힙합의 발원지라는 사실이 무색하게 느껴질 정도로 랩 애호가들의 애착 또한 거기에 더 머물렀다. 분위기와 선호도에 따른 지형 그래프는 명확히 서고동저를 그리던 중이었다.

　그 형태를 뒤집는 지각변동은 우 탱 클랜으로부터 일어났다. 데뷔 앨범『Enter The Wu-Tang (36 Chambers)』를 통해서 한동안 등한시되었던 동부 힙합 신에 마니아들의 시선을 붙들어 놓았으며 나아가서는 상권 활성화를 일으키는 풀무 역할을 했다. 이들에 의해 비로소 동부 힙합의 르네상스가 시작되었다고 해도 결코 넘치는 표현은 아니었다.

　전투를 방불케 하는 멤버들의 호전적인 래핑은 극렬한 박진감을 입히는 절대적 효과가 됐다. 메소드 맨은 먼지 자욱한 곳에서 갑자기 등장한 자객과도 같이 탁한 목소리로 예리한 래핑을 선사하며 올 더티 배스터드는 싱잉과 래핑에 경계를 두지 않은 저돌적인 보컬로 짜릿한 쾌감을 전한다. 시대를 앞서는 유연한 래핑을 내비치는 지자, 신경질적인 톤으로 특유의 공격성을 배가하는 고스트페이스 킬라 등 아홉 명의 엠시는 각자의 개성을 십분 살린 랩으로 청취자를 매혹했다.

불량스럽다 못해 과격한 언사는 음악을 듣는 이에게 카타르시스와 흥분제로 작용했다. 무작정 누군가를 해하는 공격 성향을 나타내는 「Method Man」, 세상어디에도 자신들과 대적할 자가 없다며 광포하게 구는 「Wu-Tang Clan Ain't Nuthing Ta F' Wit」이 대표적이다. 「Da Mystery Of Chessboxin'」과 「Wu-Tang: 7th Chamber」는 수그러지지 않는 악독함으로 무장해 자신들의 재주를 과시한다. 억누를 줄 모르는 하드코어 기질은 자극적인 것을 좋아하는 골수팬들을 그룹이 펼친 깃발 아래 모이게 했다.

리자의 비트는 멤버들의 위엄찬 래핑과 거칠어지기로 작정한 내용을 극대화했다. 스네어를 강조한 드럼 프로그래밍, 간결하지만 억세고 음험한 기운이 스민 반주는 랩을 더 괄괄하게 느껴지도록 만들었다. 디스코나 펑크의 경쾌함이 깃든 리프를 내민 게 아니라 베이스라인을 묵직하게 재가공해 실었다. 당시 지 펑크로 압축되는 서부의 대표적 사운드와는 완전히 상반되는 틀이었고 그의 스타일은 이내 하드코어 힙합의 방법론을 규정하는 편람이 되었다.

그는 이에 더해 무술영화에서 뽑아온 칼 소리, 격투 장면을 음악에 삽입해 극적인 효과를 연출했다. 홍콩 영화 《소림어무당》에 착안해 그룹의 이름과 앨범 제목을 지은 것처럼 동양 문화에 대한 호기심과 애정을 곡에도 이입했고 그 결과로 아홉 엠시의 래핑은 마치 검투를 벌이거나 무술 대결을 펼치는 듯한 모습을 연상시켰다. 동양 무술을 음악에 주입한 것은 푸 쉬니큰스가 먼저였지만 우 탱 클랜이 그들보다 상업적으로 성공하고 많은 추종자를 거느리게 되면서 더 큰 각광을 받았다.

그룹은 이 앨범을 기반으로 강대하게 세력을 확장해갔다. 수많은 언더그라운드 래퍼가 '우 패밀리'로서 제휴를 맺었고 원년 멤버들 또한 상업성과 작품성을 겸비한 수작을 출시하며 존재감을 만방에 떨쳤다. 패밀리들의 맹렬한 약진을 예약한 성취와 더불어 서부가 독식하고 있던 포커스를 동부로 돌려놓은 수훈이 본 작품에서 시작되었다.

Doggystyle

Artist: Snoop Doggy Dogg
Album Title: Doggystyle
Release Date: 1993-11-23
Label: Death Row Records

01. Bathtub

02. G Funk Intro

03. Gin And Juice (additional vocals: Dat Nigga Daz)

04. Tha Shiznit

05. Lodi Dodi (additional vocals: Nancy Fletcher)

06. Murder Was The Case (DeathAfterVisualizingEternity) (feat. Dat Nigga Daz)

07. Serial Killa (feat. The D.O.C., RBX & Tha Dogg Pound)

08. Who Am I (What's My Name)?

09. For All My Niggaz & Bitches (Tha Dogg Pound feat. The Lady Of Rage)

10. Ain't No Fun (If The Homies Cant Have None) (feat. Nate Dogg, Warren G & Kurupt)

11. Doggy Dogg World (feat. Tha Dogg Pound & The Dramatics)

12. Gz And Hustlas (background vocals: Nancy Fletcher)

13. Pump Pump (feat. Lil Malik aka Lil Hershey Loc)

46

지 펑크의 정점을 찍은 완벽한 세공

척 베리는 로큰롤의 형식을 확립했으며 엘비스 프레슬리는 로큰롤의 대중화에 혁혁한 공을 세웠고 버디 할리는 로큰롤이 세련미를 갖는 데 가장 큰 영향력을 행사했다. 동시대에 활동한 음악가들이었지만 의미를 두는 공적은 각자 달랐다. 하지만 지 펑크 영역에서는 그러한 작업을 닥터 드레가 다 이뤄 냈다. 그는 지 펑크의 창시자로서 형식미를 갖추고 대중화에 기여하면서 정교화 작업까지 다 해낸 인물이었다.

그는 스눕 도그의 처녀작 『Doggystyle』에서 지 펑크의 구조를 구체화하면서 더욱 고상하게 꾸몄고, 이로써 자신의 솔로 데뷔 앨범에 이어 연속으로 그 장르에 대한 청취자들의 선호도를 높이고 확장시켰다. 『Doggystyle』의 역사적 가치는 일련의 사항들로 정리된다.

중압감으로 포위하는 피 펑크 샘플 구성은 확고하지만 『The Chronic』 때보다 몇 근斤을 더 실은 것 같은 묵직한 비트로 세찬 기운을 뿜냈다. 신시사이저 루프도 굵어져 얄팍하고 가볍기만 했던 닥터 드레와의 앨범과는 확연히 차이나는 안정감과 강렬함을 습득했다. 닥터 드레의 앨범보다 더 많이 팔리고 차트 성적이 좋았던 것은 지당한 결과였다.

닥터 드레가 음악을 근사하게 모양내는 데에 주력했다면 스눕 도그는 앨범의 내용적 지향이었던 갱단 생활을 보여주는 데 최선을 다했다. 유흥에 빠져 사는 갱스터 일상의 종합 선물 세트「Tha Shiznit」, 깡패의 허무한 삶을 극적으로 치장한「Murder Was The Case」, 여성을 섹스대상으로만 여기는「Ain't No Fun」등 오직 불량한 인생을 묘사하는 일에 집중한다. 일부는 스눕의 노래가 여성에 대한 그릇된 인식을 심으며 온갖 일탈과 폭력을 조장한다고 비난했다. 그러나 불한당의 생활을 있는 그대로 나타낸 현실적인 표현이라고 찬사를 보낸 사람도 다수였다.

악독하고 폭력적인 내용을 내내 뱉어내지만 그는 금방이라도 총을 꺼내들거나 주먹을 날릴 것처럼 우악스럽게 랩을 하지는 않았다. 이것이 앨범의 다른 병기였다. 스눕 도그는 나른한 톤으로 능청스럽고도 말랑말랑한 래핑을 선보임으로써 가사에서 나타나는 불쾌함과 긴장을 줄 요소를 상쇄했다. 여기에서 끊임없이 꺼내는 언어는 유해할 대로 유해하고 탁할 대로 탁했지만 당밀糖蜜처럼 단 음성과 래핑으로 말미암아 청취자들에게 부드럽게 호소할 수 있었다.

이 앨범은 닥터 드레의 섬려한 비트가 빛난 지 펑크의 완결편이며, 스눕 도그의 불량한 태도가 거리낌 없이 풀어진 악랄한 갱스터 랩 작품이었다. 둘의 특기가 기가 막히게 부합한 덕분에 『Doggystyle』은 세월이 지나도 역사와 대중의 기억 속에 온전히 남을 갱스터 랩, 지 펑크의 명작이 되었다. 여러 음악 매체에서 1990년대를 결산하거나 최고의 랩 음반 리스트를 뽑을 때 이 앨범을 넣는 것이 당연했다.

얼마 후 닥터 드레가 계약 문제로 소속사를 떠나고 스눕 도그 역시 2집을 끝으로 노 리미트 레코드사로 둥지를 옮기게 되면서 둘의 상승효과를 다시 보기란 요원한 일이 되었다. 각각 1999년과 2000년에 발표한 『No Limit Top Dogg』, 『Tha Last Meal』의 몇몇 곡에서 연합이 이뤄지긴 했으나 예전만 못했다. 그때는 지 펑크의 효력도 미약해진 뒤였다.

The Funky Headhunter

Artist: Hammer
Album Title: The Funky Headhunter
Release Date: 1994-03-01
Label: Giant Records

01. Intro

02. Oaktown

03. It' s All Good

04. Somethin' For The O.G.' s

05. Don' t Stop

06. Pumps And A Bump

07. One Mo' Time

08. Clap Yo' Hands

09. Break 'Em Off Somthin' Proper

10. Don' t Fight The Feelin'

11. Somthin' 'Bout The Goldie In Me

12. Sleepin' On The Master Plan

13. It' s All That

14. The Funky Headhunter

15. Pumps And A Bump Reprise (Bump Teddy Bump)

16. Help Lord (Won' t You Come)

47

비난을 이기지 못한 랩 슈퍼스타의
어설픈 변덕

화려한 춤을 동반한 신나는 음악, '해머바지'라는 별칭까지 만들며 유행시킨 하렘팬츠(harem pants)와 반짝이 장식 가득한 재킷으로 독특한 패션을 앞세운 엠시 해머는 데뷔한 지 얼마 안 돼 슈퍼스타의 반열에 올랐다. 가난한 집안에서 태어나 10대 시절 야구장 배트보이로 일하며 생계를 이어간 그가 20대 중반에 가수활동을 막 시작했을 때 세상은 그의 끼에 환호하며 박수갈채를 아끼지 않았다. 성공은 일찍 찾아왔다.

시샘하는 눈길이 적을 리 만무했다. 밝고 경쾌하기만 했던 해머의 음악과 상반되는 갱스터, 하드코어 래퍼들에게 그는 눈엣가시로 비쳤다. 흑인들의 불행한 삶을 이야기하고 그들에게 무신경한 국가를 욕해도 체증이 해소되지 않는 마당에 가벼움으로 일관하는 해머는 웃음이나 파는 광대로밖에 보이지 않았다. 이 때문에 일부 가수는 뮤직비디오에서 그의 행동을 따라 하며 조롱하곤 했고, 엘엘 쿨 제이는 「To Da Break Of Dawn」에서 이름을 비유해 아마추어들이나 망치를 휘두른다면서 야유를 퍼부었다.

빈정거림을 당하는 중에도 본인 역시 빈민가 출신이지만 음악과 춤을 통해 긍정적인 에너지를 전달하고 싶다는 뜻을 밝혀온 그가 『The

Funky Headhunter』에서는 이전과 확연히 다른 태도를 보였다. 욕설을 마구 남발하거나 길거리 삶을 집중 전파하지는 않았지만 가사는 호전적이었다. 앨범 타이틀과 동명의 노래에서는 '애송이들은 점점 화를 내겠지, 왜냐하면 난 2천만 장을 넘게 팔았거든. 그러니 이제 놈들은 날 깎아내리려 할 거야, 그들은 50만 장도 못 팔았으니까.' 라며 자신을 향한 다른 래퍼들의 비난이 무능함 때문이라고 비웃는가 하면 「Break 'Em Off Somthin' Proper」에서는 큐 팁과 레드맨, 런 디엠시를 향해 폄하의 탄알을 날린다. 이제까지 미국 언론이 해머에게 붙여 준 태그 '평화주의 랩'은 사라진 자리였다.

음악적 성향과 래핑도 변해 있었다. 디스코, 댄스 팝을 골간으로 하던 반주는 자취를 감추고 한층 묵직해진 소리를 냈다. 전작 『Too Legit To Quit』에서 구체화했던 연음連音과 'r' 발음을 일부러 꼬는 익살스러운 래핑은 전혀 찾아볼 수 없다. 목소리도 한층 거칠고 세게 가져가 확실한 변화를 보여주려 했다.

이렇게까지 달라진 데에는 여러 이유가 작용했다. 하드코어 랩이 폭력성에도 불구하고 점점 대중의 지지를 받게 되자 추세를 따라가려는 목적도 있었으며, 여기저기서 들려오는 비난의 소리가 당연히 달갑지 않은 터라 자기도 충분히 과격해질 수 있음을 실제로 증명하고 싶었던 것이었다. 『Too Legit To Quit』부터 닉네임에서 엠시를 떼어 놓은 것도 이미지를 쇄신하겠다는 공표였다.

단호할 것만 같았던 돌변은 다시 한 번 발생한 돌변에 의해 이곳이 처음이자 마지막이 되었다. 해머는 다음 해 발표한 『Inside Out』에서 이름에 다시 엠시를 달고 단정한 품새로 돌아왔다. 사람들은 거친 자신보다는 기존의 모습을 더 좋아한다는 것을 깨달아서였으나 인기는 진작 등을 돌린 뒤였다. 획기적인 '해머 타임'은 그렇게 끝맺음되었다. 디스와 비난에 흔들린 당대 최고 랩 스타의 하향세도 그렇게 시작되고 있었다.

Illmatic

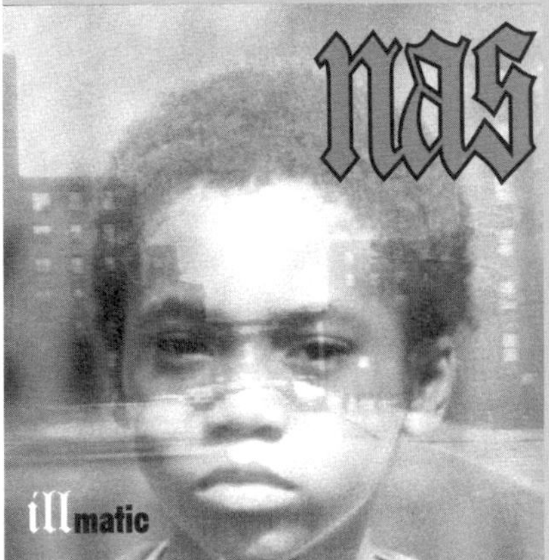

Artist: Nas
Album Title: Illmatic
Release Date: 1994-04-19
Label: Columbia Records

01. The Genesis

02. N.Y. State Of Mind

03. Life' s A Bitch

04. The World Is Yours

05. Halftime

06. Memory Lane (Sittin' In Da Park)

07. One Love

08. One Time 4 Your Mind

09. Represent

10. It Ain' t Hard To Tell

48

빈민가의 엄혹한 실상을
생생하게 전달한 랩 종군기자

삶은 황폐하고 차가웠으며 무시무시했다. 끊이지 않고 벌어지는 마약 매매, 폭력배들 간의 싸움, 잊을 만하면 어김없이 울리는 총성과 사이렌, 나스가 살던 미국의 대표 빈민가 퀸스브리지는 사납기만 했다. 아니나 다를까 약관을 맞이하기도 전에 유년 시절부터 음악에 대한 꿈을 공유해오던 단짝을 총격으로 영원히 떠나보내는 비극을 겪은 터라 현실은 혹독할 수밖에 없었다. 세상은 메말랐고 냉랭했으며 살벌했다.

거친 환경은 기념비적인 데뷔 앨범 『Illmatic』을 멋있게 꾸리는 추진력이 되었다. 각종 범죄로 가득한 일상은 위험천만했지만, 『Illmatic』은 그러한 일들을 직접 경험한 사람만이 선택 가능한 생생한 소재였다. 허름하고도 위태로운 실상을 다룬 나스의 랩은 울타리 안의 사람들에게는 결국 인정하고 봐야하는 씁쓸한 전신거울이었으며 외부인들에게는 빈민가의 불안한 삶을 재차 인식시키는 안내책자였다. 하류계급의 생활을 다룬 이야기, 단지 그것이었다.

나스는 담담했다. 게토의 실상을 말하며 그곳 사람들의 안전과 복지를 위한 국가적 원조를 요구한다든가 주변 환경을 미화하면서 흑인들에게 왜곡된 위안을 건네지도 않는다. 현실에 순응하면서 욕만 해대는 허무주의적 갱스터 랩도 아니었다. 나름대로 결론을 내리거나 어떻게 무엇을 하자고 강변하지도 않는다. 그저 보이는 대로 르포식으로 이야기를 기술한다.

조금도 감정에 치우치지 않았다. 살벌한 총격전 상황을 기술하는 「N.Y. State Of Mind」에서나 마약으로 점철된 거리의 생활을 언급하는 「Life's A Bitch」, 오로지 마약과 싸움만이 주변을 메운 비참한 삶의 회상 「Memory Lane (Sittin' In Da Park)」에서도 아무런 격양 없이 정황스케치에 몰두한다. 당시 수감 중이었던 동료 래퍼 코메가에게 띄우는 편지 「One Love」또한 거리에 남은 자의 폭력에서 벗어날 수 없는 삶을 솔직하게 그릴 뿐이었다.

차디차고 건조한 분위기를 효과적으로 전달할 수 있었던 것은 프로듀서 디제이 프리미어, 라지 프로페서 등의 도움이 크다. 미니멀하지만 육중한 톤의 반주는 노랫말이 띤 한기와 예리함, 힘을 배가했다. 이들이 제공한 근사한 비트는 40분에 달하는 어두운 색조를 빈틈없이 단단하게 엮어 냈다.

앨범의 튼튼함을 이룬 또 다른 공은 두말할 필요 없이 나스였다. 박자와 각 마디를 능란하고도 여유롭게 넘노니는 플로우, 어색함 없이 깔끔하게 배열한 각운은 거대한 파도처럼 돌격해 청취자들의 마음을 흔들기에 충분했다. 수록곡들의 반주가 화려한 편이 아니었음에도 막강한 생기를 전달할 수 있었던 것은 야무진 래핑 덕분이었다.

사실감 넘치는 표현, 완벽하게 호흡을 맞춘 거친 반주, 재기로 무장한 래핑의 무결한 조화를 체험한 평단은 약속이라도도 한 듯 하나같이 엄지손가락을 세웠다. 하지만 데뷔작이 워낙 훌륭했던 탓에 이후 선보인 작품들에 대해서 처음만큼의 가열된 찬사가 나오지 않았다. 때문에 『Illmatic』은 나스에게 왕좌가 된 동시에 포승이 됐다. 그는 거리만 아니라 음악 시장도 차갑고 황폐한 곳이 될 수 있음을 경험해야 했다. 달갑지 않은 미래를 선고받은 명작이었다.

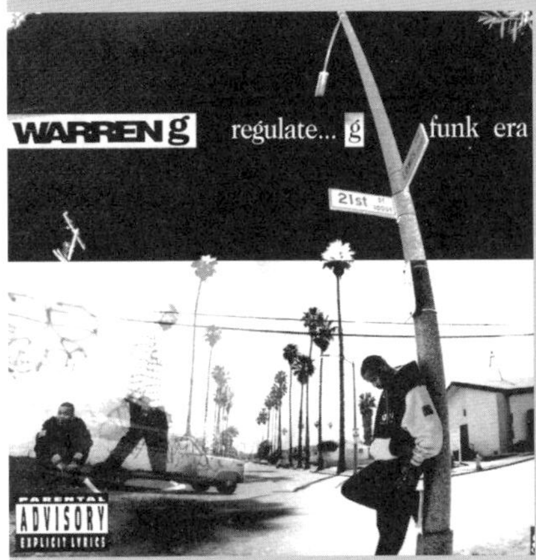

Artist: Warren G

Album Title: Regulate... G Funk Era

Release Date: 1994-06-07

Label: Violator Records

01. Regulate (feat. Nate Dogg)

02. Do You See (feat. Nate Dogg)

03. Gangsta Sermon (feat. B-Tip & Ricky Harris)

04. Recognize (feat. The Twinz)

05. Super Soul Sis (feat. Jah Skills)

06. '94 Ho Draft (feat. B-Tip & Ricky Harris)

07. So Many Ways (feat. Wayniac & Lady Levi)

08. This D.J. (feat. O.G.L.B.)

09. This Is the Shack (feat. The Dove Shack)

10. What' s Next (feat. Mr. Malik)

11. And Ya Don' t Stop

12. Runnin' Wit No Breaks (feat. Jah Skills, Bo Roc, G Child & The Twinz)

49

지 펑크의 파급에 승차한 개량된 지 펑크

지 펑크가 남긴 양력揚力은 실로 대단했다. 1993년 될성부를 나무, 스눕 도그를 순식간에 랩 슈퍼스타로 부상시켰고 그 다음해에는 도그 파운드의 주류 입성을 도왔다. 롱비치 출신의 쌍둥이 형제 그룹 트윈즈 또한 등장과 거의 동시에 별다른 수고 안 들이고 거뜬히 떠올랐다. 이 기세는 몇 해 동안 계속됐다.

중력 또한 강했다. 디제이 퀵이 종래 자신이 사용하던 문법에다 닥터 드레의 스타일을 접목하는가 하면 남부 출신인 저메인 듀프리가 서부에서 탄생한 그 장르를 시도할 정도로 다수를 강하게 잡아당겼다. 이렇다 할 반응 없이 첫 앨범을 흘려보냈던 코케인은 1994년 발표한 『Funk Upon A Rhyme』에서 지 펑크로 스타일 변신을 시도했다. 여러 랩 뮤지션이 지 펑크하에 단결했고, 갈수록 영향력을 확산하는 상황은 음악팬들로 하여금 신스팝이나 디스코가 그랬듯 그 장르가 지배하는 새 시대가 열릴 것을 짐작하게 했다.

닥터 드레의 이복동생 워렌 지도 이에 동참해 비상의 꿈을 위한 실행에 들어갔다. 스눕 도그, 네이트 도그와 함께 그룹을 만들었지만 스눕 도그의 솔로 데뷔로 인해 싱글도 내지 못한 채 뿔뿔이 흩어져야 했던 터라 워렌 지에게는 과거의 아쉬움을 달랠 절호의 기회이기도 했다. 욕심을 내는 것이 당연했다.

데뷔작 『Regulate... G Funk Era』는 작사, 작곡은 물론 프로듀싱까지 그가 모든 걸 주관한 앨범이었다. 닥터 드레와의 특별한 관계 때문에 앨범이 나올 당시 많은 이가 닥터 드레의 상당한 원조를 예상했으나 결과물은 그러한 추측을 하나도 받아 주지 않았다. 고맙다는 인사를 전하기 위해 적은 명단을 제외하고는 크레디트 어디에서도 그의 이름을 찾아볼 수 없었다. 워렌 지는 자신의 음악을 선보이고 싶었던 것이다.

수록곡들은 지 펑크의 전형이다. 하지만 기존의 틀을 그대로 따르지만은 않았다. 피 펑크의 강한 베이스라인 대신에 톤을 내린 사운드로 리듬을 배열했고 신시사이저도 사납게 느껴지지 않도록 자제의 기운을 불어넣었다. 닥터 드레의 신스 루프는 왠지 위태롭고 흥분하는 느낌임에 반해 워렌 지가 설치한 것은 들뜨는 법 없이 안정감 있게 나아갔다. 그는 지 펑크 특유의 나른함과 물렁물렁한 질감을 더욱 강조해서 표현했다.

앨범이 발산하는 유순함은 일련의 조절 작업뿐만 아니라 워렌 지의 래핑과 샘플로 쓰인 곡들의 연함에도 영향을 받았다. 그의 음성이 자늑자늑한 편이기에 위압감이 전혀 느껴지지 않아 수용하기가 수월했고 엠투메이의 「Juicy Fruit」, 마이클 맥도널드의 「I Keep Forgettin (Every Time You're Near)」, 주니어의 「Mama Used To Say」처럼 여린 반주의 곡을 이용함으로써 온화함을 배태할 수 있었다.

그만의 특징을 살린 지 펑크는 대중과 평단으로부터 열띤 지지를 얻었다. 「Regulate」와 「This D.J.」가 빌보드 싱글 차트 10위권 안에 들었으며 앨범 차트는 2위를 기록했다. 1995년 열린 《그래미 시상식》에서 두 노래는 각각 '최우수 랩 퍼포먼스 듀오, 그룹'과 '최우수 랩 솔로 퍼포먼스' 부문 후보에 오르는 성과를 거두기도 했다. 닥터 드레의 생산물에 이어 워렌 지의 수더분하게 조절된 지 펑크가 인정받는 순간이었다.

에버래스트(Everlast)
대니 보이(Danny Boy)
디제이 리설(DJ Lethal)

Artist: House Of Pain
Album Title: Same As It Ever Was
Release Date: 1994-06-28
Label: Tommy Boy Records

01. Back From The Dead
02. I'm A Swing It
03. All That
04. On Point
05. Runnin' Up On Ya'
06. Over There Shit
07. Word Is Bond
08. Keep It Commin'
09. Interlude
10. Same As It Ever Was
11. It Ain't A Crime
12. Where I'm From
13. Still Got A Lotta Love
14. Who's The Man
15. On Point (Lethal Dose Remix)

50

드럼 위주의 방법론에서 탈피한 색다른 시도

힙합 악곡에서 중추 역할을 하는 것은 항상 드럼이었다. 드럼 루프를 어떻게 배열, 조성했느냐에 따라서 곡의 가치가 좌우되며 듣는 이들의 호불호가 극명히 갈리기도 한다. 그만큼 드럼은 하나의 랩 음악에서 주요한 뼈대이자 기둥이며 더불어 매력까지 겸해야 할 기본 어법이다. 전자음의 전폭적 수용이 이루어진 21세기부터는 반복되는 신시사이저 선율이 우위에 선 듯한 감도 있으나 그래도 여전히 드럼은 힙합에서만큼은 우선시되는 골간이다.

반드시 그런 것만은 아니었다. 그것은 성문화된 절대적 법률이 되지는 못했다. 하우스 오브 페인의 『Same As It Ever Was』는 타악기가 아닌 베이스가 전체 수록곡을 영도했으며 각 곡의 분위기를 지배했다. 콘트라베이스든 일렉트릭 베이스든 이것들의 프로그래밍이 처음부터 끝까지 스윙감을 만들어가며 드럼 라인을 압도했다. 그룹의 전작에 견주었을 때도 색달랐고 힙합 신 전체로도 이와 같은 사례는 처음이라고 봐도 무방했다.

얄궂은 관악기 루프와 울림 큰 베이스 연주가 대비돼서 특이한 형태를 갖춘 「Back From The Dead」를 비롯해 킥과 스네어 드럼을 최소화한 「Still Got A Lotta Love」, 영화 《러브 스토리》의 메인 테마 「Snow Frolic」을 잇댄 「Word Is Bond」 등 랩이 들어간 노래, 연주곡 가릴 것 없이 베이스가 내내 주도권을 잡는다. 이로써 여타 그룹과는 다른 신선함을 유발했다.

국내 라이선스 음반은 오리지널과 조금 달랐다. 「I'm A Swing It」 중 1분 10초, 「On Point」에서는 2분 23초, 「Runnin' Up On Ya'」에서 52초경에, 「Same As It Ever Was」는 거의 전부, 그 외의 노래에서도 판을 거꾸로 돌리거나 의도적으로 일부 구간을 건너뛰는 변환 테크닉이 가해진 것 때문이다. 일련의 윤색은 편곡의 일부가 아니라 비속어나 노골적 표현이 강한 부분을 올바르게 들리지 않게 함이었다. 아이러니하게도 몇 편의 수록곡들에 가해진 수정절차는 앨범의 탄력을 더 높이는 효과를 불러왔다. 베이스 주도하에 발생하는 넘실거림에 착 달라붙는 느낌 탓이었다. 하지만 당시 이와 같은 검열, 차단 절차로 인해 몇몇 구매자들이 시디에 이상이 있다면서 교환을 요청하는 웃지 못 할 해프닝이 연출되기도 했다.

앨범은 사이프레스 힐의 디제이 머그즈가 프로듀싱에 적극적으로 개입함에 따라 음울하면서도 강단진 면모를 띤다. 그러나 이 팀에서는 느긋한 비음을 내는 비 리얼이 아닌 걸걸한 음성이 특징인 애버래스트가 노래 대부분을 소화하기에 사이프레스 힐보다는 조금 더 거친 형상을 구현하는 게 그들과 구분되는 특징이다.

그룹의 최대 히트곡이자 세상에 나온 지 20년이 다 되어감에도 클럽의 클래식으로 추앙받는 「Jump Around」만큼 강한 에너지를 뿜는 곡은 없었지만 『Same As It Ever Was』가 장착한 사운드는 충분히 참신했고 인상적이었다. 선명한 특징은 베이스의 장악이었으며 그로 말미암은 음향 율동성의 확립은 앨범이 성취한 보이지 않는 쾌거였다.

Funkdafied

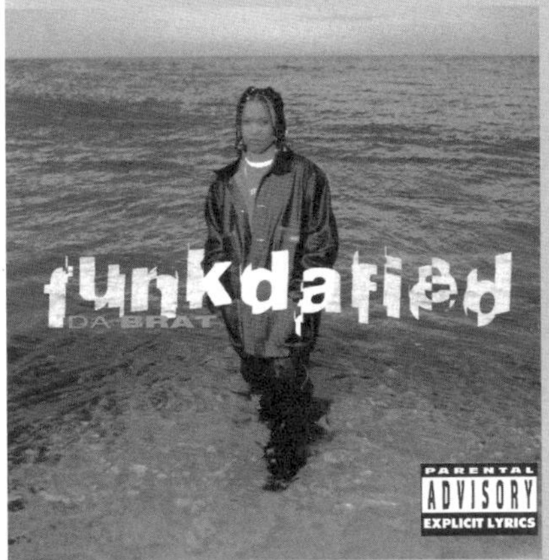

Artist: Da Brat
Album Title: Funkdafied
Release Date: 1994-06-28
Label: So So Def

01. Da Shit Ya Can' t Fuc Wit

02. Fa All Y' all (feat. Kandi)

03. Fire It Up

04. Funkdafied

05. May Da Funk Be Wit 'Cha (feat. LaTocha Scott)

06. Ain' t No Thang (feat. Y-Tee)

07. Come And Get Some (feat. Mack Daddy)

08. Mind Blowin'

09. Give It 2 You

51

여성 솔로 최초의 플래티넘을 기록한
비非 서부산産 지 펑크

　1992년 티엘시의 처녀작 『Oooooohhh… On The TLC Tip』에 수록된
「Bad By Myself」를 작곡하며 음악계에 첫발을 들인 저메인 듀프리는 같
은 해 제작과 감독을 담당한 유소년 힙합 듀오 크리스 크로스의 데뷔 앨
범을 크게 히트시키면서 단숨에 스타 프로듀서의 반열에 올랐다. 이듬
해 제작한 여성 4인조 R&B 그룹 익스케이프의 첫 음반 『Hummin'
Comin' At 'Cha』 또한 연달아 흥행에 성공함으로써 그는 흑인음악 시
장에서 급속도로 가치를 높여 나갔다.

　저메인 듀프리의 혜안과 음악감독으로서의 역량은 여성 래퍼 브랫의
『Funkdafied』를 통해 다시 한 번 검증됐다. 작품은 그녀의 뛰어난 래핑
능력뿐만 아니라 저메인 듀프리의 유려한 표현력이 절묘한 화학작용을
일으킨 장이었다. 둘은 서로 혜택을 주고받았다.

　이곳에서 그녀는 웬만한 남자 래퍼 못지않게 기세등등하고 자존심 가
득한 면모를 보인다. 자신의 음악이 항상 최고일 거라고 단언한다든가
1994년의 여성 래퍼 일인자는 자기가 될 거라면서 연방 우쭐거린다. 하
드코어, 갱스터 래퍼들이 즐겨 쓰는 비속어 사용권 역시 그들에게만 주

어진 게 아니었다. 브랫은 여느 남자들과 마찬가지로 자유롭게 거친 언사를 구사한다.

래핑은 박력 넘쳤다. 그리 굵직한 목소리를 갖지 않았음에도 단어 하나하나에 힘을 줘 단단한 매무새의 플로우를 완성했다. 사개가 딱 들어맞듯 훌륭한 짜임을 이루는 라임도 남성 중심의 랩 게임에서 그녀만의 성곽을 구축할 수 있게 한 병기가 되었다. 노랫말로 드러내는 강한 자긍은 꺼드럭거리기만 하는 오만은 아니었다.

'기이한', '굉장한'이라는 의미의 첫 싱글 「Funkdafied」는 빌보드 랩 싱글 차트 정상에 오르며 본인의 공언처럼 그녀를 그해 최고의 여성 래퍼로 등극하게 했다. 아이즐리 브라더스의 「Between The Sheets」를 샘플로 쓴 단아한 비트에 차분하게 펼치는 래핑은 강하지 않은 반주임에도 탄력을 과시했다. 후렴구의 찢어질듯 흐르는 신시사이저가 긴장감을 조성하는 「Come And Get Some」, 팽팽한 래핑이 돋보이는 「Fire It Up」, 음성을 살며시 뒤튼 훅과 울림 있는 드럼 연주, 다소 특이한 래핑 배열로 흥미를 유발하는 「Give It 2 You」는 저메인 듀프리가 제조한 음악과 브랫의 보컬이 친밀한 관계를 맺는 판이었다. 둘의 재능은 오래 사귄 친구처럼 착착 들어맞았다.

한편으로 『Funkdafied』는 단어처럼 기이했다. 시카고에서 자란 브랫과 남부 조지아주 출신의 저메인 듀프리가 만들어낸 음악이 캘리포니아에서 닥터 드레가 탄생시킨 지 펑크를 중심 골격으로 했기 때문이다. 「Da Shit Ya Can't Fuc Wit」, 「Fa All Y'all」, 「Ain't No Thang」은 고음으로 치닫는 신시사이저가 특징인 그 장르의 구조를 좇은 노래들이다. 이로써 본 작품은 여성 솔로 최초의 지 펑크 앨범이라는 의미도 부여된다.

브랫의 데뷔작은 여성 솔로 래퍼로서는 처음으로 판매량 100만 장을 넘기는 신기록을 세우기도 했다. 2년 뒤에 출시한 소포모어 작품 『Anuthatantrum』과 새천년에 공개한 3집 『Unrestricted』로 초기의 업적을 유지했지만 1994년의 등판만큼 굉장하지는 못했다.

Artist: The Notorious B.I.G.
Album Title: Ready To Die
Release Date: 1994-09-13
Label: Bad Boy Records

01. Intro

02. Things Done Changed

03. Gimme The Loot

04. Machine Gun Funk

05. Warning

06. Ready To Die

07. One More Chance

08. #!*@ Me (Interlude)

09. The What (feat. Method Man)

10. Juicy

11. Everyday Struggle

12. Me & My Bitch

13. Big Poppa

14. Respect

15. Friend Of Mine

16. Unbelievable

17. Suicidal Thoughts

52

작품성과 흥행성을 겸비한
실감 나는 뒷골목 관광

투팍의 죽음으로 인한 비통함이 채 가시기도 전에 힙합 신은 또 하나의 믿기 어려운 비보를 전해 들어야 했다. 1997년 3월 9일, 제11회《소울 트레인 음악 시상식》에 참석한 노토리어스 비아이지가 여흥을 즐기고 호텔로 돌아가던 길에 괴한의 총격을 받아 사망한 것이다. 2집 『Life After Death』의 출시를 얼마 남기지 않은 터라 안타까움은 더 컸다.

당시 음악계에서 핫이슈가 되었던 동부와 서부 간의 랩 전쟁이 궁극에는 두 인재를 앗아 갔다는 사실은 참담하기 짝이 없었다. 힙합 역사상 가장 치열했던 디스 전戰으로 남을 다툼은 당사자와 주변 사람들에게 돌이킬 수 없는 아픔만을 새기고 말았다.

데뷔작 『Ready To Die』는 노토리어스 비아이지가 살아 있을 때 발표한 처음이자 마지막 앨범인 동시에 그의 위대한 등장을 현현顯現한 작품으로서 가치를 드높인다. 또한, 동부 힙합의 중흥을 주도한 앨범으로서도 랩 음악 역사에서 중요한 위치를 점한다.

여기서 그는 독한 삶과 폭력, 마약, 매춘 등으로 점철된 거리를 이야기한다. 열두 살 때부터 마약을 팔아 오면서 직접 경험하거나 머릿속에 담아 두었던 상상이 일말의 수치심이나 여과 없이 투여된 가사는 노래를 귀로 활보하는 뒷골목 투어로 만들었다. 다른 폭력단에 의해 죽임당한 불량배의 아내를 소재로 불한당의 피폐한 삶과 폭력의 끝없는 보복성을 이야기하는 「Me & My Bitch」, 여성을 육체적 관계의 상대로만 보며 비하하는 이의 거리낌 없는 주장 「Friend Of Mine」, 총을 소지하고 거리에서 코카인을 파는 것은 모두 생존을 위한 몸부림이라는 「Everyday Struggle」 등 어둡고 위험한 내용이 시종 공개된다.

난잡하고 폭력성이 짙었지만 현실적인 묘사와 입체적인 스토리텔링으로 꾸며진 가사는 많은 사람의 호기심을 자극했다. 순차적으로 진행되는 일에서도 공간을 이동함으로써 평이하게 들리지 않게 조율하기도 했다. 이를테면 드라마나 영화에서 쓰이는 편집 기술을 랩으로 행한 셈이다.

효능을 올린 데에는 래핑도 제외할 수 없다. 암담한 현실과 쾌락에 물든 세계에 대한 설명은 투박하고 무거운 음성을 타고 한층 설득력 있게 다가선다. 하지만 그의 래핑은 결코 둔하지 않고 사납고 민첩하다. 본인의 노래 제목처럼 '펑크를 내뱉는 기관총'이 바로 그였다.

이지 모 비, 숀 콤스가 제작한 비트는 앨범의 작품성과 상업성을 동시에 실현하는 데 공을 세웠다. 이지 모 비는 노토리어스 비아이지의 생동하는 래핑을 더 활력 넘치는 것으로 보이게끔 단순하지만 무게감 있는 베이스라인을 연출했던 반면에 숀은 인기 R&B 선율을 가져와 친숙함을 생성했다. 대중이 무엇을 좋아하고 요구하는지를 확실히 간파한 숀 콤스는 「Big Poppa」, 「Juicy」, 「One More Chance」 등 세 곡을 차트에 입성시켰다.

완성도와 흥행성을 겸비한 본 작품으로 노토리어스 비아이지는 1995년 《소스 시상식》에서 '올해의 앨범', '올해의 작사가' 등 네 개 부문을 수상했으며 《빌보드 음악 시상식》에서는 '올해의 랩 아티스트', '올해의 랩 싱글' 주인공이 됐다. 참혹과 곤궁 속에서 랩으로 돌파구를 찾은 이의 거대한 승전이었다. 살아서 만끽한 영광과 기쁨이 여기까지라는 것이 애석할 따름이었다.

The Infamous

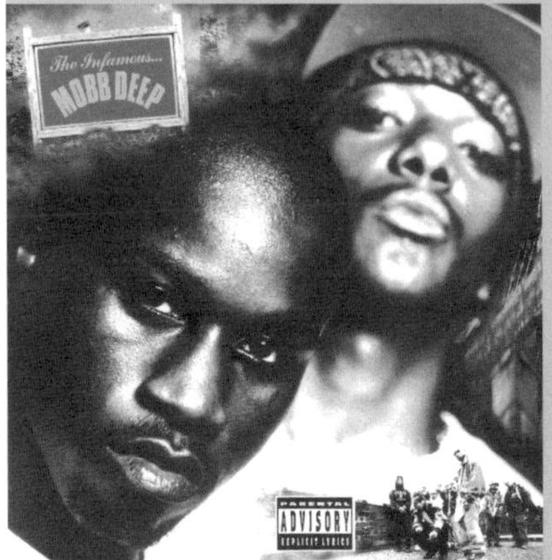

해복(Havoc), 프로디지(Prodigy)

Artist: Mobb Deep
Album Title: The Infamous
Release Date: 1995-04-29
Label: Loud Records

01. The Start Of Your Ending (41st Side)

02. [The Infamous Prelude]

03. Survival Of The Fittest

04. Eye For A Eye (Your Beef Is Mines) (feat. Nas & Raekwon The Chef)

05. [Just Step Prelude]

06. Give Up The Goods (Just Step) (feat. Big Noyd)

07. Temperature' s Rising (feat. Crystal Johnson)

08. Up North Trip

09. Trife Life

10. Q.U. - Hectic

11. Right Back At You (feat. Ghostface Killer, Raekwon The Chef & Big Noyd)

12. [The Grave Prelude]

13. Cradle To The Grave

14. Drink Away The Pain (Situations) (feat. Q-Tip)

15. Shook Ones Pt. II

16. Party Over (feat. Big Noyd)

53

동부 하드코어 힙합의 위대한 이정표

퀸스브리지 힙합 듀오 몹 딥의 두 번째 음반 『The Infamous』가 취하는 역사적 의미와 가치는 명확하다. 하드코어 힙합이 내보이는 음악적 전경에 대한 모범적 기준을 제시했다는 점이다. 투박하고 거친 드럼 프로그래밍, 경쾌함과는 거리가 먼 샘플들을 엮어 연무가 짙게 껴 바로 앞도 보이지 않는 듯한 느낌, 스산함, 앙상한 분위기를 자아냈다. "앨범이 어떤 기후를 가질 수 있다면 『The Infamous』는 바람 한 점 없이 부슬부슬 비가 내리는 날씨가 될 것이다."라는 미국 대중음악 기자 세레나 킴의 묘사도 같은 맥락이다.

몹 딥은 1993년 『Juvenile Hell』로 하드코어 힙합 대오에 합류했으나 상업적 실패와 함께 소속사에서 퇴출당하는 처참한 결과를 맞았다. 어둑한 기운은 이때도 존재했으나 더러 펑키한 음악도 있어서 흐름이 일관되지 않았고 이즈음에는 브랜드 누비안의 「Punks Jump Up To Get Beat Down」, 로즈 오브 더 언더그라운드의 「Here Come The Lords」, 더블 엑스 파시의 「Ruffneck」, 지기의 「Toss It Up」처럼 유니슨 형식으로 훅을 꾸민 곡이 많았던 터라 그들보다 조금 늦게 같은 노선을 탔던 몹 딥

이 돋보이기란 쉽지 않았다. 확실히 그들만의 것이라 할 수 있는 스타일을 구축해야 했다.

그룹이 선택한 방도는 그 어떤 하드코어 래퍼들보다 침울하고 무게감 있는 음악을 제작하는 것이었다. 거의 모든 수록곡의 비트를 관장한 해복은 한없이 어두워지려고 기를 썼다. 「Survival Of The Fittest」와 「Eye For A Eye (Your Beef Is Mines)」, 「Shook Ones Pt. Ⅱ」에는 단조의 피아노 연주를 넣고 「Cradle To The Grave」는 짤막하게 관악기 소리를 삽입함으로써 을씨년스러운 분위기를 조성한다. 왜곡된 신시사이저 프로그래밍, 드문드문함에도 강렬하게 들리는 둔중한 드럼은 매서운 기운을 잃지 않게 했다.

냉혹한 소리로 일관한 것은 노랫말 때문이었다. 싸움이 벌어지고, 경찰이 출동하고, 라이벌 조직을 향해 총을 쏘고, 감옥과 마리화나가 반복되는 게 주된 내용이니 가사가 전하는 대기와 음악이 맞물려야 강한 인상을 전할 수 있었다. 이들이 자란 동네가 인정사정없는 곳이고 자신들도 무서운 존재라며 위협하는 「The Start Of Your Ending (41st Side)」, 불량배들의 삶은 강한 자만이 살아남는 가차 없는 생활이라는 「Survival Of The Fittest」, 살인 혐의를 받고 도주한 갱단 동료에게 보내는 편지 「Temperature's Rising」 등 노래들은 사납고 황폐한 폭력배의 삶을 나열했다. 특유의 비트는 어두운 내용의 가사와 조응하면서 온갖 범죄로 만연한 거리를 파노라마처럼 재현해보였다.

잔혹한 현실을 부감한 동시에 이를 음산한 음악으로 형상화함으로써 앨범은 하드코어 힙합의 성격을 정확히 규정했다. 《올뮤직》의 스티브 휴이는 "모든 불길한 대기와 장대한 범죄 드라마에 관련한 주제들을 쓸어 담았다."고 평하며 앨범을 시대를 초월한 하드코어의 클래식이라고 극찬했다. 그룹의 존재뿐만 아니라 동부 하드코어 힙합을 찬연히 빛나게 한 작품이다.

E. 1999 Eternal

크레이지 본(Krayzie Bone)

레이지 본(Layzie Bone)

비지 본(Bizzy Bone)

위시 본(Wish Bone)

플레시 앤 본(Flesh–N–Bone)

Artist: Bone Thugs-N-Harmony
Album Title: E. 1999 Eternal
Release Date: 1995-07-25
Label: Ruthless Records

01. Da Introduction

02. East 1999

03. Eternal

04. Crept And We Came

05. Down '71 (The Getaway)

06. Mr. Bill Collector

07. Budsmokers Only

08. Crossroad

09. Me Killa

10. Land Of Tha Heartless

11. No Shorts, No Losses

12. 1st Of Tha Month

13. Buddah Lovaz

14. Die Die Die

15. Mr. Ouija 2

16. Mo' Murda

17. Shotz To Tha Double Glock

54

변방의 래퍼들을 하루아침에
스타로 만든 환상의 하모니 랩

본 엔터프라이즈라는 이름으로 1993년 랩 음악계에 발을 들인 클리블랜드 청년들은 대중의 눈에 띌 겨를도 없이 찰나를 스치며 데뷔전을 마감하는 시련을 겪었다. 이유는 혀를 굴린다든가 유성음을 연속으로 배치해 속도감을 더하는 방식 등, 1990년대 초반 이미 여러 래퍼가 숱하게 훑었던 스타일로 식상함을 보인 데에 기인한다. 대형 레이블의 지원을 받은 것도 아니고, 주 활동 무대인 오하이오주가 많은 유명 펑크 밴드를 배출한 고장이라 해도 당시 힙합에서만큼은 관심 밖의 지역이었다는 점도 주목받지 못한 부차 요인이었다. 이때까지만 해도 그저 그런 로컬 팀에 불과했다.

본 썩스 앤 하모니로 현판을 교체한 이들은 이듬해 EP 『Creepin On Ah Come Up』을 출시하며 어마어마한 상업적 성공을 누린다. 다른 래퍼들과 확연히 구분되는 자신들만의 특징을 구비한 게 흥행 요인이었다. 이들은 이름만 바꾼 게 아니라 래핑도 확 바꿨다. 스타카토로 연주하듯 뚝뚝 끊어뜨리며, 때로는 속사포처럼 몰아치는, 그러면서도 충분히 멜로디를 살리고 멤버들 간에 화음을 맞추는 독특한 플로우는 일명 '하모니 랩'이라는 새로운 용어를 만들어내며 그들을 도드라지게 했다. 실질적 데뷔 음반인 『Faces Of Death』에서 했던 자메이카 억양의 래핑은 자취를 싹 감췄다. 전에 없던 방식으로 경쟁력을 갖춘 셈이다.

유니크한 표현으로 평단과 마니아들의 이목을 사로잡은 팀은 새로운 정규 데뷔 앨범 『E. 1999 Eternal』을 내며 대대적인 인기몰이에 들어갔다. 플로우는 훨씬 유연해졌으며 멤버들이 교차하며 내는 코러스는 더욱 자연스러워졌다. 이로써 소울풀(soulful)한 기운을 획득했고 부드러움까지 겸할 수 있었다. 이들의 랩은 색다른 분위기와 재미있는 전달을 원한 청취자들의 요구를 충족하며 열띤 부름을 받았다.

반응은 실로 뜨거웠다. 흑인들에게 생활 보조금이 지급되는 매월 첫날의 들뜬 분위기와 그날의 갖가지 풍경을 스케치하는 「1st Of Tha Month」, 자신들이 사는 뒷골목 일상을 이야기하는 「East 1999」은 방송 전파를 타며 본 썩스 앤 하모니의 고공 행진을 도왔다.

본 작품을 출시하기 네 달 전에 에이즈로 사망한 제작자이자 스승, 이지 이에게 바치는 노래 「Crossroad」는 흥행의 파고를 더욱 높였다. 핫 싱글, R&B 싱글, 랩 싱글, 세 개 차트의 정상을 석권했고 2년 후 개최된 《그래미 시상식》에서 본 썩스 앤 하모니에게 '최우수 랩 퍼포먼스 듀오, 그룹' 트로피를 안겼다. 1년 전 「1st Of Tha Month」가 같은 자리 후보로 오르는 데 그쳐야 했기에 영광의 순간은 그때의 아쉬움을 달래고 먼저 세상을 떠난 이지 이와 기쁨을 나눌 더없이 좋은 선물이었다.

전 세계적으로 1,000만 장 넘게 팔린 『E. 1999 Eternal』은 본 썩스 하모니에게나 이지 이, 전체 수록곡을 만든 프로듀서 디제이 유닉 모두에게 소중하게 느껴질 작품이었다. 그룹의 디스코그래피에서 단연 돌출되는 업적을 기록했고, 루스리스 레코드사가 엔더블유에이 다음으로 최대의 성적을 달성한 자취였으며, 디제이 유닉이 프로듀싱에 관여한 음반들 중 비평적 찬사와 상업적 성공 둘 다 획득한 곳으로는 여기가 제일이었기 때문이다. 일석삼조를 가능케 한 것은 뭐니 뭐니 해도 깔끔하게 정제된 독특한 래핑이었다.

The Score

와이클레프 장(Wyclef Jean), 로린 힐(Lauryn Hill), 프라즈(Pras)

Artist: Fugees
Album Title: The Score
Release Date: 1996-02-13
Label: Ruffhouse Records

01. Red Intro
02. How Many Mics
03. Ready Or Not
04. Zealots
05. The Beast
06. Fu-Gee-La
07. Family Business
08. Killing Me Softly
09. The Score
10. The Mask
11. Cowboys
12. No Woman, No Cry
13. Manifest/Outro
14. Fu-Gee-La (Refugee Camp Remix)
15. Fu-Gee-La (Sly & Robbie Mix)
16. Mista Mista

55

대중 지향 기법이 쏘아 올린 성행의 축포

데뷔작 『Blunted On Reality』는 명성 있는 레이블 러프하우스 레코드사를 통해 나왔음에도 이렇다 할 반응을 이끌어내지 못했다. 차트 성적도 별로였으며 평단으로부터 좋은 평가를 듣지도 못했다. 그룹의 존재감을 부각하는 데 완전히 실패했으나 그들은 도리어 의연했다. 세 멤버 모두 곡을 쓸 줄 아는 래퍼이자 보컬리스트였기에 세상이 자신들의 재능을 언젠가는 알아줄 거라고 믿었다. 당장의 상황이 안 좋다고 해도 낙담하고 돌아서지 않을 이유는 충분했다.

러프하우스의 사장 역시 그들의 능력을 의심하지 않았고 다시 한 번 기회를 줬다. 그에게서 앨범 제작비 조로 13만 5천 달러를 받은 푸지스는 악기와 녹음 장비를 사서 와이클레프 장의 친척 집 지하실에 스튜디오를 차리고 다음 작품 제작에 들어갔다. 그곳에서 반년 동안 곡을 만들며 도약을 준비했다.

그렇게 완성된 『The Score』는 전작과 다른 표현 방식을 내보였다. 사운드는 한결 가벼워지고 침착해져 있었으며 『Blunted On Reality』의 「Nappy Heads」에서와 같은 공격적이고 거친 래핑은 거의 나타나지 않았다. 데뷔 앨범의 강경한 태도를 잠시 내려 두고 힘을 뺀 편안함으로 대중에게 다가섰다.

노선을 완전히 변경한 것은 아니었다. 어린 시절 힘없고 가난한 아이티 출신이라는 이유로 차별받았던 와이클레프 장이 자신의 경험을 토대로 첫 음반에서 미국 사회에 대해 불편한 심정을 토로했던 것처럼 2집에서도 상대적 약자라는 이유만으로 당하고 살아야 하는 현실에 대한 분노와 과격한 언사를 어느 정도 유지했다. 하지만 긍정적인 노랫말의 비중을 높이고 부드러운 틀의 음악을 다수 마련해 청중을 향한 접근성을 강화했다.

로버타 플랙의 히트곡을 리메이크한 「Killing Me Softly」가 전략을 극명하게 드러낸다. 유명 팝, R&B 곡을 다시 부름으로써 친숙성을 확보했으며 중간 템포의 힙합 소울로 편곡해 흑인음악 마니아들의 지지도 얻어 냈다. 와이클레프 장이 맛깔스럽게 재해석한 「No Woman, No Cry」도 원곡의 지명도를 발판으로 많은 사랑을 받았다. R&B 중창 그룹 델포닉스의 「Ready Or Not, Here I Come (Can't Hide From Love)」와 뉴에이지 가수 엔야의 「Boadicea」를 이용해 멜로디를 보강한 「Ready Or Not」역시 무게를 줄인 제작 방식을 보여주는 노래다.

더 편해지고 부드러워진 음악을 들려준 『The Score』는 그룹에게 데뷔작과 비교할 수 없는 대성공을 허락했다. 전 세계적으로 1,800만 장 이상의 판매량을 올린 것을 비롯해 1997년 《그래미 시상식》에서 '최우수 랩 앨범' 부문을 수상하고 「Killing Me Softly」로는 '최우수 R&B 퍼포먼스 듀오, 그룹'이 되는 영광을 누렸다. 1994년에 맛본 패배의 기억은 말끔히 잊히고도 남을 성과였다.

멤버들은 이 앨범을 만들며 체득한 경험과 방법으로 이후 솔로 아티스트로서도 성공적인 데뷔전을 치렀다. 특히, 와이클레프 장과 로린 힐의 『The Carnival』, 『The Miseducation Of Lauryn Hill』은 『The Score』의 상업적 성공과 평단의 긍정적인 평가를 연장한 작품으로 등극했다. 앨범이 장만해둔 강한 여파였다.

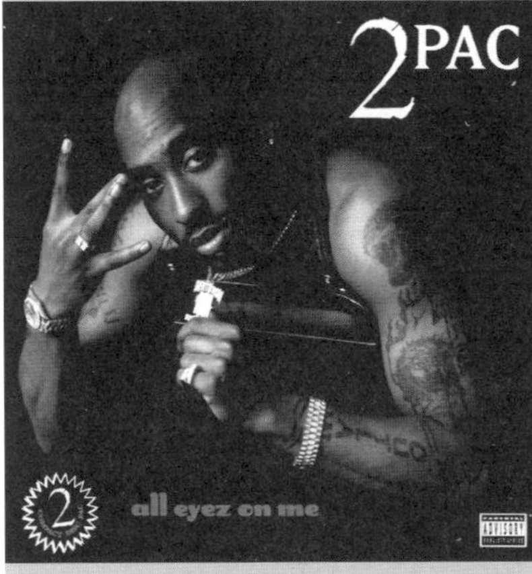

Artist: 2Pac
Album Title: All Eyez On Me
Release Date: 1996-02-13
Label: Death Row Records

Disc 1

01. Ambitionz Az A Ridah
02. All Bout U (feat. Nate Dogg, Snoop Doggy Dogg, Dru Down & Fatal-N-Felony)
03. Skandalouz (feat. Nate Dogg)
04. Got My Mind Made Up (feat. Daz Dillinger, Kurupt, Method Man & Redman)
05. How Do You Want It (feat. K-Ci & JoJo)
06. 2 Of Amerikaz Most Wanted (feat. Snoop Doggy Dogg)
07. No More Pain
08. Heartz Of Men
09. Life Goes On
10. Only God Can Judge Me (feat. Rappin' 4-Tay)
11. Tradin War Stories (feat. C-Bo, Dramacydal & Storm)
12. California Love (Remix) (feat. Dr. Dre & Roger Troutman)
13. I Ain' t Mad At Cha (feat. Danny Boy)
14. Whatz Ya Phone # (feat. Danny Boy)

Disc 2

01. Can' t C Me (feat. George Clinton)
02. Shorty Wanna Be A Thug
03. Holla At Me (feat. Jewell)
04. Wonda Why They Call U Bitch
05. When We Ride (feat. Outlaw Immortalz)
06. Thug Passion (feat. Jewell, Dramacydal, Outlawz & Storm)
07. Picture Me Rollin' (feat. CPO, Danny Boy & Big Syke)
08. Check Out Time (feat. Kurupt, Big Syke & Natasha Walker)
09. Ratha Be Ya Nigga (feat. Richie Rich)
10. All Eyez On Me (feat. Big Syke)
11. Run Tha Streetz (feat. Michel' le, Napoleon & Storm)
12. Ain' t Hard 2 Find (feat. C-Bo, D-Shot, B-Legit, E-40 & Richie Rich)
13. Heaven Ain' t Hard 2 Find (feat. Danny Boy)

56

속악함과 비참함이 공재한
갱스터 랩 영웅의 삶

대다수가 투팍을 대단한 뮤지션으로 여긴다. 쭉 뻗은 도로를 달리는 것 같은 유려한 래핑, 갱스터 래퍼임에도 「Dear Mama」처럼 가슴을 절절하게 만드는 가사도 쓸 줄 아는 능력, 라임을 정교하게 배열하는 재능은 그의 비범함을 직접적으로 나타낸다. 또한, 경찰을 총으로 쏘고 여성을 학대하는 등 무겁하고 폭력적인 행동으로도 대단함을 드러냈다. 1995년 출시한 『Me Against The World』는 성폭행 혐의로 복역 중이었음에도 빌보드 앨범 차트 1위에 올랐으니 여러 가지로 위대해 보이는 인물이 틀림없었다.

한편으로 비참한 사람이기도 했다. 아버지 없는 자식이었고 마약상, 폭력배로 거친 청소년기를 보냈다. 가수가 되고 나서도 여러 범죄에 휘말리며 경찰서를 드나들었으며 1996년 9월에는 갱단이 쏜 총을 맞고 스물다섯의 짧은 나이로 생을 마감했기에 그의 삶은 더 처절하게 느껴질 뿐이다. 큰 성공을 거뒀지만 말로는 몹시 비통스러웠다.

투팍의 대단함과 비참함은 『All Eyez On Me』에 굳게 아로새겨져 있다. 그는 노래를 통해 자신이 포악하고 상스러운 인물임을 당당하게 말한다. 하지만 바깥으로 나타나는 위악적인 모습과 달리 속으로는 다른 인생을 살고자 하는 듯한 형상을 그리기도 한다. 수록곡들에서 판이한 성격이 교차한다.

여성 편력 강한 양아치로서 자신을 뽐내는 「All Bout U」, 총에 맞았어도 멀쩡히 살아남은 것을 우쭐대며 갱스터 삶을 찬양하는 「2 Of Amerikaz Most Wanted」, 폭력배 생활에 매진할 것을 다짐하는 「All Eyez On Me」 등으로는 자신의 무지막지함에 초점을 맞춘다. 나쁜 성품을 굳이 까발려 스스로를 광포한 존재로 단장했다.

시종 그 입장을 고수하지는 않는다. 「I Ain't Mad At Cha」로 불량한 과거에서 벗어나 새로운 인생을 찾으려는 친구를 보면서 자신도 그러고 싶은 마음을 슬쩍 내비치고, 「Life Goes On」에서는 갱단 생활에 대한 회한을 보이기도 하며, 「Wonda Why They Call U Bitch」는 돈과 남자를 밝히는 여자에게 미래를 위해 방탕한 생활을 청산할 것을 권유한다. 일련의 면모는 산전수전 다 겪은 그가 안 좋은 길에 빠져드는 청춘들에게 띄우는 충고이자 참담한 환경에서 빠져나오지 못한 자조 섞인 후회이기도 하다. 처참한 생을 압축하는 부분이다.

상반된 인생이 중첩되는 노래들은 그를 더욱 근사한 인물로 만들었다. 갱스터가 멋있다고 믿는 젊은이들에게나, 이미 그 암담한 생활을 경험하고 양지를 찾으려는 무리에게나 투팍은 위인이었다. 더욱이 랩과 음악까지 훌륭했으니 인기가 절정에 달하는 게 당연했다.

영웅이었지만 그는 죽어서도 대단함과 비참함이 엇갈리는 삶을 살았다. 생전에 녹음해두었던 노래들을 엮은 앨범이 사후에도 계속 발매돼 대중의 경탄을 이끌어낸 것이 먼저였다. 처음 몇 번은 그렇게라도 투팍을 다시 만난다는 기쁨을 제공했지만 작품성 낮은 노래들과 추억 외에는 아무런 가치도 생성하지 못하는 컴필레이션이 거듭해서 나옴으로써 그를 사랑하는 사람들마저 서서히 지쳐 떨어지게 했다. 명성을 이용해

어떻게든 수익을 뽑아 보려는 데쓰 로 레코드사의 사장 슈그 나이트의
졸렬한 상술과 아들의 존재를 팬들의 기억 속에 영속시키려는 어머니의
과한 노력으로 인해 투팍은 재차 세상의 혹독함에 치여야 했다.

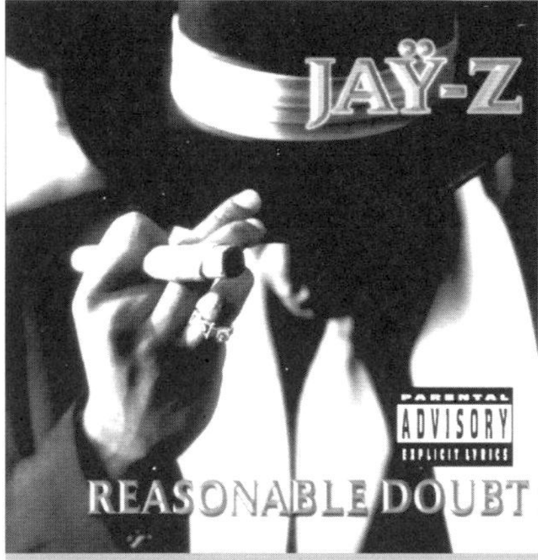

Artist: Jay-Z
Album Title: Reasonable Doubt
Release Date: 1996-06-25
Label: Roc-A-Fella Records

01. Can' t Knock The Hustle (feat. Mary J. Blige)

02. Politics As Usual

03. Brooklyn' s Finest (feat. The Notorious B.I.G.)

04. Dead Presidents II

05. Feelin' It (feat. Mecca)

06. D' evils

07. 22 Two' s

08. Can I Live

09. Ain' t No Nigga (feat. Foxy Brown)

10. Friend Or Foe

11. Coming Of Age (feat. Memphis Bleek)

12. Cashmere Thoughts

13. Bring It On (feat. Big Jaz & Sauce Money)

14. Regrets

15. Can I Live II

57

힙합의 제왕 자리를 예약한
실력자의 마피아 놀음

미국 현지 시각 2010년 9월 29일 늦은 밤 뉴욕 맨해튼에서 즐거운 힙합 파티가 열렸다. 토크쇼《레이트 나이트 위드 지미 펄론》에서 진행자 지미 펄론과 팝 스타 저스틴 팀버레이크가 「A History Of Rap」이라는 타이틀로 열네 편의 힙합 인기곡을 메들리로 부른 퍼포먼스가 그것이었다. 슈거힐 갱의 「Rapper' s Delight」를 시작으로 비스티 보이즈의 「Paul Revere」, 투팍의 「California Love」 등 서른 살을 넘긴 힙합이 출산한 명곡들이 두 사람의 마이크를 통해 흘러나오자 장내는 열광의 도가니로 변했다.

압권은 피날레였다. 둘은 마지막 곡을 부르면서 객석으로 뛰어 올라갔고 방청객은 일제히 일어나 노래를 따라 불렀다. '뉴욕, 꿈이 이뤄지는 콘크리트 정글. 못할 건 없어. 지금 당신은 뉴욕에 있고 이 거리는 네 기분을 새롭게 해줄 거야.' 관객과 하나 되어 합창한 노래는 2010년 《BET 시상식》에서 '최우수 합작' 부문을 수상한 제이 지의 「Empire State Of Mind」였다. 이들이 부른 열네 곡의 리스트에서 엔딩을 차지했다는 것은 그 래퍼가 힙합 신에서 얼마나 중요한 위치를 차지하는가를 넌지시 일러 준다.

2006년 한 컴퓨터 광고에서는 그를 '힙합의 최고 경영자(CEO of hip hop)'라 칭했고 MTV가 선정한 '역대 최고의 엠시 10인人' 리스트에서 1위에 뽑힐 정도로 출중함을 인정받는 제이 지가 힙합 신의 대단한 위인이 되리라는 것을 점지한 곳이 『Reasonable Doubt』다. 그는 앨범에서 누구도 함부로 건들지 못하는 범죄 조직의 큰손으로 자신을 캐릭터화한다. 보석과 명품 브랜드로 몸을 치장하고, 멋진 자동차를 타고 다니며, 호화로운 공간에서 산다고 으스댄다. 폭력적인 행동은 기본이요, 생활의 큰 부분이다. 이러한 설정과 내용 때문에 이 음반은 하드코어 랩의 지류 중 하나인 마피아 랩(mafioso rap)에 귀속되곤 한다.

수록곡들은 폼 나는 폭력배의 삶을 다룬다. 마약을 팔아 큰돈을 벌어서 비싼 옷을 입고 많은 여자를 끼고 살겠다고 말하는가 하면(「Can't Knock The Hustle」), 자기처럼 잘난 사람도 없다며 떵떵거리고(「Feelin' It」), 돈에 눈이 멀어 불량한 행동을 거듭하는 자신을 담담하게 묘사하기도 한다(「D' evils」). 번지르르한 삶을 사는 범죄자의 이야기는 약동하는 플로우와 막힘없이 잘 정돈된 라임으로 더욱 흥미롭게 들린다.

클라크 켄트, 디제이 프리미어, 오리지널 플레이버의 스키 등 동부 힙합 신에서 이미 이름을 날리던 비트 명인들의 도움으로 랩은 한층 빛났다. 소울, 펑크, 재즈에서 대여한 샘플은 서정미와 우아한 향을 냈고 거기에 차지게 밀착하는 드럼 루프는 제이 지의 랩을 강고하게 했다. 강하지만 그렇다고 마냥 팍팍하지는 않아 묘한 느낌을 배가할 수 있었다.

유연한 래핑, 캐릭터를 설정해 듣는 이들의 관심을 자아낸 스토리 전개, 알찬 비트가 어긋남 없이 조화를 이룬 앨범은 힙합 팬들로 하여금 제이 지를 재즈 오의 들러리 고수鼓手가 아닌 실력파 솔로 래퍼로 인식하게 했다. 2011년 현재까지 빌보드 앨범 차트 1위 아홉 번, 5천만 장 이상의 판매량, 여러 권위 있는 시상식에서 받은 수십 개의 트로피 등 장구한 승리의 궤적은 여기서부터 출발한다. 『Reasonable Doubt』는 더 높은 단계로의 성장과 도약을 도운 강대한 초석이었다.

Endtroducing.....

Artist: DJ Shadow
Album Title: Endtroducing.....
Release Date: 1996-11-19
Label: Mo' Wax

01. Best Foot Forward

02. Building Steam With A Grain Of Salt

03. The Number Song

04. Changeling **Transmission 1

05. What Does Your Soul Look Like (Part 4)

06.

07. Stem/Long Stem **Transmission 2

08. Mutual Slump

09. Organ Donor

10. Why Hip Hop Sucks In '96

11. Midnight In A Perfect World

12. Napalm Brain/Scatter Brain

13. What Does Your Soul Look Like (Part 1 - Blue Sky Revisit) **Transmission 3

58

디제이 중심의 음악,
힙합의 순수성을 찾아간 노정

디제이들은 노래를 선곡하고 믹스함으로써 파티나 클럽의 분위기를 리드하고 관중의 호응을 이끌어내는 주인공으로 위치를 지켜 왔다. 하지만 이 같은 체제는 긴 수명을 갖지 못했다. 디제이 옆에서 이런저런 추임새로 공연장의 대기를 달아오르게 하고 간주의 틈을 메우는 것이 전부였던 엠시의 할당량은 그들이 인기를 얻으면서 점점 늘어났고 이내 더 많은 청중의 관심을 끌게 됐다. 엠시의 활약이 커지면서 랩 배틀이 생겨났고 록 스테디 라운지, 할렘 월드 같은 클럽에서는 랩을 전문으로 하는 쇼케이스를 열기도 했다. 전부가 다 그런 것은 아니었으나 디제이는 주연이 아닌 래퍼들이 랩을 할 수 있도록 음악을 트는 반주자쯤으로 전락한 것이 사실이었다.

커티스 블로는 메이저 레이블과 계약한 1호 래퍼가 됐고 런 디엠시는 「Walk This Way」의 선전으로 빌보드 싱글 차트 5위권에 진입한 첫 랩 뮤지션이 됐다. 비스티 보이즈는 앨범 차트 정상을 차지한 최초의 힙합 그룹으로 즉위했다. 서부 갱스터 랩은 각종 매체를 장식하며 힙합이 이제는 완연히 주류 문화가 되었음을 천명했다. 래퍼들은 승승장구했으나 디제이들은 그렇지 못했다.

더 큰 문제는 힙합이 일종의 상품으로 변질되는 것이었다. 거대한 문화 산업의 한 축으로 성장했으나 섹스, 마약, 폭력만 주야장천 부르짖는 자극적인 내용으로 돈벌이를 하고 있었다. 여기서 일부는 이를 떠받들었고, 또 다른 일부는 이러한 풍조를 아쉬워하면서 그것을 소비했다. 대안과 변화가 시급했다.

디제이 섀도의 데뷔 앨범 『Endtroducing.....』은 1996년의 힙합이 대안과 변화를 찾는 실천의 선두에 선 작품이었다. 그는 턴테이블을 이용한 힙합의 기본 작법에 천착함으로써 순수성에 회귀하려 했다. 또한, 래퍼의 참여를 영점으로 내리고 스스로가 연주자와 총감독이 되어 모든 곡을 홀로 생산해 래퍼들의 뒤에 서서 그들의 공연을 받쳐주는 객체가 아니라 주체가 되는 디제이 중심의 음악을 선보였다.

섀도는 연주곡, 헤비메탈, 드라마, 텔레비전 쇼 등 출처와 성분을 가리지 않고 채집한 음원들을 조합해 아주 생경한 스타일을 생산했다. 그의 음악은 힙합과 전자음악이 동시적으로 교차된 탓에 장르를 딱 잘라 규정하기가 쉽지 않았다. 「Building Steam With A Grain Of Salt」는 드럼 앤 베이스의 골격도 나오지만 곡이 표현하는 서정성과 공기를 헤아렸을 때에는 앰비언트(ambient, 선율이나 리듬 같은 대중음악의 전통적인 요소보다는 전체적인 사운드 호흡에 중점을 둬 몽롱한 분위기를 형성하는 음악)와 트립 합에 근접했으며 「The Number Song」은 빅 비트를, 「Napalm Brain/Scatter Brain」은 앱스트랙트 힙합에 위치했다. 앨범은 턴테이블리즘, 인스트루멘틀 힙합, 일렉트로니카의 경계를 허무는 무경계의 음악이었다.

이 방대한 소리 얼개를 드럼 머신과 턴테이블로 방직했다는 사항은 실로 위대하게 받아들여질 따름이다. 연관성 없는 악기 소리, 대사 등을 자르고 이어 새로운 대형 악곡을 설계한 점은 앞으로 등장할 후배 디제이와 프로듀서에게 창작의 이정표가 돼 주었으며 비트 제작의 예술적 진화, 발전 가능성을 타진했다. 앨범은 비록 상업화로 치닫던 힙합에 '종막'을 고하지는 못했지만 이 장르에서 벌어질 무한한 실험성을 '소개'한 명작임은 틀림없다.

No Way Out

Artist: Puff Daddy And The Family
Album Title: No Way Out
Release Date: 1997-07-01
Label: Bad Boy Records

01. No Way Out (Intro)

02. Victory (feat. The Notorious B.I.G. & Busta Rhymes)

03. Been Around The World (feat. The Notorious B.I.G. & Mase)

04. What You Gonna Do?

05. Don't Stop What You're Doing (feat. Lil' Kim)

06. If I Should Die Tonight (Interlude) (feat. Carl Thomas)

07. Do You Know?

08. Young G's (feat. The Notorious B.I.G. & Jay-Z)

09. I Love You Baby (feat. Black Rob)

10. It's All About The Benjamins (Remix) (feat. The Notorious B.I.G., Lil' Kim & The Lox)

11. Pain

12. Is This The End? (feat. Ginuwine, Twista & Carl Thomas)

13. I Got The Power (feat. The Lox)

14. Friend (feat. Foxy Brown)

15. Senorita

16. I'll Be Missing You (feat. Faith Evans & 112)

17. Can't Nobody Hold Me Down (feat. Mase)

59

팝과 하드코어에 양다리를 걸친
이의 사업가적 혜안

텔레비전, 라디오 할 것 없이 하나같이 이 노래가 흘러나왔다. 매번 걸음을 내디딜 때에, 매일 기도할 때마다 당신을 그리워할 거라며 세상을 떠난 친구에 대한 사랑과 그와 나눈 추억을 이야기한 「I'll Be Missing You」는 방송 매체를 독식하다시피 하며 울려 퍼졌다. 가사에 맺힌 애틋함이 많은 사람의 감수성을 빠르게 자극한 덕분이었다.

항간에서는 동료의 죽음을 이용한다는 비난의 목소리도 거셌다. 출시를 예정한 노토리어스 비아이지의 2집이나 「I'll Be Missing You」는 그렇다 치더라도 망자의 음성이 담긴 노래들을 모아 이렇게 급히 세상에 내보낸다는 게 팬들 입장에서는 썩 내키지 않는 일이었다. 노토리어스 비아이지를 발굴하고 그의 음반을 제작한 퍼프 대디는 이 때문에 사람들의 뭇매를 맞을 수밖에 없었다.

죽음을 의도적으로 이용했든 아니든 간에 퍼프 대디의 본격적인 가수 활동 시작이 된 『No Way Out』은 그의 명민함을 제대로 접할 수 있는 앨범이다. 총명함과 민첩함은 사망 사건과 음반 홍보의 결부도 아니고 신비로운 존재로 만들려는 듯 죽은 이의 목소리가 담긴 음악을 공개한 데서 발현하는 것도 아니었다. 퍼프 대디는 이 작품에서 대중적으로 어필할 만한 요체가 무엇인지를 정확히 간파하는 음악감독으로서 기민한 재능을 드러냈다.

영원히 변하지 않을 우정과 사랑을 표하는 「I'll Be Missing You」는 폴리스의 「Every Breath You Take」 후렴구를 차용해 친근감을 살렸으며 「Can't Nobody Hold Me Down」은 그랜드마스터 플래시 앤 더 퓨리어스 파이브의 「The Message」의 중심 루프를 떼어와 랩 애호가들의 접근을 용이하게 했다. 영화 《마로가니》의 주제곡을 활용한 「Do You Know?」, 데이비드 보위의 「Let's Dance」를 샘플링한 「Been Around The World」 역시 친화력을 키운 노래들이다. 퍼프 대디의 단독 작업은 아니었지만 유명한 곡들 위주로 편집함으로써 앨범은 자연스럽게 대중성을 지니게 됐다. 힙합의 골조임에도 팝의 체취가 묻어나는 것은 이미 인기를 끈 곡을 배합한 덕분이다.

객원 보컬리스트들을 들여 R&B 요소를 갖춘 것도 대중 지향의 일환이었다. 집단으로 과격하게 토해내는 훅을 자제하고 유순한 선율의 코러스를 배치해서 전반의 분위기를 부드럽게 만들었다. 퍼프 대디가 어느 정도는 앨범의 상업적 성취를 미리 계획했다는 것을 짐작하게 하는 부분이다.

동시에 퍼프 대디는 노토리어스 비아이지를 신경 써야 했으며 그로 말미암아 이즈음 동부에서 잠시나마 솟구친 하드코어 열풍을 참고해야 했다. 팝 랩이면서도 여전히 강성 언어와 총기, 폭력이 언급되는 점은 퍼프 대디가 당시 기류의 눈치를 보고 있었다는 확언이다. 이 때문에 팝과 하드코어 모두에 모두 발을 걸친 점은 이득이 될 부분을 안고 가겠다는 잇속 밝은 사업가적 태도로 비쳤다.

결과적으로 『No Way Out』은 전도유망한 한 래퍼의 죽음이 음악에 대한 또 다른 영감과 계기를 마련해주었으며 퍼프 대디의 프로듀서로서의 지위 상승과 함께 가수로서의 데뷔를 성공적으로 만들어 준 작품이라고 해도 무방했다. 짙게 파여 있어야 할 비애감은 상당한 흥행과 정결한 프로듀싱에 그렇게 가려지고 있었다.

Funcrusher Plus

엘피(El-P)
빅 저스(Bigg Jus)
미스터 렌(Mr. Len)

Artist: Company Flow
Album Title: Funcrusher Plus
Release Date: 1997-06-28
Label: Rawkus Records

01. Bad Touch Example

02. 8 Steps To Perfection

03. Collude/Intrude (feat. J-Treds)

04. Blind

05. Silence

06. Legends

07. Lune TNS

08. Help Wanted

09. Population Control

10. Definitive

11. Lencorcism

12. 89.9 Detrimental

13. Vital Nerve (feat. BMS)

14. Tragedy Of War (In III Parts)

15. The Fire In Which You Burn (feat. J-Treds & The Brewin)

16. Krazy Kings

17. Last Good Sleep

18. Info Kill II

19. Funcrush Scratch

60

실험성과 신념, 인디 정신의 승리

하드코어 힙합의 끝물과 연계하는 동시에 다수가 선호할 음악을 정확히 포착한 퍼프 대디는 흥행 돌풍을 일으키며 1990년대 후반 주류 힙합의 새로운 영도자로 자리매김했다. 그보다 몇 개월 앞서 노토리어스 비 아이지의 사후 앨범 『Life After Death』가 많은 이의 애도 속에서 성황을 누리고 있었으니 1997년은 온전히 퍼프 대디의 해라고 봐도 무방했다.

퍼프 대디의 호위虎威가 그해의 미국 힙합 전체를 풀이하는 것은 아니다. 롭 스위프트는 턴테이블리즘과 인스트루멘틀 힙합의 중간 지점을 찾고 있었고, 쿨 키스는 '옥타곤 박사' 캐릭터를 벗고 귀로 감상하는 포르노그래피를 집성했으며, 쿨본은 비록 단명했지만 관악기 반주와 랩의 가약을 성사한 브라스 합(brass hop)을 선보였고, 라티릭스는 동명의 싱글로 하나의 반주 위에 두 개의 래핑을 투입한 생경하고도 괴상한 음악을 시행 중이었다. 스포트라이트는 적었지만 언더그라운드에서는 저마다 새로운 형상을 구하는 노력을 기울였다.

그중 컴패니 플로우가 가장 돋보였다. 정교한 반주를 만들어 청취자에게 안정감을 주고 히트곡의 주요 멜로디를 가져옴으로써 친숙하게 보이는 것은 그룹에게 중요하지 않았다. 세 멤버는 자신들의 음악이 천편일률적인 주류 음악에 비교할 수 없을 정도로 참신하며 기성품에 맞춰가지 않는 줏대가 있음을 나타내고자 했다. 때로는 훅 없이 턴테이블을 연주하거나 다른 음원을 넣음으로써 다른 곡들과 차이를 두었다. 마치 우주를 유영하는 것처럼 둥둥 떠다니는 느낌을 받고 몽롱한 기분이 드는 것은 의도된 왜곡 편집 때문이다.

남다른 음악으로 주류와의 경계선을 명확히 하는 것이 궁극의 목표는 아니었다. 그룹은 멤버들의 성향과 의도가 100퍼센트 반영된 앨범을 냄으로써 아티스트의 지향이 레이블에 의해 간섭받지 않으며 뮤지션의 권리를 지키면서도 음악을 할 수 있다는 것을 업계 관계자와 동료들에게 보여주려 했다. 당시 신흥 레이블이었던 로커스 레코드사와 계약을 맺은 배경이 이를 부연한다.

엘피는 솔로로 음반을 취입하려 했으나 레코드사로부터 번번이 퇴짜를 맞았다. 솔로의 꿈을 접고 팀을 만든 후 언더그라운드에서 차츰 이름을 알리게 되자 음반사들로부터 계약 제의가 들어오기 시작했다. 엘피는 출판과 원판에 대한 소유권을 본인들에게 귀속하고 회사와 순이익의 절반을 나눌 것을 조건으로 제시했다. 업계 관행상 말도 안 되는 요구였다. 이 조건에 순순히 응해줄 회사는 없었다. 하지만 얼마 후 로커스가 이들의 요구 사항에 합의하고 계약을 체결했다. 대형 레이블은 아닐지라도 그들의 요청을 관철하면서 음반을 출시하게 되었으니 컴패니 플로우로서는 성공적인 거래였다.

상업적 히트와는 상당히 거리가 멀었지만 『Funcrusher Plus』는 새로움에 대한 연구, 주류 문법에 타협하지 않는 대쪽 같은 신념으로 구현한 실험성과 신선함으로 평단과 마니아의 찬사를 송두리째 취합했다. 앨범은 로커스가 발매한 첫 작품이었고 이것이 호평을 이끌어내면서 로커스 또한 '언더그라운 힙합의 성지'라는 영예로운 타이틀을 거머쥐는 데 튼튼한 기반을 마련했다. 컴패니 플로우의 데뷔작은 언더그라운드 위상을 드높이고 이후 나올 뮤지션들이 적극적으로 실험을 진행하는 데에 자극제가 되었다. 힙합 신 전역에 울린 언더그라운드의 승전보였다.

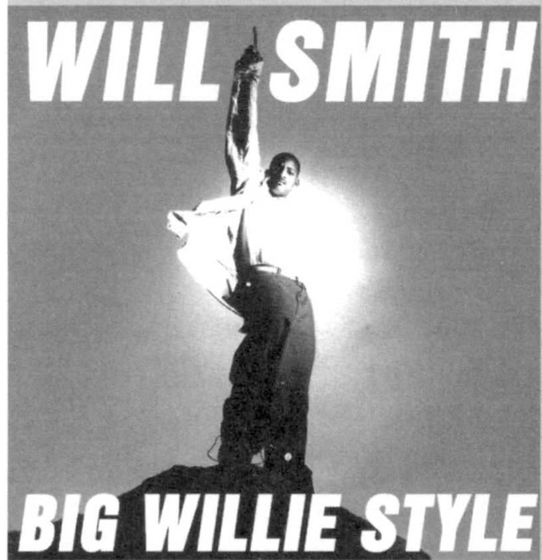

Artist: Will Smith
Album Title: Big Willie Style
Release Date: 1997-11-25
Label: Columbia Records

01. Intro

02. Y'All Know

03. Gettin' Jiggy Wit It

04. Candy (feat. Larry Blackmon & Cameo)

05. Chasing Forever

06. Keith B-Real I (Interlude)

07. Don't Say Nothin'

08. Miami

09. Yes Yes Y'All (feat. Camp Lo)

10. I Loved You

11. Keith B-Real II (Interlude)

12. It's All Good

13. Just The Two Of Us

14. Keith B-Real III (Interlude)

15. Big Willie Style (feat. Left Eye)

16. Men In Black (feat. Coko)

17. Just Cruisin' (Remix)

갱스터 랩 범람에서 특수를 누린
팝 랩 흥행작

어떤 이에게 윌 스미스는 할리우드 블록버스터 액션물에 단골로 출연하는 배우 정도로 인식되었던 게 사실이다. 하지만 《나쁜 녀석들》, 《인디펜던스 데이》, 《맨 인 블랙》보다 5, 6년 전인 1990년에 시트콤 《벨 에어의 풋내기 왕자》에 출연하며 일찌감치 브라운관의 스타로 부상했고, 그보다 훨씬 이전에 이미 래퍼로서 대중의 사랑을 받고 있었다. 그렇다고 오로지 인기만 획득한 것은 아니었다. 디제이 재지 제프 앤 더 프레시 프린스로 활동할 때 《그래미 시상식》 '최우수 랩 퍼포먼스' 부문을 수상했을 만큼 평단에서도 재능을 인정받은 그였다.

'풋내기 왕자'라는 닉네임을 거둬내고 본격적으로 영화계에 뛰어들었으나, 부담 없이 즐기기에 좋고 유쾌한 노래를 부르는 래퍼로서의 정체성은 견고했다. 본명을 건 첫 솔로 앨범 『Big Willie Style』은 적당히 신나고 적당히 부드러운 팝 랩의 세계를 표한다. 그의 랩에서 발견되는 추진력은 밝음으로 귀결된다.

이러한 흥과 유연함을 갖추는 데에는 유명 디스코, R&B에서 뽑아온 샘플이 한몫한다. 1998년 빌보드 싱글 차트 정상을 밟은 「Gettin' Jiggy

Wit It」은 시스터 슬레지의 「He' s The Greatest Dancer」를, 빌보드 싱글 차트 17위를 기록한 「Miami」는 위스퍼스의 「And The Beat Goes On」을, 「It' s All Good」은 쿨 앤 더 갱의 「Celebration」과 시크의 「Good Times」 일부를 활용했다. 『Big Willie Style』은 과거의 인기곡을 수렴해 기존 흑인음악 마니아들과 힙합을 좋아하는 사람들을 자신의 편으로 감싸 들였다.

더 과감한 접근도 눈에 띈다. 카메오의 「Candy」를 가져온 동명의 노래는 카메오 멤버 래리 블랙먼을 객원 가수로 맞아 그룹의 팬들에게도 향수를 안길 요소를 확보한다. 원곡의 코러스와 반주를 그대로 사용한 「Just The Two Of Us」 역시 마찬가지다.

친근함과 말쑥함의 종합이라 할 앨범이 이룬 상업적 성과는 실로 어마어마했다. 《맨 인 블랙》의 사운드트랙으로 쓰였던 「Men In Black」을 포함해 총 다섯 장의 싱글을 배출했고 다들 비교적 좋은 차트 성적을 달성했다. 앨범은 자국 내에서만 무려 9백만 장이 넘는 판매량을 기록했고 영국과 캐나다에서도 수백만 장을 팔아 치웠다. 이로써 본 작은 출시된 지 약 15년이 지나서도 '역대 가장 많이 팔린 랩 앨범' 10위 안에 한 자리를 꿰찬다. 게다가 「Men In Black」과 「Gettin' Jiggy Wit It」은 1998년과 1999년 연달아 《그래미 시상식》의 동일 부문('최우수 랩 솔로 퍼포먼스')을 수상하는 진기록을 세웠다. 윌 스미스는 옛 히트곡을 대입하고 흥을 돋우는 분위기를 내내 펼치면서 그해 가장 대중적인 힙합 음반을 완성했다.

1990년대 초중반은 갱스터 랩과 하드코어 랩이 힙합 신 전반을 장악해가던 시기였다. 이즈음 과격하고 선정적인 가사에 넌더리를 내는 사람들이 많을 수밖에 없었다. 앨범은 그 반대급부로 히트한 케이스였다. 퇴폐적이지 않은 즐거움을 산출한 『Big Willie Style』은 지극히 대중 친화적인 작법과 다수에게 무리 없이 다가갈 내용을 통해서 팝 랩의 글로벌스탠더드를 제시했다.

Anti-Theft Device

Artist: Mix Master Mike
Album Title: Anti-Theft Device
Release Date: 1998-07-21
Label: Asphodel Records

01. Ultra Intro

02. Ill Shit

03. Unidentrifried

04. Supa Wyde Laces

05. Billie Klubb

06. Sektor One

07. Rebel Enforcer

08. Sektor Two

09. Jack Knyfe

10. Radiation

11. Sektor Three

12. Well Wicked

13. Deeportashun

14. All Pro

15. Vyce Grypp

16. Gang Tackle

17. Sektor Four

18. Anti-Theft Device

19. An Astronaut

20. Mean Dirty Killer

21. Government Secret

22. Can of Kick Ass

23. Sektor Five

24. Suprize Packidge

25. Fur Coat

26. Sektor Six

27. Sloh Beat

28. Electrocute

29. Black Level Clearance

30. Sektor Seven

31. One Minute Massacre

62

광활한 사운드스케이프를 제시한
견고한 디제잉의 향연

샌프란시스코의 힙합 레이블 밤 힙합 레코드사가 1995년에 출시한 『Return Of The DJ, Vol. 1』은 온전히 디제이들의 연주로만 구성된 최초의 풀 디제잉 앨범으로서 그들이 이제는 클럽이나 쇼케이스,《디엠시 월드 디제이 챔피언십》같은 시합이 아닌 곳에서 연주하고, 더 나아가서는 자기 음악을 기록할 수 있게 되었음을 똑똑히 알리는 연단이 됐다. 참여자 중 하나인 피넛 버터 울프가 그보다 1년 전에 『Peanut Butter Breaks』를 발표했으나 다운 템포, 인스트루멘틀 앨범이었지 디제잉 연주 앨범이라고 볼 수는 없었다.

그 편집 음반은 디제이도 얼마든지 앨범을 제작할 수 있다는 가능성을 열어 줬다. 역사적 컴필레이션에 참여한 이들 중 믹스 마스터 마이크는 1996년에 공개한 첫 믹스테이프 『Mixmasterpiece: Muzik's Worst Nightmare』를 통해 각종 샘플을 조합하는 빼어난 응용력과 무시무시하고도 황홀한 턴테이블 기술을 선보였다. 약 2년 뒤에는 비스티 보이즈의 다섯 번째 앨범 『Hello Nasty』에 객원 멤버로 참여해 세간의 이목을 끄는 순간을 맞이했다.

비스티 보이즈의 앨범보다 일주일 늦게 나온 『Anti-Theft Device』는 믹스 마스터 마이크 음악의 가장 큰 특징이라 할 육중함을 전면에 부각한다. 다른 음악에서 추출하고 취합한 비트들은 대체로 중압을 띠며 아주 적은 비중을 차지하는 객원 드러머의 연주도 면적과 하중을 늘리는 것을 돕고 있다. 또한, 대회나 행사에서는 누구보다도 날렵한 기술을 구사하던 그였지만 여기에서는 무게감이 느껴지는 스크래칭을 연발한다. 그래서 급하게 페이더를 움직이지 않으며 판도 빠르게 돌리지 않는다. 페이더를 신속하게 옮기는 것은 거의 스크래칭으로 음을 만들어내는 경우에 국한된다. 민첩한 스크래칭을 들려주는 곡은 「Supa Wyde Laces」와 「Electrocute」, 「Black Level Clearance」 정도다.

그는 앨범을 통해 단지 바쁘게 판을 긁는 게 디제잉의 전부가 아님을 설교한다. 여러 소스를 채취해서 극적인 효과를 내며, 다양한 비트를 붙여 곡에 기승전결을 갖추고, 턴테이블 연주로 그것들을 더욱 역동적으로 만드는 작업을 통해 특정한 경치를 제공하기나 어떤 스토리가 느껴지도록 하는 것이 디제잉의 묘미임을 주장한다. 흑인음악 전문지 《바이브》가 "마이크는 분명히 턴테이블에서만큼은 부인할 수 없는 기술을 갖고 있다. 그가 만약 기타리스트였다면 지미 페이지가 되었을 것이다."라고 극찬했을 정도로 그는 경탄을 금할 수 없는 섬세한 테크닉을 발휘한다. 하지만 연주를 넘어 장대한 풍경을 만들었다는 점이 그를 진정한 '믹스의 마스터'로 추켜세우는 주요인이 된다. 평론가들이 이 앨범을 큐 버트의 『Wave Twisters, Episode 7 Million: Sonic Wars Within The Protons』와 함께 턴테이블리즘의 수작으로 꼽는 것도 거기에 기인한다.

부클릿을 펼치면 정체를 알 수 없는 무언가가 지구를 침략해서 곳곳이 초토화된 중에 믹스 마스터 마이크가 공연하는 곳만 전혀 영향을 받지 않은 그림이 나타난다. 어떠한 상황에서도 막강한, 함부로 범접할 수 없는 재기와 웅대한 사운드 구조를 보유했음을 비유하는 듯했다. 그동안 차곡차곡 축적한 기술과 광대한 표현력을 '도난 방지 장치'에 걸어 보존한 것이다.

The Miseducation Of Lauryn Hill

Artist: Lauryn Hill
Album Title: The Miseducation Of Lauryn Hill
Release Date: 1998-08-25
Label: Ruffhouse Records

01. Intro

02. Lost Ones

03. Ex-Factor

04. To Zion (feat. Carlos Santana)

05. Doo Wop (That Thing)

06. Superstar

07. Final Hour

08. When It Hurts So Bad

09. I Used To Love Him (feat. Mary J. Blige)

10. Forgive Them Father

11. Every Ghetto, Every City

12. Nothing Even Matters (feat. D' Angelo)

13. Everything Is Everything

14. The Miseducation Of Lauryn Hill

63

힙합의 상업화 시대에 피어난 진중한 성찰

푸지스의 멤버 중 솔로 활동이 가장 돋보인 이는 로린 힐이었다. 그룹 시절부터 뛰어난 노래 실력과 남성 못지않은 힘 있는 래핑으로 음악팬들과 비평가들의 기대를 한 몸에 받은 그녀는 솔로로 활동해도 가장 성공할 것 같은 사람으로 점쳐진 지 오래였다. 굳은 확신은 발매 첫 주에 앨범 차트 1위에 오르고 40만 장 넘게 팔린 성적으로 증명됐다.

기능 면에서 흠잡을 데라곤 없었다. 랩을 하든, 노래를 하든, 매순간 확신에 찬 매끈하고 반듯한 보컬을 선사해 노래를 감상하는 이가 불편함 따위는 느낄 수 없도록 했다. 「Lost Ones」는 비트를 압도하는 플로우로 입을 떡 벌어지게 하며 디앤젤로와 호흡을 맞춘 「Nothing Even Matters」에서는 네오 소울의 퀸을 예약할 탁월한 노래 실력을 뽐낸다. 앨범은 그녀의 재능을 재검증해보는 시험장인 동시에 힙합 소울 여신의 왕림을 확인하는 엄숙한 현장이 됐다.

거의 모든 작업을 컴퓨터 프로그래밍이 아닌 실제 악기를 이용해 완수했다는 점도 멋스러웠다. 1990년대 후반 팝 음악계는 일렉트로니카가 위세를 더해갔고 힙합 필드 역시 크렁크(crunk)처럼 전자음악과 연맹을 맺은 퓨전 스타일이 시장으로의 돌격 신호를 기다리고 있었다. 하지만 로린 힐은 트렌드에 휩쓸려서 음악을 화려하게 색칠하는 데 혼을 쏟지 않았다. 아날로그 문법을 살린 노래들은 세련된 반주와 외양 단장하기에 전념하는 당시 힙합 풍조를 향한 걱정 어린 권고로도 보였다.

주류 힙합은 또한 물질주의와 쾌락주의를 숭배하는 노래들이 열띤 입점 경쟁을 벌이던 참이었다. 번지르르한 자동차, 번쩍이는 장신구, 하룻밤 즐길 여자를 인생의 전부로 생각하는 가사가 늘어나 음악의 내용은 한없이 야위어 갔다. 앨범은 움트는 현상과는 차별되게 노랫말에 무게를 실었다.

로맨스는 존재했으나 음탕하지 않았고 자아를 성찰하거나 보통 사람들의 생활을 기술하면서 진지한 접근을 취했다. 「Doo Wop (That Thing)」은 여성의 존엄성을 되찾자는 주장과 남성의 진실하지 못하고 철없는 행동에 대한 비판을 겸하며, 「Forgive Them Father」는 하나님께 사람들이 저지르는 실수와 잘못을 용서해달라면서 자본주의, 문명화에 따른 폐를 꼬집고, 「Everything Is Everything」은 겨울 뒤에는 봄이 오는 자연의 섭리처럼 힘든 상황을 버티면 언젠가 희망과 변화가 찾아올 거라고 낙관적인 메시지를 건넨다. 재주와 더불어 건전한 정신도 담아내려 한 의지의 발로였다.

이때 로린 힐에게 삶은 배움의 장이었다. 푸지스의 분열로 인해 인간관계를 다시금 생각하게 됐으며 밥 말리의 아들 로한 말리와 결혼해 아이를 낳고 여성상에 대해 고민했다. 가수가 아닌 평범한 부모로서 시선을 돌리니 세상에는 어려움을 호소하는 사람들이 많다는 것을 깨달았다. 영화 《소니 카슨의 교육》과 미국 사학가 카터 고드원 우드슨의 소설 《검둥이의 잘못된 교육》을 참조해 지은 앨범 타이틀은 교육기관이나 체제에 대한 반감이 아니라 정규교육이 아니더라도 생활을 통해서 충분히 여러 가르침을 받을 수 있음을 설파하는 것이었다. 1999년 평단의 찬사와 시상 세례가 아낌없이 쏟아진 것은 앨범이 '기技' 와 '의義' 를 모두 아울렀기 때문이었다.

A Prince Among Thieves

Artist: Prince Paul
Album Title: A Prince Among Thieves
Release Date: 1999-02-23
Label: Tommy Boy Records

01. Tariq's Dilemma (Intro)

02. Pain (feat. Sha & Breeze)

03. How It All Started

04. Steady Slobbin' (feat. Breeze)

05. Just Another Day

06. What U Got (The Demo) (feat. Breeze)

07. The Hustles On

08. MC Hustler (feat. Horror City)

09. The Call

10. The Other Line (feat. Breeze & Heroine)

11. Crazy Lou's Hideout

12. Weapon World (feat. Kool Keith)

13. My Big Chance

14. War Party (feat. Horror City)

15. Count Macula

16. Macula's Theory
(feat. Big Daddy Kane)

17. Mr. Large Prince
(feat. Chubb Rock & Biz Markie)

18. Can You Handle It

19. Put The Next Man On
(feat. Sha, Breeze & Superstar)

20. I Was In

21. My First Day (feat. Chris Rock)

22. More Than U Know (feat. De La Soul)

23. Room 69 (feat. Sweet Dee)

24. Mood For Love (feat. Newkirk)

25. The Bust

26. The Men In Blue (feat. Everlast)

27. Central Booking

28. Handle Your Time
(feat. Sadat X, Xzibit & Kid Creole)

29. The Rev

30. Sermon

31. Showdown

32. You Got Shot (feat. Breeze & Sha)

33. Every Beginning Must Have An Ending

34. The New Joint (DJ's Delite)

35. A Prince Among Thieves
(feat. Paul Sha)

64

짜임새 있는 스토리로 이룬 랩 오페라의 정점

시청각, 언어 장애가 있는 소년 토미가 핀볼 게임과 음악을 통해 자신의 재능을 발견한 뒤 마음의 자유를 찾고 메시아적 존재가 된다는 이야기를 장대한 음악으로 나타낸 영국 록 밴드 후의 1969년 작품 『Tommy』는 오페라에 해당하는 요소를 대중음악에 들인 첫 자취가 됐다. 노래로 말하고자 하는 주제는 일관되나 음악극의 형태는 없는 콘셉트 앨범과는 다른 새로운 장르, 록 오페라(rock opera)가 세상에 나온 것이었다.

후의 기념비적인 그 음반은 이후 많은 록 오페라 앨범의 산파 역할을 했다. 지기 스타더스트라는 가상의 인물을 설정해 공상과학적인 스토리를 전한 데이비드 보위의 『The Rise And Fall Of Ziggy Stardust And The Spiders From Mars』나 록이 금지된 미래 사회에서 록 음악을 다시 대중에게 전파하는 과정을 다룬 스틱스의 『Kilroy Was Here』, 흠모하는 여인의 관심을 끌기 위해 테니스 선수에서 록 스타가 된 남자의 삶을 그린 프랑스 일렉트로닉 록 밴드 우스 드 라켓의 『Forty Love』 역시 『Tommy』의 영향권에 속한 앨범들이다. 록 오페라가 시대와 국가를 불문한 팝 음악의 스테디 아이템임을 설명해준다.

힙합 진영에서의 랩 오페라 창출은 프린스 폴의 2집 『A Prince Among

Thieves』에서 본격적으로 이뤄졌다. 앨범은 주인공이 심리적 충돌을 겪으며 정신과 의사를 찾아가는 상황을 나열한 1996년의 솔로 데뷔작 『Psychoanalysis: What Is It?』보다 훨씬 구체적이며 완성도 높은 흐름을 선보였다.

이야기는 젊은 래퍼 타릭의 꿈을 향한 씁쓸한 여정을 줄기로 한다. 그는 우 탱 클랜의 리자를 만나서 프로페셔널 엠시로 성공하는 것을 꿈꾼다. 데모 테이프라도 가져가야 리자가 만나 줄 텐데 수중에 데모를 만들 돈이 없는 게 문제다. 제작비 1,000달러, 적은 돈이 아니다. 빨리 돈을 마련할 방법이 없을까 고민하다가 옛 친구 트루를 찾아간다. 트루는 한때 랩을 함께한 선배였지만 현재는 마약 판매상을 하고 있다. 트루는 타릭을 도와주는 척하지만 타릭이 잘되는 것을 눈꼴사납게 생각하며 그를 서서히 어둠의 세계로 끌어들였다. 조금씩 상황은 틀어지고 타릭은 급기야 목숨을 건 싸움까지 벌이게 된다.

실로 한 편의 영화나 오페라를 보는 것 같은 기분을 들게 했다. 뚜렷한 기승전결과 긴장감 넘치는 이야기 전개, 확실한 장면분할 덕분에 눈으로 감상하는 듯한 느낌을 안긴다. 진정한 랩 오페라 명작의 탄생이었다. 그는 『3 Feet High And Rising』에서 도입한 스킷을 최대한 활용함으로써 극의 형식미를 성공적으로 구현했다. 일부 힙합 앨범들처럼 무분별하고 무의미하게 남발하는 게 아니라 원조답게 스킷의 성격을 잘 요해해 노래와 노래를 연결하는 가교로, 이야기의 짜임새를 단단히 하는 도료로 연출하고 있다. 음악감독으로서의 진가가 이 부분에서 또 한 번 증명된다.

프린스 폴의 노고가 면면에 서린 음반은 시대를 초월할 랩 오페라의 마스터피스 자리를 예약했다. 견고한 작품성 외에 앞으로 등장할 프로듀서들로 하여금 창작과 방법론에 관한 사고의 확장을 고무하기에 충분한 시료였기 때문이다. 『A Prince Among Thieves』는 힙합 신에서 값지게 여길 오페라 앨범으로 자리를 지키게 됐다.

Things Fall Apart

블랙 쏘우트(Black Thought), 말릭 비(Malik B)
레너드 넬슨 허바드(Leonard Nelson Hubbard)
카말(Kamal), 라젤(Rahzel), 퀘스트러브(Questlove)

Artist: The Roots
Album Title: Things Fall Apart
Release Date: 1999-02-23
Label: MCA Records

01. Act Won (Things Fall Apart)
02. Table Of Contents (Parts 1 & 2)
03. The Next Movement
04. Step Into The Relm
05. The Spark
06. Dynamite!
07. Without A Doubt
08. Ain' t Sayin' Nothin' New
09. Double Trouble
10. Act Too (The Love Of My Life)

11. 100% Dundee
12. Diedre Vs. Dice
13. Adrenaline!
14. 3rd Acts: Vs. Scratch 2 ··· Electric Boogaloo
15. You Got Me (feat. Erykah Badu)
16. Don' t See Us
17. The Return To Innocence Lost

65

힙합의 댄스곡화化 풍토에서
고개를 든 '연주 힙합'

아무리 발군의 기량을 갖춘 음악인이라도 히트곡 없이 대중에게 이름을 알리기란 요원하다. 루츠는 구성원들 모두 출중한 실력을 보유한 밴드였음에도 좀처럼 언더그라운드를 벗어나지 못했다. 유명한 노래가 없는 탓이었다.

미미했던 입지는 네 번째 음반 『Things Fall Apart』를 통해서 뒤집혔다. 에리카 바두가 코러스를 담당한 「You Got Me」가 빌보드 싱글 차트 39위에 오르고 R&B/힙합 싱글 차트 20위 안에 진입하면서 히트한 것이다. 따지고 보면 빌보드 싱글 차트 34위를 기록한 전작 『Illadelph Halflife』의 「What They Do」보다 좋은 성적은 아니었다. 하지만 그 곡은 러닝타임이 6분에 달한 반면에 「You Got Me」는 4분 남짓이라는 점이 성공 요인이었다. 방송에서 틀기에 훨씬 적합한 길이를 지닌 노래는 곳곳에서 전파를 타며 음악팬들에게 루츠의 존재를 널리 알렸다.

그제야 유행과 타협하지 않는 자신들의 음악을 대대적으로 전파하게 됐고 더불어 음악계에서도 적잖은 파급을 낼 수 있었다. 이 시기 힙합은 클럽에서 장악력을 떨칠 화려한 리듬으로 장식된 곡들이 대세였고 그것들의 방대한 흐름을 스타 프로듀서들이 주도하고 있었다. 그러나 루츠는 실제 연주 위주로 꾸민 곡으로써 힙합이 기존 노래를 자르고 붙이는 작업만으로 완성되는 단순한 음악이 아니며 무도회장의 소비재 중 하나로 완전히 전락하지 않았음을 주장했다. 게다가 밴드라는 구성은 멤버들 개개인의 창작력과 연주력을 온전히 쏟아부어야 제대로 된 음악을 완성할 수 있다는 강령을 갖기에 자칫 기술에만 의존하는 것으로 보이기 쉬운 힙합에 대한 인식은 이들을 통해 어느 정도 가라앉게 됐다.

앨범은 전반적으로 무거운 분위기가 관통했으나 고상하고 우아한 멋도 동시에 풍겼다. 재지팻내스티즈의 코러스가 청아함을 더하는 「The Next Movement」, 기타 리프가 아늑한 느낌을 자아내는 「Ain' t Sayin' Nothin' New」, 현악기를 곁들여 서정미를 살린 힙합에의 연서 「Act Too (The Love Of My Life)」 등 재즈 성향의 곡들로 따스한 기운과 운치를 내보였다. 이는 라이브 밴드만이 자랑할 수 있는 소리의 무기이기도 했다.

이후 2010년까지 총 다섯 장의 정규 앨범을 더 발표했지만 「You Got Me」의 성적을 능가하는 히트곡은 나오지 않는 상태다. 거기에 근접하는 순위의 노래마저 없다. 그럼에도 계속해서 권위 있는 시상식의 후보 명단에 이름이 오르고 대규모 행사에 출연 부름을 받는 것은 『Things Fall Apart』가 루츠에게 유명 뮤지션으로의 도약을 허락한 작품이라는 것을 분명히 진술한다. 큰 뜀을 가능하게 해준 발판은 단연 「You Got Me」였다.

노래의 성공은 그룹의 유명세 확보로만 멈추지 않았다. 연주자들을 대동한 랩 그룹은 한동안 어스쓰리나 이들 말고는 여간해서는 찾아볼 수 없었으며 1990년대 중반에 파이브 핑거즈 오브 펑크, 펀 러빈 크리미널스 같은 팀들이 조금씩 나타날 뿐이었던 데 반해 루츠의 성공으로 인해 예전보다 더 많은 라이브 힙합 밴드가 출현했다. 비록 언더그라운드에 국한되었을지라도 이 음반 이후 나온 신생 힙합 밴드의 수는 상당했다. 『Things Fall Apart』의 영향력은 힙합에 대한 생각을 '연주할 수 있는 음악'으로 확장시킨 것이었다.

Make The Music 2000

Artist: Rahzel
Album Title: Make The Music 2000
Release Date: 1999-06-22
Label: MCA Records

01. The Human Beatbox (Interlude)

02. Make The Music 2000

03. Super Dee Jay (Interlude)

04. All I Know

05. Carbon Copy (I Can' t Stop)

06. I Know What Ya Sayin' (Interlude)

07. Night Riders

08. Just The Beginning (Interlude)

09. Bubblin, Bubblin (Pina Colada)

10. To The Beat

11. Wu Tang Medley

12. Steal My Soul

13. For The Ladies (Interlude)

14. Suga Sista

15. Southern Girl

16. If Your Mother Only Knew

66

비트박스, 주인공이 되다

혹자는 '힙합의 4대 요소'라 일컫는 브레이크댄싱, 디제잉, 엠시잉, 그라피티 스프레잉에다 입으로 반주를 만드는 비트박싱을 추가해 '힙합의 5대 요소'라는 규정을 정립해야 한다고 주장한다. 그만큼 비트박스가 앞의 네 가지 성분과 더불어 이 길거리 파생 문화에 큰 몫을 차지한다는 뜻이다. 뒤집어 보면 예전부터 현재에 이르기까지 비트박스가 아직도 독립된 예술 영역, 힙합의 중요 기둥으로서 인정받지 못하고 있음을 일러주는 것이기도 하다.

랩 음악이 막 태동할 때만 해도 반주는 거의 드럼 머신과 신시사이저를 이용하거나 디제이들이 판을 이어 틀고, 돌려서 소리를 생성하는 게 전부였다. 그러나 1980년대 초중반에 이르러 더그 이 프레시, 팻 보이즈의 버피처럼 입을 이용해 그와 유사한 모양을 연출하는 비트박서가 등장하면서부터 사람을 악기화한 음악이 나오기 시작했다. 일대 혁신이었다.

분명히 새로운 흐름이자 대사건이었지만 대대적인 붐을 조성하지는 못했다. 어디까지나 앞에 나서는 것은 랩이었으며 비트박스는 반주 내지는 곁들임에 지나지 않았다. 이는 디제이가 충분히 망라할 수 있는 부분이기에 비트박서들은 있어서 나쁠 건 없으나 없어도 그만인 존재에 불과했다.

그런 의미에서 라젤의 데뷔작 『Make The Music 2000』는 비트박서가 전체 판을 기획하고 리드한 비트박스 중심 앨범이라는 점에서 의미를 지닌다. 그 역시 1990년대 중반부터 루츠의 멤버로 지내면서 뒤를 받쳐 주는 역할에 정체해 있었다. 하지만 이곳에서 그는 보완하는 존재에서 지휘자 겸 주연으로 심대한 변신을 성취했다.

샌프란시스코의 메리타임 홀에서 했던 라이브 공연 클립들과 스튜디오에서 녹음한 작품으로 구성된 앨범은 '인간 악기'로서의 능력을 유감없이 과시한다. 다채로운 리듬 루프를 펼쳐 보이는 보컬 퍼쿠셔니스트의 기본 임무 뿐만 아니라 래핑, 휴먼 턴테이블 스크래칭, 바이올린, 베이스, 관악기와 각종 효과음까지 자신이 표현할 수 있는 모든 악기의 소리를 입으로 전이해 출력한다. 그 다재다능함을 확인하면 사람들이 왜 라젤을 '비트박스의 대가'라고 치켜세우는지 이해할 수 있다.

한 인터뷰에서 그는 "루츠와의 관계는 언제나 위대한 국면으로 남을 것이다. 음악계에서 가장 영향력 있는 그룹 중 하나의 일원이 된 것은 하나님이 내린 은총이며 역사적인 여정이었다."고 말하며 루츠에 속해 있었던 것을 자랑스럽게 여겼다. 그러나 루츠의 멤버로서는 뽐내고 싶어도 그럴 수 없는 재능이 다분했다. 궁극에는 자신의 장기를 최선두로 두고 싶은 간절함을 여기에서 실현했다. 음악적 욕심을 해소했으며 훌륭한 진가를 전면에 세운 스테이지였다.

영국의 일렉트로니카 뮤지션이자 비트박서인 킬라 켈라, 호주 가수 조엘 터너, 2007년 열린 《아메리칸 아이들》의 여섯 번째 대회에서 준우승한 블레이크 루이스 같은 인물들은 라젤에게 음악적 빚을 진 것이나 다름없다. 살아 있는 비트박스의 교본임은 두말할 필요가 없다. 또 다른 이유는 그가 먼저 방대하게 통로를 틀었고 후배 비트박서들의 연이은 출범에도 발판을 마련한 덕분이다.

Artist: DMX

Album Title: ...And Then There Was X

Release Date: 1999-12-21

Label: Ruff Ryders Entertainment

01. The Kennel (Skit)

02. One More Road To Cross

03. The Professional

04. Fame

05. Alot To Learn (Skit)

06. Here We Go Again

07. Party Up (Up In Here)

08. Make A Move

09. What These Bitches Want (feat. Sisqo)

10. What's My Name?

11. More 2 A Song

12. Don't You Ever

13. The Shakedown (Skit)

14. D-X-L (Hard White) (feat. The Lox & Drag-On)

15. Comin' For Ya

16. Prayer III

17. Angel (feat. Regina Belle)

18. Good Girls, Bad Guys (feat. Dyme)

67

비트만 좋으면 그만. 클럽의 여자들은 가사를 신경 쓰지 않아

2000년 전 세계 클럽이란 클럽은 죄다 디엠엑스가 접수했다. 그의 세 번째 앨범 『...And Then There Was X』에서 커트된 「Party Up (Up In Here)」는 출시와 동시에 대륙을 가리지 않고 여기저기로 퍼져 나가 각 지의 클럽에 침투해 곧 그곳을 점령했다. 우리나라도 예외는 아니었다. 수도권, 지방 할 것 없이 어느 무도회장에서든 그의 노래가 울렸다. 디제 이들은 그에게 충절을 맹세하기라도 한 듯 하나같이 「Party Up (Up In Here)」를 각자의 플레이 리스트에 올렸다. 그의 노래는 클럽에서만큼은 주인이요, 법이었으며, 왕이었다.

이 같은 존재가 될 수 있었던 것은 1차적으로 스위즈 비츠의 근사한 비트 덕분이었다. 약간은 동양적인 느낌을 띤 육중한 신시사이저 루프 는 듣는 이들의 심장을 쿵쾅거리게 했고 쉬지 않고 울리는 호루라기 소 리는 긴장감을 유지시켰다. 디엠엑스 특유의 걸걸한 음성으로 소화하는 훅도 놀라운 흡인력을 냈다. 클러버들의 아드레날린을 분비할 수밖에 없게 하는 노래였다. 지구상에서 가장 빠르다는 수영 선수 마이클 펠프 스가 경기 전에 늘 이 노래를 듣는다는 일화는 곡이 분출하는 에너지가 얼마나 큰지를 시사한다.

앨범은 그것 외에도 다른 강타를 여럿 마련하고 있었다. 역시 스위즈 비츠의 손을 탄 작품으로 다소 느린 비트임에도 장엄한 반주로 무게감을 낸 「One More Road To Cross」를 비롯해 격정적인 베이스라인이 요동치는 「What's My Name?」, 자잘한 전자음이 이글거리듯이 연결되는 「Don't You Ever」 등 댄서들과 춤 애호가들이 흡족해 할 곡들이 산재하다. 음울하고 처진 기운이 다소 일관되던 전작 『Flesh Of My Flesh, Blood Of My Blood』와 현저히 구분되는 채도의 상승을 나타냈다. 대중을 의식한 노력으로 보였다.

'도그 맨(The Dog Man)'이라는 캐릭터 설정 아래 구사하는 동물적인 래핑은 디엠엑스의 음악을 더욱 돋보이게 했다. 그는 으르렁거리는 래핑으로 격한 반주와 조화했다. 이 말이 가장 적확할 수밖에 없는, 그의 '개 같은' 래핑은 반주와 상승효과를 빚으면서 노래의 역동성을 배가한다.

디엠엑스는 이 음반으로 데뷔 이후 3회 연속으로 빌보드 앨범 차트 정상을 밟았다. 이후 출시한 두 앨범 『The Great Depression』, 『Grand Champ』 또한 같은 자리에 등위함으로써 에미넴과 더불어 빌보드 앨범 차트 1위에 연달아 다섯 번이나 오른 몇 안 되는 힙합 뮤지션이 됐다.

그의 노래에는 욕설, 폭력적이고 상스러운 표현, 동성애를 혐오하는 내용이 끊이지 않고 나온다. 「Party Up (Up In Here)」에서도 마찬가지다. 남성의 성기를 가리키는 단어와 비속어가 빗발친다. 상식적으로 여성들이 듣는다면 몹시 불쾌해 할 가사다. 하지만 클럽에 모인 여자들은 대수롭지 않다는 듯이 그의 노래에 맞춰 흥겹게 몸을 흔들었다. 막돼먹은 노랫말로 사회에서는 매번 지탄의 대상이 되었으나 클럽에서만큼은 언제나 제일의 세도가로 군림했다. 클럽이라는 공간의 특성상 곡의 비트와 분위기만을 중요시하게 되는 것이나 상대적으로 가사에 집중할 수 없는 조건이 지배한 까닭이었다. 디엠엑스의 음악은 즐기기에 좋으면 그만이라는 무도회장의 풍조에 의해 드높이 떠받들어졌다.

Community Music

디더(Deeder), 챈드라소닉(Chandrasonic)
판디트 지(Pandit G), 선 제이(Sun-J), 닥터 다스(Dr Das)

Artist: Asian Dub Foundation
Album Ttile: Community Music
Release Date: 2000-03-20
Label: Ffrr Records

01. Real Great Britain

02. Memory War

03. Officer XX

04. New Way, New Life

05. Riddem I Like

06. Collective Mode

07. Crash

08. Colour Line

09. Taa Deem

10. Judgement

11. Truth Hides

12. Rebel Warrior

13. Committed To Life

14. Scaling New Heights

인종차별 반대, 약자들의
권익을 옹호한 극렬 음악 보도국

전자음을 걸친 퍼블릭 에너미였고 록과 메탈이 아닌 다른 혼합 장르로 이야기하는 레이지 어게인스트 더 머신이었다. 영국의 일렉트로니카 밴드 아시안 덥 파운데이션의 음악은 두 선배들처럼 분노와 항변으로 가득 차 있었고, 사회현상을 주시하며 여러 가지 주제로 자신들의 관심사를 표현하는가 하면 구석진 곳에서 사람들의 시선을 필요로 하는 사안을 적극적으로 까발림으로써 진보 매체처럼 활약했다. '음악 보도국'이 따로 없었다.

세 번째 앨범 『Community Music』은 그들의 디스코그래피에 방점을 찍는 작품이다. 정치적, 사회적 주장은 더욱 견결해졌고 영국 내의 소수 집단이 겪는 차별에 대해서 더 높게 각을 세웠다. 레게와 덥, 전자음악이 뒤엉켜 정신없이 내달리는 가운데 불편함을 느끼는 사안에 대해서 논박을 멈추지 않았다.

빈곤층, 소외된 자들을 신경 써야 한다고 역설하는 「Real Great Britain」을 비롯해 자본주의의 폐해를 꼬집는 「Crash」, 1993년 다섯 명의 백인 남성들에 의해 살해당한 흑인 고등학생 스티븐 로렌스 살인사건이 유야무야 종결된 것에 격분해 경찰 수사의 부당함을 통렬히 비판하는

「Officer XX」등 수록곡들은 마치 사회적 약자가 내지르는 함성, 시위를 방불케 한다.

밴드의 출발지가 아시아계 학생들에게 음악을 가르치기 위한 기관이었던 만큼 이들은 노래를 이용한 교육에도 정성을 기울였다. 영국에서 빈번하게 자행되는 인종 간 폭력, 불평등한 대우의 심각성을 다룬 「Rebel Warrior」가 그것으로 영국 이스트엔드의 젊은이들을 위한 교육 및 사회 활동과 연관해 자신들의 노래를 인종차별 반대 운동의 매개로 사용했다.

이들은 메시지를 중점에 두면서도 음악적 색깔을 뚜렷하게 하는 일에도 최선을 다했다. 1990년대 중후반에 대중음악의 세를 거머쥐었던 전자음악을 선택해 트렌드에 맞춰 가면서 그룹 이름처럼 덥을 접목하고 드럼 앤 베이스, 펑크(punk)를 혼합해 그들만의 스타일을 만들었다. 인도 출신 멤버들이 다수를 차지하기에 이들은 인도의 민속 악기 타블라와 시타르를 이용해 이국적인 분위기를 풍기기도 했다.

아시안 덥 파운데이션의 음악을 날카롭고 강하게 만들 수 있었던 데에는 래퍼 디더 자만의 공이 크다. 그의 실연은 일반적인 힙합보다는 댄스홀, 레게 보컬리스트에 가깝지만 때로는 느긋하고 유유한 자세로 리드미컬함을 내보이기도 하며 한편으로는 신경질적인 외침과 으르렁거림으로 분노의 수위를 높인다. 그룹이 대체로 공공에 대한 이야기를 하고 있다고 해도 음악은 느린 템포부터 빠르고 공격적인 스타일까지 다채롭기 때문에 그의 표현력 덕분에 악곡의 특성도 잘 살 수 있었다.

아시안 덥 파운데이션은 인종차별주의에 의한 부당한 판결로 복역하게 된 아시아계 영국인 샛팔 람의 석방을 요구하는 집회에 나서는 등 행동을 동반한 선도로 소수 인종과 진보 세력에게 지지를 얻었다. 기본적으로 음악의 밀도를 견지했기에 그룹의 주장에 힘을 실을 수 있었다. 영국의 퍼블릭 에너미, 레이지 어게인스트 더 머신이라 충분히 불릴 만했다.

The Marshall Mathers LP

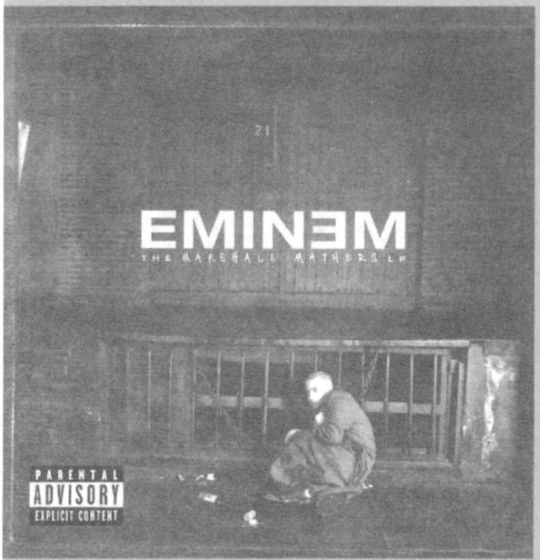

Artist: Eminem
Album Title: The Marshall Mathers LP
Release Date: 2000-05-23
Label: Aftermath Entertainment

01. Public Service Announcement 2000

02. Kill You

03. Stan (feat. Dido)

04. Paul (skit)

05. Who Knew

06. Steve Berman

07. The Way I Am

08. The Real Slim Shady

09. Remember Me? (feat. RBX & Sticky Fingaz)

10. I'm Back

11. Marshall Mathers

12. Ken Kaniff (skit)

13. Drug Ballad

14. Amityville (feat. Bizarre)

15. Bitch Please II (feat. Dr. Dre, Snoop Dogg, Xzibit & Nate Dogg)

16. Kim

17. Under The Influence (feat. D12)

18. Criminal

69

힙합이 계급의 음악임을 주장한
백인 래퍼의 날 선 언어

태어난 지 두 돌도 채 안 된 아이와 아내를 내버려 두고 아버지는 집을 나갔다. 어머니는 어렵게 살림을 꾸려가며 홀로 자식을 키웠나. 빈곤함에 쫓기니 생활이 안정될 리가 없었다. 이사는 잦았고 형편은 여간해서는 나아질 기미가 보이지 않았다. 유년 시절에 누린 것이라고는 가난이 전부였다.

10대가 된 소년은 어느 날 들은 랩 음악에 한순간에 매료됐고 그것과 교분을 나누기 시작했다. 랩은 친구였으며 가난한 현실을 잠시나마 잊게 해주는 효능 좋은 치료제였다. 그는 종종 프리스타일 랩 배틀에 참가하며 자신을 단련했다. 벗어나려고 발버둥질 쳐도 발목을 놓아 주지 않는 빈곤한 삶 속에서 장성한 소년은 래퍼로 성공하는 것이 유일한 희망이었다. 랩 배틀에서 이기는 순간은 여전히 위태로운 삶에 대한 짧은 위안이었다.

혹독하고 쓰라린 성장기를 보낸 그가 뱉는 노랫말은 날카롭고, 매몰차며, 과격했다. 창녀 같은 엄마가 1,000만 달러 소송을 걸었다고 하고 (「Marshall Mathers」), 엄마는 원래부터 제정신이 아니었다고 미친 사람

취급을 하며(「Kill You」), 아내가 바람을 핀다고 죽이는 내용을 담기까지 한다(「Kim」). 일정 부분 설정도 있으나 패륜아로 보이기에 충분했다.

일부 대중은 에미넴의 이런 모습에 환호를 보냈다. 대상을 가리지 않고 거리낌 없이 공격을 일삼는 행동에 카타르시스를 맛본 것이다. 그러나 가정 폭력을 부추기며 청소년들에게 불건전한 가치관을 심을 소지가 있다는 이유로 그의 노래는 항시 비판의 대상이 됐다.

가사에는 지탄이 쇄도했지만 래핑만큼은 신용도가 높았다. 탄성 강한 플로우와 페이스를 잃지 않고 리듬에 정확히 안착하는 라임은 마니아들로 하여금 그를 최고의 래퍼 중 하나로 여기게 했다. 더러 우악스러움을 드러내기도 하지만 권투에서의 잽처럼 에미넴의 래핑은 날렵함을 강점으로 했다. 「The Real Slim Shady」와 「Kill You」의 훅이 그렇다. 비음 섞인 목소리도 그의 재기 발랄한 래핑을 한 번 더 도드라져 보이게 한 인자다.

반주도 다수의 흥미를 끌기에 모자람이 없었다. 2001년 《그래미 시상식》에서 '최우수 랩 솔로 퍼포먼스'를 수상한 「The Real Slim Shady」는 반듯하면서도 통통 튀는 비트가 중독성을 내비쳤고, 자신에게 광적으로 집착하는 팬을 소재로 한 「Stan」은 팝 가수 다이도의 히트곡 「Thank You」를 샘플링해 대중성을 구비했다. 지 펑크 골격을 본뜬 「Bitch Please II」, 하드코어 힙합의 향을 낸 「Amityville」도 마니아들의 애정을 불러일으켰다.

앨범은 각종 시상식을 휩쓸며 막강 화력을 과시했다. 난무하는 욕설, 여성 비하, 동성애자를 향한 조롱 등 가사의 유해성이 거듭해서 도마 위에 올랐으나 출중한 래핑과 뛰어난 스토리텔링 재주가 꽃피운 『The Marshall Mathers LP』는 명망 있는 음악 매체들로부터 일제히 찬사를 받았다.

에미넴의 빅히트가 시사하는 바는 컸다. 힙합 하나로 불우한 삶에서

탈출해 성공한 것은 거리의 음악이 한 사람의 인생을 피게 할 수 있다는
희망이었고, 백인도 빈민층이 있으며 그런 어려운 환경에 처해 아픔을
겪은 이라면 흑인이 아니더라도 분노를 표출할 수 있음을 강력히 전했
다. 힙합은 피부색보다 계급이 더 중요한 의미로 작용함을 간접적으로
나타냈다.

Quality Control

찰리 튜나(Chali 2na)

마크 세븐(Mark 7even)

아킬(Akil)

자키르(Zaakir)

커트 케미스트(Cut Chemist)

디제이 뉴 마크(DJ Nu-Mark)

Artist: Jurassic 5
Album Title: Quality Control
Release Date: 2000-06-20
Label: Interscope Records

01. How We Get Along

02. The Influence

03. Great Expectations

04. Quality Intro

05. Quality Control

06. Contact

07. Lausd

08. World Of Entertainment (WOE Is Me)

09. Monkey Bars

10. Jurass Finish First

11. Contribution

12. Twelve

13. The Game

14. Improvise

15. Swing Set

70

과거의 향수를 찾아간 참여형 랩 축제

같은 대중음악에 속해 있다고 할지라도 다른 장르들과 비교해서 랩 음악은 일반적으로 함께 부르기 어렵다는 단점을 지닌다. 자잘하게 쪼개지는 리듬 위에서 속도감 있게 음을 변경하기에 힙합이나 특정 곡에 익숙하지 않은 청취자들이 그것을 합창하기란 어려운 일이다. 랩 스킬에 천착하는 뮤지션들이 점점 늘어나면서부터는 듣는 이들이 노래에 동참하기가 더욱 쉽지 않아졌다. 변화와 발전이 한쪽에서는 알게 모르게 비非 마니아들의 힙합에의 접근을 막는 기제가 된 것이다.

그러한 연유로 힙합과 친화할 엄두를 내지 못하던 이들에게 주라식 파이브의 등장은 굉장한 고마움으로 느껴졌다. 그룹은 침착하고 느긋한 랩으로 대중을 자신들의 음악에 끌어들였다. 그래도 머뭇거리는 사람들을 위해서 유니슨 방식의 랩을 통해 함께할 수 있도록 공간을 열어 두었다. 주라식 파이브의 랩은 청중들을 가상의 무대로 잡아당기는 손길이었으며 같이 놀자는 마중의 손짓이나 다름없었다.

네 명의 엠시는 가속을 자제하는 스타일로 청중에게 가사를 차분하게 전달했을 뿐 아니라 모든 노래에서 제창하는 래핑을 펼침으로써 청취자도 함께 소리칠 수 있도록 하는 환경을 조성했다. 이는 팀의 도드라지는 특성으로 라이브 공연에서는 현장의 열기를 돋우는 기능을 톡톡히 해냈다.

두 번째 음반 『Quality Control』은 그들 고유의 참여를 권유하는 것 같은 래핑이 힘껏 펼쳐진 자리였다. 멤버들은 어김없이 번갈아가며 각자의 파트를 소화하지만 역시나 간헐적으로 서로 목소리를 합치며 분위기를 달군다. 랩으로 된 농구 경기를 보는 것처럼 텍스트에 박진감을 심은 「The Game」, 자신들의 실력에 대해 강한 자신감을 피력하는 「Quality Control」과 「The Influence」, 푸짐하고 신나는 랩 축제 「World Of Entertainment (WOE Is Me)」 등 격하지 않은 내용도 음악에 열중하게 만드는 요소였다. 이 와중에도 엠시들의 유창한 라이밍으로 또 한 차례 듣는 재미를 배가했다.

특화된 래핑은 견고한 음악과 잘 배합돼 야무진 상승효과를 냈다. 커트 케미스트와 뉴 마크는 네 래퍼의 발화發話에 효능을 더하기 위해 단순하고 평이하게 비트를 구성했다. 지능적인 변박을 행하는 「Twelve」를 제외한 거의 모든 곡이 일정한 패턴으로 흐른다. 둘은 뛰어난 스크래칭 기술을 보유한 숙련공이었음에도 보컬이 들어간 곡에서는 결코 능력을 과시하지 않는다. 순전히 양념쯤으로 첨가됐을 뿐이었다.

이는 기본에 집중해 옛것의 아름다움을 재현하겠다는 고집의 노출이었다. 「Monkey Bars」에서 콜드 크러시 브라더스, 트리처스 스리, 퓨리어스 파이브 같은 올드 스쿨 래퍼들을 언급하고 「Quality Control」에서 커티스 블로의 「If I Ruled The World」를 패러디한 것은 과거에 대한 애착에서 기인한 것이었다.

현란한 비트, 속도와 기술에 골몰하는 뮤지션들이 급증하는 때에 그룹은 시대를 거슬러 초기 힙합의 정수를 탐했다. 그 수단으로 편하게 동참할 수 있고 따라 하기에 용이한 래핑을 구사했다. 결과적으로는 랩으로써 즐김의 미덕을 베푼 셈이었다. 앨범은 지난날을 동경하고 랩에 융화하고자 하는 새 시대 사람들에게 전해진 올드 스쿨의 산물이자 선물이었다.

Elefish Jellyphant

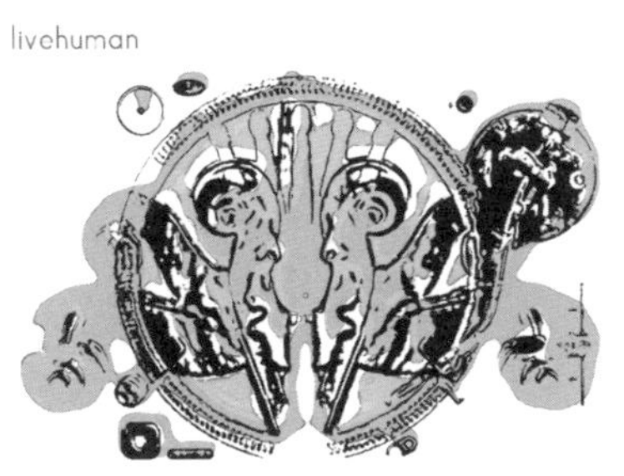

앨버트 마티아스(Albert Mathias), 디제이 퀘스트(DJ Quest)
앤드류 쿠신(Andrew Kushin)

Artist: Livehuman
Album Title: Elefish Jellyphant
Release Date: 2000-07-11
Label: Matador Records

01. Prelude To A Jellyfish

02. Lesson #7

03. 2AM

04. Lost World

05. Quick Eleven

06. Eggroll Suite

07. Elephant' s Bliss

08. Luck Hullabagunshot

09. Everything Becomes Jellyfish

10. Floppy Pockets

11. Son Of Slom

12. Crawl Of The Wild

13. Lagoona Hop

14. Loopless...

15. Lemon Hill

16. Lazy Hip

71

창의적 돌파력, 복잡성이 달성한
힙합 이상의 인스트루멘틀

라이브휴먼의 『Elefish Jellyphant』는 지구상에 존재하는 수많은 인스트루멘틀 힙합 앨범 중에 단연 돋보이는 작품이었다. 이들의 악곡을 완성하는 세 가지 악기, 드럼과 베이스, 턴테이블은 리듬을 중심으로 하는 힙합 음악에서 비교적 정형화된 포맷이라고 할 수 있으나 최종적으로 멤버들이 산출해내는 작물은 비정형의, 실로 색다른, 기존의 동종 장르와 차별되는 것이었기 때문이다. 기본과 단출함으로 빚은 복잡과 미묘함의 결정이라 칭할 만했다.

사실 이들의 음악은 인스트루멘틀 힙합보다는 턴테이블리즘 카테고리에 들이는 게 타당하다. 특정 패턴의 비트 진행에 초점을 맞추는 게 아니라 활발한 변주와 시시각각 모습을 바꾸는 디제잉에 주력함이 그 이유다. 앨버트 마티아스의 타악기 연주, 앤드류 쿠신의 콘트라베이스는 서로 호흡을 맞춰 일반적인 힙합 비트의 틀을 만들긴 하지만 그것을 시종 유지하는 일은 드물다. 마치 재즈에서의 임프로비제이션(improvisation, 즉흥 연주)처럼 멜로디나 리듬 형태를 바꿔 표현의 자유로움을 획득한다. 재즈 고유의 특질인 즉흥성을 힙합 작품에서 녹여내는 셈이다. 청취자들이 이를 접함으로써 느끼는 기분은 아마도 새로움에서 오는 즐거움과 당혹감 둘 다일 것이다.

무엇보다 이 앨범을 턴테이블리즘에 귀속하게 하는 요소는 디제이 퀘스트의 디제잉이다. 수록곡들의 뼈대 리듬은 앤드류와 앨버트가 구성하지만 퀘스트의 턴테이블 스크래칭이 곡을 리드하며 판을 돌리는 것 외에 여러 음원 샘플을 끊임없이 주입함으로써 디제이가 주연하는 음악을 설계한다. 실제 악기의 곁들임이 포함되었어도 커트 앤 페이스트 기법과 스크래칭을 결국에는 다 수행한 덕분에 연주 음악보다 세분화된 종별 적용이 가능했다. 이는 어디까지나 비슷한 영역에서 합의점을 찾는 것이지, 다른 형식까지 들춰낸다면 실험음악에서 시작해 록, 일렉트로니카의 여러 하위 양식들이 거론될 소지가 다분하다.

이로써 탄생한 라이브휴먼의 음악은 복잡하고 추상적인 세계를 열어젖힌다. 감정적이거나 특별한 시간과 공간에 관계된 분위기를 연출하지 않고 트립 합, 앰비언트, 뉴에이지처럼 맥락 자체로 음악을 풀어 놓는다. 그렇다고 마냥 불규칙한 전개를 보이는 것만은 아니다. 몇몇 곡에서는 분명한 완급, 기승전결에 해당하는 흐름을 나타내기도 한다. 이는 자신들의 음악에서 어떠한 스토리를 연상하게 하려는 의도였다.

일련의 특성으로 인해 그룹의 근거지인 샌프란시스코 베이 에이리어가 많은 턴테이블리스트들의 집중 활동 지역이었음에도 그들 틈에서 라이브휴먼은 더 돋보일 수 있었다. 디제잉의 기본 방식에 충실했지만 재즈 요소를 가미해 생동감을 획득했고 연주자가 결합된 체제를 통해 라이브 무대에서는 다른 뮤지션들과 차별되는 공연을 만들어 왔다. 거기에 장르의 경계를 신경 쓰지 않는 창의적 돌파력까지 갖춰 신과 마니아들에게 신선한 공기를 안겼다. 턴테이블과 드럼, 베이스가 합심해 달성한 힙합 이상의 내용이었다.

Hybrid Theory

브래드 델슨(Brad Delson)

마이크 시노다(Mike Shinoda)

롭 버든(Rob Bourdon)

조셉 한(Joe Hahn)

체스터 베닝턴(Chester Bennington)

Artist: Linkin Park
Album Title: Hybrid Theory
Release Date: 2000-10-24
Label: Warner Bros. Records

1. Papercut

2. One Step Closer

3. With You

4. Points Of Authority

5. Crawling

6. Runaway

7. By Myself

8. In The End

9. A Place For My Head

10. Forgotten

11. Cure For The Itch

12. Pushing Me Away

72

록과 랩, 청춘의 언어, 돈이 되는 언어

랩과 록은 1980년대 눈을 맞춘 이래 돈독한 유대를 유지해왔다. 록뿐만 아니라 헤비메탈도 가세해 더 강한 사운드를 생산했으며 때로는 테크노나 트랜스와 결합하면서 소리의 다채로움을 도모하기도 했다. 90년대 중반 헤비메탈의 퇴조에 맞물려 부각된 뉴 메탈 역시 랩과 록의 능동적인 퓨전을 가시화한 사례였다. 인더스트리얼 록, 하드코어 펑크 (punk), 전자음악 등 다양한 장르를 자양분 삼은 다이내믹하고 화려한 뉴 메탈의 구조는 랩과 록의 만남을 더욱 견고하면서도 예리한 상태로 꾸몄다.

린킨 파크는 데뷔작 『Hybrid Theory』로 림프 비즈킷과 함께 이 영역을 대표하는 밴드로 확실히 입지를 다졌다. 테크노와 헤비메탈이 어우러진 반주에 랩이 곁들여진 날카로운 음악은 전 세계 청춘들의 폐부를 찌르며 자신들의 존재를 드높였다. 새천년 전후로 어마어마한 흥행 기록을 세운 림프 비즈킷이 튼 물길을 따라 이들은 막힘없이 성공 가도를 달렸다.

록과 메탈의 각종 하위 장르, 일렉트로니카, 힙합이 결합된 소리 얼개는 다른 동종 뮤지션들과 크게 다르지 않았으나 그룹은 강약의 확실한 조절, 나지막하게 시작하다가 어떠한 지점에 진입하면 크게 터뜨려주는 구성으로 흡인력을 냈다. 이로 인해 수록곡들에서는 극적인 비장미가 느껴진다. 체스터 베닝턴의 음색은 꽤 부드러운 편이었음에도 후렴에서는 인위적으로 거친 소리를 낸 노래를 부름으로써 음악의 구성적 특징을 더욱 도드라지게 했다.

린킨 파크의 노래는 또한 흡수되기에 좋은 코러스를 마련한 것이 강점이었다. 몇몇 밴드처럼 포악함에 가려져 일직선으로 흐르는 게 아니라 명확한 음을 찍어 쉽게 인식될 수 있도록 했다. 또한, 더블링과 약간의 리버브를 가해서 강조하는 동시에 여운을 남기게끔 한 것도 전략이었다. 「One Step Closer」, 「Crawling」, 「Papercut」, 「In The End」 등 총 다섯 편의 싱글이 빌보드 얼터너티브 차트 상위권에 든 점이 이들의 전술이 들어맞았음을 설명해준다.

그룹은 우울함, 분노, 좌절처럼 어두운 내용이 대다수를 차지하는 뉴 메탈의 가사 특징을 고스란히 이어받아 청취자들에게 전달했다. 자아분열중적이며 절망적인 태도로 일관하는 「Crawling」을 비롯해 모든 것을 포기하고 체념해버리는 「In The End」, 상처를 주는 사람에 대한 불신 「Pushing Me Away」, 패자의 고통과 회한을 말하는 「By Myself」 등 거의 모든 노랫말이 부정적이며 무겁다. 인생의 모든 실패를 다 경험한 이가 자살 전에 쓰는 일기를 보는 듯한 기분마저 든다.

무기력했지만 이들의 말은 젊은이들과 굳센 공감대를 형성했다. 환경과 여건에 치여 꿈을 제대로 피우지 못하고 이상을 품기도 전에 생계를 고민해야 하는 각박한 현실을 이해해주는 것이었으며 근심을 나누는 것이었다. 린킨 파크 노래에 스민 패배자 정서는 대중음악 주 소비층인 10대, 20대의 처지에 동감함으로써 엄청난 흥행을 기록했다.

그룹의 성공으로 록은 분명히 젊은 세대의 감성에 부합하는 문법이며 랩은 슬픔을 겪는 자, 억압받는 자에게 어울리는 표현 수단임을 증명했다. 이 둘을 결속한 린킨 파크의 음악은 각 장르의 흥행성과 상업성이 크다는 것도 정확히 일러 줬다.

Artist: Prefuse 73
Album Title: Vocal Studies + Uprock Narratives
Release Date: 2001-05-15
Label: Warp Records

01. Radio Attack

02. Nuno

03. Life Death (feat. Mikah 9)

04. Smile In Your Face

05. Point To B

06. Five Minutes Away

07. Living Life (feat. Rec Center)

08. Eve Of Dextruction

09. Last Night (feat. Sam Prekop)

10. Clich? Intro

11. Back In Time

12. Hot Winter's Day

13. Black List (feat. MF Doom & Aesop Rock)

14. Untitled

15. Afternoon Love In

16. 7th Message

73

장르 파괴를 꾀한 힙합과 전자음악의 실험적 결합

　프리퓨즈 세븐티쓰리는 이 앨범을 통해서 힙합의 인습적 경계를 허물고 자신만의 표현 방식으로 장르와 스타일을 재정의하고자 했다. 여기에 등장하는 각각의 소리는 당연히 힙합이라고 일컬을 수 있을 만큼 그것의 전형을 벗어나지 않는다. 허나 통합된 결과물은 대중이 그동안 익히 봐 왔던 보통 힙합의 구조와는 사뭇 달랐다. 적이 생소한 접근이었다.

　기존에 있던 어떤 노래를 떼어와 반복시키고, 그 위에 또 다른 효과음을 입히거나 악기 연주를 더했으며, 의도적으로 잡음을 삽입하고 턴테이블 스크래칭 연주를 넣어 곡을 정신 사납게 만들었다. 그런 부분에서는 디제이 섀도의 『Endtroducing......』과 노선이 비슷했다. 하지만 디제이 섀도의 작품이 난잡스럽고 사이키델릭한 분위기를 내뿜는 와중에도 서술성 있는 악곡의 모양을 냈다면 프리퓨즈 세븐티쓰리의 음악은 규칙에 연연하지 않는 자유로운 조합에 더 몰입한다. 프리스타일 펠로십의 마이카 나인이 참여한 「Life Death」, 엠에프 둠과 이숍 록이 목소리를 입힌 「Black List」 같은 랩곡을 제외하고는 대부분의 곡이 무규칙과 변주에 치중했다.

　난해한 외양을 띠었지만 앨범은 좀체 따분하지 않았다. 독창적인 프로듀싱은 곡이 이완과 수축을 하는 것처럼 보이게 했기 때문이다. 동일한 패턴으로 진행되던 비트가 급작스럽게 변모한다든가 다른 새로운 프로그래밍이 덧씌워져 또 다른 루프로 탄생해 팽팽함을 지속했다. 연주만으로는 극히 밋밋할 수밖에 없다는 걸 알기에 그는 보컬 샘플을 꾸준히 입히는 것을 잊지 않았다. 무작정 붙여 넣은 게 아니라 세공된 혼란스러움을 의도했음을 알 수 있다.

그 설계 덕분에 『Vocal Studies + Uprock Narratives』는 결과적으로 복잡하나 분위기상으로는 펑키함과 그루비함을 동시에 나타낼 수 있었다. 「Smile In Your Face」는 페이드아웃과 전개를 번갈아가는 중에 다양한 목소리 샘플을 끼우고 프로그래밍을 달리하면서 반동을 일구며 「Hot Winter's Day」는 사용된 음원을 소프트웨어로 한 차례 더 가공하고 틈 없이 이어 붙여 속도감을 내비친다. 이들과 달리 전자음으로 리드되는 네오 소울 트랙 「Last Night」와 트립 합 성격의 「Afternoon Love In」은 후자의 대기에 해당한다.

앨범은 힙합에 맞닿았을 뿐 아니라 한편으로는 일렉트로니카 하위 장르인 글리치(glitch)로 귀속해도 무방했다. 일부러 음질을 떨어뜨리거나 전자기기에서 발생하는 여러 불쾌한 소리를 곳곳에 배치하고 갖가지 고르지 않은 음원을 심는 방법은 그 양식과 동일했다. 그럼에도 스크래칭을 적극적으로 수용하고 객원 래퍼를 들임으로 힙합의 요소를 놓치지 않으려 했다. 이를테면 일렉트로니카를 받아들인 변화하는 힙합의 새로운 상像 중 하나였다.

이와 같은 행동이 그가 속한 워프 레코드사의 성향에 충성하기 위함은 아니었다. 미국 남부 지방 출신임에도 지역색을 따르지 않고 델라로사 앤 아소라, 사바스 앤 사바라스 같은 프로젝트를 거치며 분명한 자기 빛깔을 내려는 노력이 도출한 수행이었다. 프리퓨즈 세븐티쓰리의 과감한 영역 확장은 국부적이지만 메인스트림에서 통용되는 것들과는 구분되는, 아주 흥미로운 힙합에의 완성으로 특별히 다룰 만했다.

오드 노스담(Odd Nosdam)
와이(Why?)

Artist: Reaching Quiet
Album Title: In The Shadow Of The
Living Room
Release Date: 2002-06-25
Label: Mush Records

A. Out Of The Cold Into The Cabinet	16. The Vowels
01. Mother You're Long Gone	17. The Crush
02. She Ain't Gonna Call You Back (Part 1)	C. Slashed Tire Reprise
03. Pier 39	18. Slow Polaroid
04. Your Fish	19. She Ain't Gonna Call You Back (Part 2)
05. Cabin Pressure	20. Me And The Pea Coat
06. Self Portrait Hand Puppet	21. Out Of Live Wires And Twisties
07. The Fly	22. Broken Crow
08. The Moth	D. Silver American Nickel
B. At Home Costume	23. Dead Man's Robin
09. On Gummy Worms On Dental Floss	24. Jesse James' Thesaurusical Advice
10. Madame Rennevfski	25. Lisa Carmichael (Alan Keyes)
11. Salad Days	26. My Prayer Rug
12. Split Screen	27. I Beer
13. Housewife	28. You Choke
14. Her Little Office Watch	29. The Comfy Chair
15. Indecent Proposal	30. General Disturbance

74

기이한 음악으로 표현한 현대사회의 삭막함

본 작품은 무엇이 힙합이고 힙합이 아닌 것은 무엇인가를 묻는다. 앨범은 힙합 음악을 구성하는 랩과 비트를 포함하고 있다. 하지만 여기에서의 랩은 정밀하게 짜 맞춰진 플로우를 수반하지 않으며 라임은 힘써 연구한 흔적이 나타나지 않는다. 비트 역시 드럼을 기초로 한 힙합 형식이지만 시시각각 다른 스타일로 변형된다. 힙합적이지만 대체로 곡들은 힙합에서 탈피하려는 행동을 취한다.

새천년부터 실험적인 '탈脫힙합' 사운드로 조금씩 추종 세력을 거느리게 된 클라우드데드의 사이드 프로젝트 리칭 콰이어트는 이 앨범으로 힙합에 대한 종래의 인식을 철저히 전복해보이겠다는 의사를 표명한다. 형식 파괴적인 구조, 저의를 알 수 없는 야릇한 가사, 다림질되지 않은 래핑과 노래는 갈수록 정교화되고 산업화되는 음악을 향해 자유의사를 명확히 하는 일종의 'fuck you' 였다.

규약이나 제한 따위는 없었다. 맺고 끊는 데는 명확하지 않고 여러 종류의 샘플은 분리되지 않은 채 아무 데서나 뒹굴어 댄다. 소스가 되는 소리는 소울, 펑크, 록처럼 힙합에서 자주 사용되는 음악도 아니었고 자신들이 생각하기에 요긴하다고 생각되는 것들이면 생활 속 소음이라도 개의치 않고 이용했다. 알레그로 모데라토로 악센트를 쥐어서 말을 하면 그게 랩이었고 거나하게 취한 사람처럼 고성방가를 하는 게 노래였다.

고약할 만치 조악했으나 특정 양식에 메어 있지 않으려는 노마드적 태도는 작품의 참신함을 배가했다. 「She Ain't Gonna Call You Back (Part 1)」은 사이키델릭 록, 「Out Of Live Wires And Twisties」는 트립 합과 앰비언트, 「The Moth」에서는 드림 팝의 정서를 방출했다. 「The Vowels」와 「The Crush」로는 의도적으로 로파이 사운드를 취해 세련된 음악을 떠받드는 세태에 조소를 날린다.

네 개의 챕터로 구성된 앨범은 의미가 불명확한 가사로 또 다른 기이함을 드러냈다. 뚜렷한 인과관계가 발견되는 것도 아니었고 검증된 사실을 들어 주장을 펼친 것도 아니었다. 일례로 「Her Little Office Watch」에서는 근처 사무실 여직원을 주시하는 관음증적 태도를 보이다가 이상한 꿈을 꾼다는 얘기로 노래를 마친다. 서른 개의 수록곡은 악곡뿐만 아니라 내용도 모호했다.

앨범은 복잡한 사회이자 거대한 문화 공장인 미국이라는 나라가 크게 신경 쓰지 않는 것들에서 리칭 콰이어트만의 기준으로 소재를 선별해 벌인 좌판이 됐다. 동물, 인물, 장소를 가리지 않고 이야깃거리를 발견했고 이로써 편집한 결과물은 전반적으로 소외와 현대사회의 삭막함을 다루고 있었다. 향유할 게 늘어났고 생활이 편리해졌지만 그에 따라 발생하는 오늘날 세상의 부정적인 측면에 대한 토로였다. '거실의 그늘에서'라는 표제는 사람이 가장 안락함을 느끼는 공간에서도 어두운 부분이 있음을 논한 것이나 마찬가지였다.

두 멤버는 틀에 구애받지 않고 사고를 열어 둠으로써 편곡과 메시지 모두 일률적이지 않은 색다른 작품을 선보였다. 물론, 홈 레코딩 환경에서 만들어진 지극히 난잡한 모양새는 다수가 좋아하기에는 턱없이 부족한 것이 사실이다. 그러나 앨범은 창작의 자유, 언더그라운드는 여전히 과감한 실험 정신이 꿈틀대는 곳임을 드높게 밝힘으로써 존재에 의미를 더했다.

Deadringer

Artist: RJD2
Album Title: Deadringer
Release Date: 2002-07-23
Label: Definitive Jux

01. The Horror

02. Salud

03. Smoke And Mirrors

04. Good Times Roll Pt.2

05. Final Frontier (feat. Blueprint)

06. Ghostwriter

07. Cut Out To FL

08. F.H.H. (feat. Jakki)

09. Shot In The Dark

10. Chicken-Bone Circuit

11. The Proxy

12. 2 More Dead

13. Take The Picture Off

14. Silver Fox

15. June (feat. Copywrite)

16. Work

75

고전미를 복구한 변화무쌍 다종의 인스트루멘틀

머리에 상처를 입고 쓰러져 있던 사내가 눈을 뜨고는 고통스러운 표정을 지으며 지난 기억을 헤집는다. 손바닥에 적힌 의문의 숫자와 토사물에서 나온 열쇠를 본 그는 무엇인가 생각난 듯 달리기 시작한다. 허름한 건물 안, 손에 쓰인 것과 같은 숫자가 적힌 화장실에서 테이프를 발견한 사내는 옥상에서 그것을 들으며 누군가와 교신한다. 얼마 후 검은 망토에 흰색 가면을 쓴 집단이 자신을 실험 대상으로 썼다는 것을 기억해 내더니 다시 고통에 빠진다. 그를 향해 그 집단의 일원이 다가와서는 가차 없이 삽으로 머리를 내려쳤고 사내는 힘없이 쓰러진다. 정체불명의 남자가 가면과 모자를 벗는다. 그는 다름 아닌 사내였다.

이는 알제이디투의 「The Horror」 뮤직비디오 내용이다. 영상은 첩보물과 스릴러를 합친 구성, 놀랄 만한 반전으로 음악팬 사이에서 화제가 됐다. 자기를 공격한 사람이 알고 봤더니 자신과 '똑같이 닮은 사람(dead ringer)' 이었다는 결말은 제목처럼 호러였다.

영상도 흥미로웠지만 그것을 만드는 데 기초가 된 곡 역시 일품이었다. 을씨년스러운 분위기의 대사 나열, 윙윙 울리는 무그 신시사이저, 침잠과 융기를 반복하는 드라마틱한 전개는 뮤직비디오에 더할 나위 없이 적합한 스코어였다. 마치 한 편의 영화를 보는 듯한 기분을 들게 하는 「The Horror」는 1990년대 중후반 팝 음악을 강타했던 트립 합의 장쾌한 귀환 선포였다.

갖가지 음원을 모아 주조한 곡들은 어떠한 장면이나 풍경을 묘사하는 데에만 집중하지 않았다. 음원들을 연결하고 짜 맞춰서 새로운 곡을 만드는 힙합 작법의 근원을 향한 열띤 회기였으며 그렇게 완성한 음악이 추상성을 띠는 동시에 실제 연주처럼 아날로그 정서를 내보일 수 있음을 증명하려 한 실험이었다. 스크래칭을 최소화하고 보컬 샘플을 빈번하게 들인 이유가 이 때문이다.

한편으로 앨범은 예스런 흥을 구현하는 데에도 몰두했다. 「Work」, 「Good Times Roll Pt. 2」, 「Smoke And Mirrors」는 고전 R&B, 소울 샘플을 투입함으로써 원곡과는 다른 활기를 제공했다. 1990년대 후반에 딥 펑크 리바이벌이 미미하게 행해지고, 그보다 뒤에 큰 규모로 네오 소울 흐름이 만들어지면서 본류를 찾으려는 움직임이 일었던 것을 비교했을 때 힙합 프로듀서인 알제이디투의 이러한 표현은 무척 각별했다.

알제이디투는 또한 동료 래퍼들을 초대해 『Deadringer』를 랩 음반으로도 귀속할 수 있도록 했다. 솔로 데뷔 전에 몸담았던 메가헤르츠의 래퍼들 카피라이트와 재키, 사이드 프로젝트 소울 포지션의 블루프린트가 출연함으로써 마니아들의 보편적 선호를 이끄는 것을 도왔다. 연주곡으로 인해 형성되는 미묘한 대기를 구체적인 문법으로 전환하는 임무를 수행한 것이기도 했다.

앨범은 트립 합, 소울, 펑크, 힙합의 총합으로서 가치를 인정받았다. 게다가 인스트루멘틀 곡은 이후 광고, 영화 등에 쓰이며 라이브러리 레코드로서 활용도를 높였다. 여러 소스를 유기적으로 배합한 치밀한 설계와 음악을 반듯하게 제조해내는 능력은 알제이디투의 비범함을 설명하는 기본 사항이었다. 경외감을 들게 하고 희열을 안기는 인스트루멘틀 힙합 앨범, 『Deadringer』가 바로 그것이었다.

Artist: Various Artists
Album Title: Brown Sugar Original Soundtrack
Release Date: 2002-09-24
Label: MCA Records

01. Brown Sugar (Extra Sweet) (Mos Def feat. Faith Evans)

02. Love Of My Life (An Ode To Hip Hop) (Erykah Badu feat. Common)

03. Bring Your Heart (Angie Stone)

04. Brown Sugar (Raw) (Black Star)

05. Easy Conversation (Jill Scott)

06. It' s Going Down (Blackalicious feat. Lateef The Truth Speaker & Keke Wyatt)

07. Breakdown (Mos Def)

08. You Make Life So Good (Rahsaan Patterson)

09. Time After Time (Cassandra Wilson)

10. Paid In Full (7 Minutes Of Madness - The Coldcut Remix) (Eric B. & Rakim)

11. No One Knows Her Name (Hi-Tek feat. Big D & Piakhan)

12. Act Too (Love Of My Life) (Remix) (The Roots)

13. Never Been (Mary J. Blige)

14. Brown Sugar (Fine) (Mos Def)

15. You Changed (introducing Jully Black)

76

힙합의 지나친 상업화를 꼬집은 영화,
그 사운드트랙

지난 10년간 똑같은 방법으로 인터뷰를 시작했다.
"그럼, 언제 힙합과 사랑에 빠졌죠?"

영화는 여주인공 시드의 내레이션으로 시작한다. 시드와 그녀의 친구 드레는 열 살 때 함께 공원에서 겟 프레시 크루의 프리스타일 랩을 본 이후로 힙합에 푹 빠져 지냈다. 그녀는 힙합 전문지 편집장으로, 드레는 음반 제작자로 일하고 있다. 어느 날 드레는 상업성만 추구하는 회사를 못마땅하게 여긴 나머지 사표를 냈고 직접 레이블을 차리기로 마음먹는다. 시드의 도움을 받아 레코드사를 설립한 드레는 예전에 점찍어 둔 래퍼 캐비를 찾아가 함께 음악을 해보자고 제안한다. 힙합다운 힙합을 만들겠다면서 제작한 노래 「Brown Sugar」가 라디오 전파를 타며 영화는 끝난다.

영화에서 드레는 이런 말을 한다. "남자들은 신붓감을 찾을 때 착하고, 영리하고, 우아하지만 자만하지 않는 여자, 섹시하지만 천박하지 않은 여자를 찾아. 그게 브라운 슈거야. 내가 결혼할 여자가 그래." 표면적으로는 예비 신부에 대한 칭찬이지만 그의 사정을 보면 의미는 확장된다. 자신이 알던 힙합은 이런 게 아니었는데, 돈이 되고 유행에 부합하는 힙합을 만들어야 하는 현실에 회의만 든다. 흑인과 백인이 팀을 이루면 흑백 화합처럼 보여 잘 팔릴 거라며 '힙합 달마티안'이라는 웃기지도 않은 가수를 키우고 자극적인 노래가 더 잘 나간다고 해서 마이클 잭슨과 폴 매카트니가 부른 노래를 패러디한 「The Ho Is Mine」(그 창녀는 내 것)을 취입하겠다니 기가 찰 노릇이다. 영화는 힙합이 지나치게 상업성에 경도되는 현실을 꼬집는다.

사운드트랙은 수수함이 묻어나는 힙합, R&B를 수록해 영화와 뜻을 같이한다. 앨범에서 이즈음 주류에서 히트하던 업 비트 스타일은 찾아볼 수 없다. 다소 침잠된 분위기를 내는 곡들이 다수를 차지하며 애써 세련돼 보이려는 행동을 취하지도 않는다.

그윽한 뒷맛을 남기는 사운드트랙도 훌륭하지만 힙합을 진심으로 사랑하는 이들에게 영화는 더 각별히 기억된다. 스토리는 보는 사람들로 하여금 힙합이 클럽에서 유흥을 즐기는 청춘들을 위한 배경음악쯤으로, 젊은이들의 보편적 정서에 빠르게 친화해 쉽게 돈을 벌 수 있는 음악 정도로 전락해버린 듯한 상황을 되돌아보게 하기 때문이다. 힙합을 건조하게 소개하는 데 그친 예전 영화들에 비해서 확실히 더 성숙한 시선을 갖춘 작품이다.

따뜻함도 동반했다. 1991년 《보이즈 앤 후드》가 개봉했을 때 영화를 상영하는 여러 극장 주변에서 흑인 폭력배들 간의 총격전이 벌어져 수십 명이 다치는 사건이 발생했다. 영화에서 보인 갱단의 폭력이 사람들에게 악영향을 끼쳤다는 비판이 쇄도했다. 이로써 흑인 사회가 배경이 되거나 랩 음악이 나오는 영화에 대해 냉소적인 입장을 취하는 이들이 많아질 수밖에 없었다. 하지만 《브라운 슈거》는 그와 다른 온기와 고민으로 암암리에 깔린 편견을 불식해보였다.

일련의 장점을 앞세워 영화는 힙합 애호가를 자처하는 관객에게 힙합에 대한 애정을 반추하게 한다. "그럼, 언제 힙합과 사랑에 빠졌죠?"라는 질문으로.

Electric Circus

Artist: Common
Album Title: Electric Circus
Release Date: 2002-12-10
Label: MCA Records

01. Ferris Wheel (feat. Vinia Mojica & Marie Daulne)

02. Soul Power

03. Aquarius (feat. Bilal)

04. Electric Wire Hustle Flower (feat. Sonny)

05. The Hustle (feat. Omar & Dart Chillz)

06. Come Close (feat. Mary J. Blige)

07. New Wave (feat. Laetitia Sadier)

08. Star *69 (PS With Love) (feat. Bilal)

09. I Got A Right Ta (feat. Pharrell Williams)

10. Between Me, You & Liberation (feat. Cee-Lo)

11. I Am Music (feat. Jill Scott)

12. Jimi Was A Rock Star (feat. Erykah Badu)

13. Heaven Somewhere (feat. Omar, Cee-Lo, Bilal, Jill Scott, Mary J. Blige, Erykah Badu & Lonnie "Pops" Lynn)

77

힙합으로 표출한 사이키델릭 시대에 대한 향수

시카고 출신의 커먼은 1992년 『Can I Borrow A Dollar?』로 힙합 신에 출사표를 던진 이래 줄곧 음악 매체들의 지대한 관심을 받아 왔다. 로스앤젤레스나 뉴욕이 아닌 다른 지역 출신은 좀처럼 주목의 대상이 되기 쉽지 않았던 당시의 상례를 재기 발랄한 언어유희와 다채로운 표현으로 타파한 것이었다.

성과는 철학적인 가사와 느긋하면서도 멋스러운 악곡에 기인한다. 낙태에 대해 진지한 고민을 담은 「Retrospect For Life」, 흑인 인권 운동가 아사타 샤커를 추모하는 「A Song For Assata」, 힙합 음악이 지향해야 할 방향과 내용에 대해 자신의 견해를 밝힌 「The 6th Sense」 등은 대중으로 하여금 그가 사회 참여적이며 깊이 사색하는 래퍼임을 깨닫게 했다. 게다가 재즈 성향의 운치 있는 비트, 단아한 힙합과 네오 소울이 혼화된 반주는 커먼만의 독자적인 스타일을 생성하게 했다.

그는 그러나 다섯 번째 앨범 『Electric Circus』에서 자신의 정형 일부를 해체함으로써 사람들을 당혹스럽게 했다. 적어도 반주에서만은 철저히 과거의 습성을 무시한 채 색다른 형태로 나아갔다. 「Electric Wire Hustle Flower」는 일부러 불편하게 들리도록 전자음을 넣은 프로그레시브 록이라 할 만했고, 「I Got A Right Ta」는 컨트리 록을, 「Jimi Was A Rock Star」는 사이키델릭을 랩으로 전위해서 표출했다. 랩 록이 아닌, 록의 형식미를 힙합으로 구현한 작품이었다.

음악 전개에 대한 각도는 비틀스의 1967년 작품 『Sgt. Pepper's Lonely Hearts Club Band』처럼 유명인들의 얼굴을 짜깁기한 커버를 통해 미리 드러내고 있었다. 이는 앨범 제작에 도움을 주거나 음악 인생에 영감을 준 인물들에 대한 헌사이면서 1960년대 중후반에 대중음악계에 크게 일었던 사이키델릭 록에 대한 향수의 표현이기도 했다. 앨범 전반에 걸친 몽롱한 소리 경치가 커먼의 의도를 부연한다.

이질성은 일부 힙합 국수주의자들에게 거부감을 안겼을지 몰라도 수록곡들의 위세와 완성도는 변함없었다. 원래의 곡이 끝나고 나서 후반부에 다른 주제로 변주함으로써 긴장감을 안겼으며 힙합, 네오 소울, 전자음악, 록을 한데 섞음에도 온전한 조율을 이룬 점은 꽤 신선했다. 실연實演에 기초한 온기 있는 음악을 지은 것은 작품의 또 다른 매력이자 샘플링과 컴퓨터 프로그래밍에 주로 의존하는 힙합의 기본 제조 방식에서 탈피해 새로움을 실현하려는 커먼의 뚝심 있는 선택이었다.

유다른 표현, 소재와 주제의 다채로움을 꾀한 노랫말도 계속됐다. 참신한 문장으로 구애하는 「Come Close」, 자신을 고취하는 동시에 외형만 좇는 래퍼들을 비판하는 「Soul Power」, 민중의 권익과 더 나은 삶을 위한 개혁을 부르짖는 「New Wave」 등은 그동안 그가 쌓아온 지적인 이미지의 강도를 더 높이는 기제가 됐다. 메시지와 풍성한 표현을 중시하는 랩에 대한 기풍 있는 태도는 또 한 번 커먼을 힙합의 철인哲人으로 추어올렸다.

상업적 성적은 미비했지만 과거의 성공에 안주하지 않고 참신성을 구하고자 애쓰며 음악에 대해 진지하게 고민하는 커먼의 예술가적 태도가 녹아든 작품임이 틀림없었다. 앨범을 향한 논란은 그 점이 제지했다.

Artist: 50 Cent
Album Title: Get Rich Or Die Tryin'
Release Date: 2003-02-04
Label: Aftermath Entertainment / Shady Records

01. Intro
02. What Up Gangsta
03. Patiently Waiting (feat. Eminem)
04. Many Men (Wish Death)
05. In Da Club
06. High All The Time
07. Heat
08. If I Can' t
09. Blood Hound (feat. Young Buck)
10. Back Down
11. P.I.M.P.
12. Like My Style (feat. Tony Yayo)
13. Poor Lil Rich
14. 21 Questions (feat. Nate Dogg)
15. Don' t Push Me (feat. Eminem & Lloyd Banks)
16. Gotta Make It To Heaven
17. Wanksta
18. U Not Like Me
19. Lifes On The Line

78

힙합 스타가 될 자격을 다 갖춘
래퍼의 출세작

힙합 신에서 단숨에 유명해지는 방법은 네 가지 정도로 압축된다. 아주 피폐한 삶을 사는 것이 첫째요, 범죄를 저지르는 것이 둘째, 예기치 않은 사고나 누군가의 습격을 당해 사망 직전까지 갔다가 그 고비를 넘는 드라마틱한 일을 경험하는 것이 셋째이며, 마지막 하나는 다른 래퍼를 직접 욕한다든가 디스곡을 발표하는 것이다. 혹은 친히 다른 래퍼의 공격 대상이 되는 것도 제외할 수 없다. 세 번째 경우에서 안타깝게 죽는다고 해도 유명세는 딸려오게 돼 있다. 다만 그것을 살아서 누리지 못하는 게 섭섭할 뿐이다. 빠른 양명揚名의 수단은 대체로 어둡고 부정적이다.

이 네 가지를 만족한 피프티 센트는 인지도 확장의 쾌속정을 탔다. 태어날 때부터 아버지는 없었으며 열다섯 살밖에 안 된 어린 어머니의 손을 타고 자랐다. 어머니는 마약 판매로 생계를 이어 갔고 서른을 맞이하지도 못하고 세상과 이별했다. 피프티 센트 역시 10대 시절을 마약상으로 보낸 탓에 범죄자 낙인을 피할 수 없었다. 2000년에는 괴한으로부터 아홉 발의 총격을 받고 죽음의 문턱까지 간 적도 있었다. 여기에 비공식 데뷔작 『Power Of The Dollar』에 실린 「How To Rob」을 시작으로 한 끊일 줄 모르는 디스 공수까지. 이로써 얻은 인기는 속도를 짐작하는 게 무의미할 정도로 대단히 날렸다.

흥행은 상상을 뛰어넘었다. 데뷔 앨범 『Get Rich Or Die Tryin'』은 발매 첫 주에 90만 장에 달하는 어마어마한 양을 팔았고 3주 만에 200만 장 이상 판매되는 기염을 토했다. 그가 살아온 궤적은 갱스터의 표상이었기에 청취자들은 그의 노래를 더 근사하게 여겼다. 동네 건달 형의 사실감 넘치는 경험담으로 다가간 것이다.

척박하고 위험한 악당 인생에 대한 고민을 담은 「21 Questions」를 제외하고는 거의 모든 노래가 불량스럽다. 2000년대의 대표적인 파티 찬가로 자리 잡은 「In Da Club」은 재물을 중요하게 여기고, 여자를 섹스 파트너로만 생각하는 난봉꾼의 주색 예찬이며, 성관계에 대한 표현을 반복하면서 불편할 정도로 자기 존재를 드높이는 「P.I.M.P.」, 산전수전 다 겪은 자기 앞에서 갱스터 흉내 내지 말라고 엄포를 놓는 「Wanksta」, 갱단의 잔혹한 생활을 열거한 「Don' t Push Me」 역시 마초 근성과 위험한 거리 인생의 리얼리즘으로 중무장한 노래다. 그가 현시한 내용들에 청취자들이 지지를 보내고 열광한 까닭은 생활에의 표리일체함 때문이었다.

경험에 기반을 둔 사실감 넘치는 랩은 1990년대 후반 들어 급속히 세력을 잃었던 갱스터 랩이 다시 대중의 관심을 받는 계기를 만들었다. 전 세계적으로 1,500만 장 이상이 판매되었다는 집계는 피프티 센트의 획기적 진출을 실감하게 한다.

해일처럼 대규모로 급작스럽게 일어난 영화榮華는 그의 인생을 180도 바꿔 놓았다. 아직도 많은 래퍼와 공격을 주고받긴 하지만 더는 마약을 팔거나 위험을 안고 사는 업을 영위하지 않는다. 호화 저택에 거주하며 자기 이름을 단 향수 브랜드까지 개시하면서 번지르르하게 살아가고 있다. 앨범은 제대로 된 갱스터 래퍼의 등장이었을 뿐만 아니라 어둡고 부정적인 태도와 행동이 성공의 강한 수단이 됨을 언명한 적확한 예시이기도 했다.

Artist: Madlib
Album Title: Shades Of Blue: Madlib Invades Blue Note
Release Date: 2003-06-24
Label: Blue Note Records

01. Introduction

02. Slim' s Return

03. Distant Land

04. Mystic Bounce

05. Stormy

06. Blue Note Interlude

07. Please Set Me At Ease

08. Funky Blue Note

09. Alfred Lion Interlude

10. Stepping Into Tomorrow

11. Andrew Hill Break

12. Montara

13. Song For My Father

14. Footprints

15. Peace/Dolphin Dance

16. Outro

79

힙합이 블루 노트를 만났을 때

재즈 힙합을 주메뉴로 삼은 작품은 새천년에 들어서도 곳곳에서 나타났다. 파이브 디즈 멤버 팻 존의 『Humanoid Erotica』, 제이 롤스의 『The Essence Of J. Rawls』, 한때 루트팩과 한솥밥을 먹었던 캔킥의 『From Artz Unknown』 등 20세기를 지나서도 다수 프로듀서가 재즈를 물감 삼아 비트 캔버스를 채우는 공작이 여전히 진행됐다. 그만큼 재즈는 1인 작업장을 꾸린 뮤지션에게 매력적인 재료였다.

이런 발자국들은 늘 '재지(jazzy)한 분위기'에 한정되어 있었다. 이미 출시된 재즈 음원을 갈무리하거나 관악기, 통기타 연주로 재즈 같은 느낌만 나게 한 곡에 그치는 것이 한계였다. 폴 하드캐슬의 『Hardcastle』과 『The Jazzmasters』 시리즈에는 재즈의 요소가 존재했으나 힙합과는 포개어지지 않았으며 마크 파리나의 『Mushroom Jazz』는 재즈와 힙합을 아울렀음에도 궁극에는 다운템포와 라운지로 전이되고 말았다. 이것은 재즈 힙합이 여간해서는 넘을 수 없는 벽이었다.

난제는 『Shades Of Blue』가 해결됐다. 1939년 출범 이래 수많은 재즈 명작을 출시했으며 하드밥(hard bop, 재즈의 하위 장르로 거칠고 펑키한 느낌이 강한 음악)의 발원지가 된 재즈 명가 블루 노트의 레퍼토리를 다룬 앨범에서 그는 샘플링, 실연을 골고루 수행함으로써 그곳의 작품들을 새롭게 손질하고 단장했다. 믹스하는 과정에서도 원곡에 과한 변화를 가하지 않고 힙합 특유의 질감을 살리는 최소한의 편곡으로 재즈, 힙합 각각의 멋을 그대로 나타낼 수 있게 했다. 2001년 그의 사이드 프로젝트 예스터데이즈 뉴 퀸텟으로 행한 일렉트로닉 재즈와 구별되는 또 다른 스타일이었다.

앨범에 담긴 재즈와 힙합의 요소는 서로 불가침 조약이라도 맺은 것처럼 자기 영역을 고수하는 편이다. 두 장르는 요란스럽게 격돌하는 법이 없다. 억지로 힙합으로 해석하는 게 아니라 재즈에 소량의 힙합 성분을 떨어뜨려 블루 노트의 명작들을 자기 방식으로 리모델링해보이겠다는 뜻이 다분했다.

존 레전드의 「Save Room」에 샘플로 쓰이기도 한 「Stormy」의 구도를 바꾼 동명의 곡을 위시해 샘플의 적절한 대입으로 색다른 매무새를 완성한 「Slim's Return」, 맑은 오르간 소리가 특징인 오리지널을 거리의 비트로 리믹스한 「Mystic Bounce」가 그나마 힙합의 기운이 강하다. 「Song For My Father」나 「Footprints」는 템포를 바꾸거나 악기 구성만 확대해 작품 고유의 멋을 최대한 재현하고자 했음을 감지할 수 있다. 매들립의 창작품이자 앨범의 유일한 신곡, 블루 노트를 향한 헌정 「Funky Blue Note」도 과열하지 않는 두 장르의 만남을 이행한다.

블루 노트는 1996년에 구루, 라지 프로페서, 엘지 익스피어리언스 등이 참여한 컴필레이션 『The New Groove: The Blue Note Remix Project』를 통해 레이블의 소장품을 힙합으로 구현한 바 있다. 하지만 한 명의 프로듀서가 단독으로 기존의 재즈 넘버를 힙합과 결합시켜 새롭게 꾸민 사례는 이 앨범이 처음이었다. 덕분에 매들립은 재즈 쪽에도 이름을 알리게 됐고 우월한 프로듀싱 능력을 대대적으로 선전할 수 있게 됐다. '매들립 침공(Madlib invasion)'은 블루 노트 이상으로 그의 영향력을 확장한 성공적인 미션이었다.

월아이앰(will.i.am)
에이플디앱(apl.de.ap)
터부(Taboo)
퍼기(Fergie)

Artist: Black Eyed Peas
Album Title: Elephunk
Release Date: 2003-06-24
Label: A&M Records

01. Hands Up

02. Labor Day (It's A Holiday)

03. Let's Get Retarded

04. Hey Mama (feat. Tippa Irie)

05. Shut Up

06. Smells Like Funk

07. Latin Girls

08. Sexy

09. Fly Away

10. The Boogie That Be

11. The Apl Song

12. Anxiety (feat. Papa Roach)

13. Where Is The Love? (feat. Justin Timberlake)

14. Third Eye

평화의 메시지보다 더 강렬했던
유희의 언어

2003년 여름이 시작되기 전 한 노래가 음악 애호가들의 귀를 사로잡으며 다가올 계절보다 먼저 열기를 발산하고 있었다. 힙합이지만 부드러운 보컬이 함께여서 듣기에 수월했고 반전과 평화를 이야기하는 가사는 청취자의 가슴을 울리기에 충분했다. 항간에서는 '마빈 게이의 「What's Going On」이 랩 버전으로 다시 태어났다.'는 말도 오갔다. 「Where Is The Love?」는 다수의 관심 속에서 그해 가장 뜨거운 작품으로 부상할 준비를 다졌다.

블랙 아이드 피스는 데뷔 때부터 늘 긍정적이고 많은 사람이 편하게 느낄 수 있는 가사로 곡을 채웠다. 반주도 음습하고 탁한 것과는 거리가 멀어 즐기기에 좋았다. 차트 성적은 볼품없었을지라도 자신들이 정립한 방향으로 묵묵히 움직였다. 그러던 2003년, 저스틴 팀버레이크라는 효과 만점의 홍보 문구를 부착한 「Where Is The Love?」가 단숨에 빌보드 상위권에 진입하면서 그룹은 메인스트림으로 입성했다.

비폭력과 인류애를 외친 그 노래와 달리 나머지는 대부분 '놀자' 판이었다. 정신없이 북적거리며 때로는 퇴폐적으로 놀기를 종용했다. 전작들에도 이러한 권유는 있었으나 이번에는 더 극렬했다. 환장하기를 결심한 것 같은 분위기라고 해도 과언이 아니었다.

본격적인 유흥을 앞두고 몸 풀기 강령을 전달하는 「Hands Up」, 휴일에는 무조건 축제를 즐겨야 한다고 강론하는 「Labor Day (It's A Holiday)」, 여성과 육체적 사랑에 끈질기게 탐닉하는 「Sexy」와 「Latin Girls」 등 쉴 틈을 주지 않고 유락에 매진한다. 백미는 「Let's Get Retarded」였다. 앨리샤 키스의 「Fallin'」을 연상시키는 도입부를 지나 긴장을 고조하는 전개, 응집된 에너지를 분출하는 듯한 박력 있는 코러스가 맞물려 탄탄한 흐름을 보여 줬다. '저능아(retard)'라는 단어 때문에 방송에서는 일부 노랫말을 수정하고 「Let's Get It Started」로 제목을 바꿔 내보내기도 했지만 2005년 《그래미 시상식》에서 '최우수 랩 퍼포먼스 듀오, 그룹' 부문을 수상할 정도로 대단한 위세를 뽐냈다.

앨범은 2004년 《그래미 시상식》에 '올해의 레코드'와 '최우수 랩, 노래 합작' 부문 후보로 오른 「Where Is The Love?」를 포함한 네 편의 히트곡을 뽑아내며 자국뿐만 아니라 영국, 호주, 캐나다 등에서도 큰 흥행을 거뒀다. 일련의 성과를 달성한 데에는 전 곡을 작곡, 프로듀싱한 윌아이엠의 공로가 가장 클 것이다. 거기에 그룹을 더 돋보이게 하고 음반의 빛깔을 강렬하게 한 인물로는 홍일점 퍼기가 거론된다. 힙합 팀에서 예사롭지 않았던 백인 여성 멤버가 있다는 사실은 대중의 눈길을 끈 요인으로 작용했으며, 농염한 보컬과 원기 왕성한 래핑은 음악을 더 맛깔나게 모양냈다.

다이내믹함을 특기로 삼은 쿼텟은 이 앨범의 히트에 힘입어 주류 대형 스타로 자리매김했다. 이후 힙합, 펑크, 일렉트로니카 등을 절묘하게 섞은 댄서블한 음악으로 각국의 차트와 클럽을 공략해나갔다. 네 번째 앨범 『Monkey Business』의 「Union」처럼 긍정적인 메시지를 담은 노래도 함께 내놓았지만 「Where Is The Love?」만큼의 반응이 나오진 않았다. 사람들의 뜨거운 관심을 얻었던 '화합의 전언傳言'은 빠르게 식은 대신 그 온도는 열광적인 클럽튠으로 전이되었다.

Boy In Da Corner

Artist: Dizzee Rascal
Album Title: Boy In Da Corner
Release Date: 2003-07-21
Label: XL Recordings

01. Sittin' Here

02. Stop Dat

03. I Luv U

04. Brand New Day

05. 2 Far (feat. Wiley)

06. Fix Up, Look Sharp

07. Cut 'Em Off

08. Hold Ya Mouf' (feat. God's Gift)

09. Round We Go

10. Jus' A Rascal

11. Wot U On?

12. Jezebel

13. Seems 2 Be

14. Live O

15. Do It!

영국을 대표하는 힙합,
그라임 확산의 촉매제가 된 작품

영국 힙합의 시발과 그 구조는 미국과 크게 다르지 않았다. 1980년대 초반, 클럽을 거점으로 추종 세력을 모으기 시작해 몇 년 뒤에는 브레이크비트, 일렉트로 부기를 근간에 둔 랩 음악을 내왔고 80년대 후반을 지나면서부터는 샘플 기반의 스타일을 출현시켰다. 그러나 이것이 영국 힙합 전체를 접수한 것은 아니었다. '미국적인' 힙합이 성행하기보다는 전자음악의 여러 장르와 혼합된 형식이 더 많았다.

인기는 일렉트로니카에 랩을 곁들인 것이 더 좋았다. 리듬을 강조한 고전적인 어법보다 멜로디도 함께 흡입할 수 있는 음악이 다수에게 먹힌다는 사실의 증빙이었다. 90년대 중반에 포티셰드와 트리키, 매시브 어택을 위시한 '브리스톨 3인방'이 트립 합 광풍을 일으키고 새천년을 맞이하기 전에 케미컬 브라더스, 프로디지 등이 클럽과 댄스 차트를 지배했으니 이들의 성공은 영국 랩 뮤지션들에게 전자음악과 힙합을 덩어리로 짠 곡이 더 많은 청취자에게 어필할 수 있겠다는 생각을 품게 했다.

그라임(grime)은 그렇게 탄생했다. 이 장르 역시 리듬 분절이 활발한 영국 대표 댄스음악 유케이 거라지와 드럼 앤 베이스 같은 일렉트로니카 성분들과 힙합을 뭉쳐 낸 잡종 음악이었다. 그라임은 또한 빠른 템포와 육중한 비트, 무척 정신 사나운 모양을 특징으로 했다.

고삐 풀린 망아지처럼 날뛰는 자기들만의 음악 특산품을 세상에 전파하는 데 공을 세운 이는 디지 라스칼이었다. 그의 데뷔작 『Boy In Da Corner』는 미국 땅을 밟지 못했고 영국 앨범 차트에서도 23위에 오르는 데 그쳤다. 하지만 앨범을 들은 이는 절대 그의 이름을 잊지 못할 정도로 작품은 강한 인상을 남겼다.

음은 분명하지만 왠지 먹먹하게 들리는 신스 루프, 소극적으로 삽입된 동양적인 멜로디, 매끈하지 않은 스타카토 방식의 래핑 등 그의 음악은 상당히 불안해보였다. 그러나 이 혼돈 안에서 전혀 새로운 방법론을 찾을 수 있었고 그가 전개한 퓨전 양식은 험한 사운드와 정돈되지 않은 구성으로 음악팬들을 매료했다.

앨범은 편모 가정에서 폭력을 일삼으며 삐뚤어진 생활을 한 그의 경험과 사고가 음악과 싱크로를 이루면서 더 큰 효력을 냈다. 어린 시절 저지른 나쁜 일들을 회상하는 「Sittin' Here」, 여성과 남성의 이성을 보는 다른 시각과 섹스에 대한 일탈적 애착을 다룬 「I Luv U」, 삶에는 언제나 힘든 일이 있고 그것을 헤쳐 나가는 것은 마음먹기에 달렸다고 관조적으로 말하는 「Do It!」에 이르기까지 가사는 대체로 어두운 생활에 초점을 맞추고 있다. 그렇기에 몹시 어수선하고 단정하지 않은 구성이 야릇하게 합치돼 흘렀던 것이다.

차트 성적, 판매량은 미흡했지만 앨범은 그라임에 대한 관심을 전 세계로 확산시켰다. 그의 등장 이후 그라임은 영국 힙합을 대표하는 장르가 되었으며 틴치 스트라이더, 프로페서 그린, 크레이지 티치 같은 후배 뮤지션들의 활약으로 이어졌다.

온전한 득세는 아니었다. 그라임을 감싼 래퍼들의 노래는 큰 인기 속에서 점차 변형되어 단순히 전자음 위에 랩을 하는 그리 특별하지 않은 댄스음악으로 전락했다. 그라임의 생래적 특징인 퓨전 공법, 가변성과 댄서블한 성격이 도출한 운명이었다.

Speakerboxxx / The Love Below

안드레3000(André 3000)
빅 보이(Big Boi)

Artist: OutKast
Album Title: Speakerboxxx/
The Love Below
Release Date: 2003-09-23
Label: LaFace Records

Speakerboxxx

01. Intro
02. Ghettomusick (feat. Andr? 3000)
03. Unhappy
04. Bowtie (feat. Sleepy Brown & Jazze Pha)
05. The Way You Move (feat. Sleepy Brown)
06. The Rooster
07. Bust (feat. Killer Mike)
08. War
09. Church
10. Bamboo (Interlude)
11. Tomb Of The Boom (feat. Konkrete, Big Gipp, & Ludacris)
12. E-Mac (Interlude)
13. Knowing (feat. Andr? 3000)
14. Flip Flop Rock (feat. Killer Mike & Jay-Z)
15. Interlude
16. Reset (feat. Khujo Goodie & Cee-Lo Green)
17. D-Boi (Interlude)
18. Last Call (feat. Slimm Calhoun, Lil' Jon & The East Side Boyz, & Mello)
19. Bowtie (Postlude)

The Love Below

01. The Love Below (Intro)
02. Love Hater
03. God (Interlude)
04. Happy Valentine' s Day
05. Spread
06. Where Are My Panties? (Skit)
07. Prototype
08. She Lives In My Lap (feat. Rosario Dawson)
09. Hey Ya!
10. Roses (feat. Big Boi)
11. Good Day, Good Sir
12. Behold A Lady
13. Pink & Blue
14. Love In War
15. She' s Alive
16. Dracula' s Wedding (feat. Kelis)
17. Take Off Your Cool (feat. Norah Jones)
18. Vibrate
19. A Life In The Day Of Benjamin Andr? (Incomplete)

다종 하이브리드 스타일로 달성한
상업적 성공의 신기록

아웃캐스트의 창작욕이 최고조에 오른 앨범이다. 발표하는 음반마다 방대한 양의 노래를 담아온 그룹은 여기에서 그 의욕을 극렬하게 분출했다. 수록곡은 40편에 이르며 러닝타임은 140분에 육박한다. 앨범은 우선 어마어마한 분량으로 대중을 압도했다.

앨범이 내는 힘은 단순히 용량에 그치지 않았다. 펑크, 재즈, 록, R&B, 힙합, 일렉트로니카 등이 섞인 혼종 음악은 청취자들에게 으리으리한 성채처럼 다가갔다. 조지 클린턴으로부터 빌린 육중한 비트를 변함없이 재현했으며 한편에서는 전자음과 접촉하면서 미래 지향의 기운을 품었고 다른 데에서는 고풍스러운 스타일로 재래적 향수를 뿌리기도 했다. '복잡다단', 앨범을 설명하는 말은 그것이 적격이었다.

이는 멤버들의 철저한 분업에 기인한다. 빅 보이가 중심에 선 『Speakerboxxx』는 비교적 힙합에 충실하다. 그러나 전통적 형식에만 이바지하지 않는다. 아웃캐스트가 지금까지 행한 실험적 사운드, 복합적 골격 형성을 추구하는 동시에 섬세함을 성취하는 데에도 집중했다. 반면 안드레의 『The Love Below』는 힙합과 잠시 이별하고 보컬 음악으로 방향타를 돌린다. 그는 록과 재즈, 소울을 버무리며 보컬리스트로의 변신에 적극적으로 임했다.

마니아들에게는 빅 보이의 음반이 더 강하게 어필했을지라도 평론가들은 대체로 『The Love Below』에 더 높은 점수를 줬다. 리드 싱글 「Hey Ya!」로는 로큰롤에다 일렉트로니카와 펑크를 주입해 신선한 하이브리드 팝을 전시했으며 뮤지컬 《사운드 오브 뮤직》 삽입곡 「My Favorite Things」의 커버 버전에서는 드럼 앤 베이스, 빅 비트 반주에다 재즈를 담은 기발한 퓨전을 보여 준다. 특히, 후자 노래는 수많은 재즈 가수와 라운지 뮤지션들에 의해 재해석되었으나 이렇게까지 환골탈태된 경우는 전무했다.

2000년 이들에게 최초로 빌보드 싱글 차트 1위 등극이라는 희열을 안긴 「Ms. Jackson」 이후 「Hey Ya!」가 근 3년 만에 다시금 그 기쁨을 누릴 수 있게 했다. 「The Way You Move」는 9주 동안 정상을 지킨 「Hey Ya!」의 배턴을 이어받으며 1위를 차지했다. 아웃캐스트의 디스코그래피 중 한 앨범에 두 개의 넘버원 싱글이 나온 것은 이번이 처음이었다. 2, 3, 4집이 모두 앨범 차트 2위에 그쳤던 반면에 『Speakerboxxx/The Love Below』는 1위에 오름으로써 새로운 기록을 작성했다.

더블 앨범답게 상업적 흥행도 곱절이었다. 앨범은 1,100만 장 이상 팔리며 힙합 신의 최다 앨범 판매 기록을 새로 썼다. 랩 음악 최초로 천만 장이 넘는 판매량을 올리며 '역대 최다 판매 힙합 앨범'에서 부동의 1위를 고수해온 엠시 해머의 『Please Hammer Don't Hurt 'Em』 자리를 빼앗은 것이다. 쉽사리 바뀌지 않을 만한 대기록이었다.

2006년 영화 《아이들와일드》의 주연을 맡은 두 멤버는 사운드트랙으로 동명의 6집을 발표했지만 결과는 초라했다. 앨범에서 커트된 네 편의 싱글은 모두 50위 안에도 진입하지 못했고 판매량은 백만 장으로 마무리됐다. 컨트리, 블루스, 마칭 밴드 음악과 화합하며 활발히 퓨전을 행했으나 전작 이상의 신선미를 제공하는 데에는 부족했다. 창작 열의와 상업적 은성 모두 최고조에 달한 작품은 『Speakerboxxx/The Love Below』만으로 남았다.

피엑세인(P.Xain), 그레이엄 더 베어(Grayham The Bear), 투해츠(2Hats)
마이크 볼스(Mike Balls), 에그사이(Eggsy), 매것(Maggot), 빌리 웹(Billy Webb)
미스티칼(Mystikal), 애덤 후세인(Adam Hussain)

Artist: Goldie Lookin Chain
Album Title: Greatest Hits
Release Date: 2004-10-11
Label: Atlantic Records

01. The Manifesto

02. Self Suicide

03. Guns Don' t Kill People, Rappers Do

04. Half Man Half Machine

05. Roller Disco

06. Soap Bar

07. Billy Webb' s Lament

08. Your Mother' s Got A Penis

09. The Maggot

10. You Knows I Loves You

11. Leeroy Fashions' Lament

12. 21 Ounces

13. Time To Make A Change

83

익살, 비판, 풍자를 묶은 21세기의
괴짜 코미디 랩

순회공연 중 한 여인을 만났다. 한눈에 반한 그녀와 사귀고 싶은 마음에 조심스럽게 물었다. '혹시 남자 친구 있어요?' 여자는 이렇게 대답한다. '아뇨, 저는 그냥 친구만 있어요.' 연인이 될 수 있을 거라 자신한 남자는 매일 그녀에게 전화했다. 하지만 어느 날 그녀 대신 다른 남자가 전화를 받는다. 남자가 물었다. '그 사람 누구야?' 돌아오는 여자의 대답, '걔는 그냥 친구야.' 여자의 말에 남자는 안도한다. 그는 얼마 뒤 여자의 기숙사에 찾아갔다. 예고 없는 방문에 놀랄 거라 생각하며 문을 열었지만 정작 놀란 건 그였다. 다른 남자와 그녀가 진하게 키스를 나누는 모습이 그를 반겼다. 남자는 불특정 다수에게 간곡한 부탁을 남긴다. '혹시 자기는 그냥 친구만 있다고 말하는 여자를 만난다면 말도 섞지 마세요.' 라고.

1989년 빌보드 싱글 차트 9위에 오른 비즈 마르키의 「Just A Friend」는 그의 처음이자 마지막 인기곡이 되었고 이로써 그는 원 히트 원더(one-hit wonder, 한 곡으로만 이름을 알린 가수) 대열에 합류했지만 코미디 랩이라는 장르를 대중에게 각인시키는 공훈을 세웠다.

코미디 랩의 영향력은 영국에도 미쳤다. 뉴포트 출신의 골디 루킨 체인은 거의 모든 노래에 코믹한 요소를 첨가하고 풍자를 지속함으로써 본격 코미디 랩 뮤지션으로 뚜렷한 입지를 다졌다. 하지만 마냥 가볍고 익살스럽게 굴지 않고 때로는 가시와 뼈도 담아 실한 이야기꾼들임을 주장한다.

센 노래에서는 성역이 없는 것처럼 거의 배변하듯 이야기를 뱉어 낸다. 「Self Suicide」에서는 엘비스 프레슬리, 커트 코베인, 지미 헨드릭스 모두 죽어서 역사에서 영생하니 유명해지려면 자살하라고 권유한다. 예수님은 십자가에 못 박혀 돌아가셔서 성경을 잘 팔리게 했다는, 기독교인이 들으면 격분할 이야기를 천연덕스럽게 한다. 이성에게 사랑을 고백하는 「You Knows I Loves You」에서는 자신이 얼마나 당신을 사랑하는지를 증명하기 위해 고환에 문신을 새기겠다고 말하고, 「Your Mother's Got A Penis」에서는 친구의 어머니가 남자의 성기를 가졌다고 협잡질한다. 사회 통념으로는 불편한 게 사실이다. 하지만 그것을 일탈하는 가사는 어떤 이들한테는 대리 만족을 삼을 만한 흥미였다.

음란함에만 골몰하는 것은 아니다. 「Roller Disco」에서는 롤러스케이트에 빠지고 《에이 특공대》, 《에어울프》 같은 드라마를 봤던 1980년대 유년 시절을 회상함으로써 그 시대를 경험한 이들과 추억을 나누며, 「Guns Don't Kill People, Rappers Do」에서는 많은 사고로 얼룩진 갱스터 랩의 폭력성을 꼬집는다. 이렇듯 골디 루킨 체인의 노래는 보편성을 지니되 즐거우며, 때로는 이유 있는 비판을 가하기도 한다.

앨범은 미국 시장 진출을 노렸지만 실패했다. 게다가 2005년에 출시한 다음 작품 『Safe As Fuck』 이후 속해 있던 회사로부터 퇴출당하는 시련을 맞기도 했다. 하지만 독립 레이블에 둥지를 틀고 활동을 지속하고 있다. 가끔 뮤직비디오에서의 패러디나 펀치 라인만으로 코믹한 요소를 만나게 되는 근래 힙합에서 코미디 랩을 전문으로 하는 골디 루킨 체인의 존재는 단연 돋보였다. 힙합 신에 미치는 힘은 약했으나 독보적인 지향만큼은 강렬했다.

The College Dropout

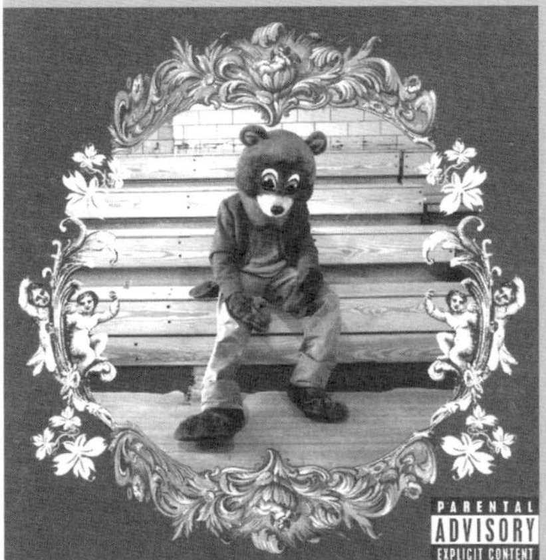

Artist: Kanye West
Album Title: The College Dropout
Release Date: 2004-02-10
Label: Roc-A-Fella Records

01. Intro

02. We Don' t Care

03. Graduation Day

04. All Falls Down (feat. Syleena Johnson)

05. I' ll Fly Away

06. Spaceship (feat. GLC & Consequence)

07. Jesus Walks

08. Never Let Me Down (feat. Jay-Z & J. Ivy)

09. Get 'Em High (feat. Talib Kweli & Common)

10. Workout Plan

11. The New Workout Plan

12. Slow Jamz (feat. Twista & Jamie Foxx)

13. Breathe In, Breathe Out (feat. Ludacris)

14. School Spirit Skit 1

15. School Spirit

16. School Spirit Skit 2

17. Lil Jimmy Skit

18. Two Words (feat. Mos Def, Freeway & The Harlem Boys Choir)

19. Through The Wire

20. Family Business

21. Last Call

84

뚜렷한 자기 음악, 극적인 사건,
차별화된 꾸밈으로 구한 스타덤

카니예 웨스트는 데뷔 싱글 「Through The Wire」로 2003년 팝 음악계에 강렬한 인상을 남겼다. 2002년 가을 급작스러운 교통사고를 당한 후 조각난 턱을 재건하기 위해 철심을 끼워 넣는 수술을 받은 본인의 이야기를 기술한 노래는 고통 속에서도 역경을 딛고 일어서는 내용으로 큰 호소력을 발휘했다. 또한, 샤카 칸의 「Through The Fire」 후렴 피치를 올려 윤색한 방식은 마치 다람쥐가 내는 소리처럼 들린다고 해서 '칩멍크(chipmunk)'라 불리며 새로운 편곡 기법으로 대중과 업계 종사자들의 관심을 한 몸에 받았다. 싱글 차트 15위에 그쳤지만 21주 동안이나 차트에 머물 정도로 한 번 얻은 시선은 좀처럼 떼일 줄 몰랐다.

일련의 가공이 순전히 그의 창작은 아니었다. 1958년에 나온 데이비드 세빌의 「Witch Doctor」가 선조이며 1980년대 초반 마이클 잭슨이 대표해서 「P.Y.T. (Pretty Young Thing)」으로 배턴을 이어받았다. 그러나 당대에 가장 영향력 있던 팝의 황제도 그것을 히트 상품으로 발전시키지는 못했다. 다만, 주석의 「너 없이」를 비롯해 공일오비의 「그녀에게 전화 오게 하는 방법」, 이요의 「기억해」 등 태평양을 건너서 우리나라에까지 그 작법을 쓴 곡들이 등장했다는 사실은 카니예 웨스트가 사사한

칩멍크 문법이 힙합 영역에서만큼은 광범위한 영향력을 끼쳤음을 강력하게 시사한다.

수록곡들은 고전 소울, 펑크와 그 외의 여러 장르에서 추출한 샘플을 이용해 친근감을 주면서 템포와 음의 높낮이를 조절함으로써 오리지널과는 또 다른 느낌을 제공했다. 1990년대 중반부터 여러 래퍼에게 곡을 제공하며 프로듀싱 실력을 다져온 인물답게 앨범 전체를 관장하며 음악 감독, 비트 메이커로서 재능을 유감없이 뽐낸 동시에 특유의 제조 공법을 본격화했다.

노랫말로는 본인의 경험과 평소에 마음에 담아 두었던 것들을 내보였다. 학업을 중도 포기한 자신의 삶과 생활을 바탕으로 가정, 종교, 사회 등 다양한 분야로 관심사를 표출한 것이다. 「Family Business」는 가족 간의 유대감을 강조하며, 「We Don't Care」는 피폐한 환경 속에서 각종 범죄에 노출된 아이들에게 관심이 필요함을 말하고, 「Jesus Walks」는 허술한 치안과 흑인을 폭력적으로 대하는 경찰의 행동을 언급하며 자신의 음악이 그런 사정을 치유할 수 있을 거라고 이야기한다. 노래의 주제들은 당시 힙합 신을 주름 잡던 디엠엑스, 자 룰, 피프티 센트 같은 래퍼들의 포악한 남근적 태도와는 꽤 달랐다.

비교적 반듯한 삶과 가사가 조류에 맞지 않는다는 이유로 데뷔 전 몇몇 레이블로부터 퇴짜를 맞은 카니예 웨스트였지만 일반 대중은 갱스터 형상과 확연히 차이 난 그에게 환호했다. 앨범을 준비하던 차에 당한 중대한 사고는 그의 데뷔를 더 드라마틱하게 만들어 줄 수 있었고 헐렁한 힙합 옷을 입는 보통 래퍼들과 달리 세미 정장이나 면바지에 밝은 톤의 티셔츠를 입은 깔끔한 모습이 사람들에게 호감으로 비칠 수 있었기 때문이다. 거기에다가 미취학 아이들이 좋아할 만한, 저변에 깔린 힙합의 사나운 인상을 완전히 누그러뜨릴 곰돌이 캐릭터까지. 스타덤은 분명한 방향성과 특별한 이슈, 차별화된 꾸밈이 완벽하게 맞물린 덕분이기도 했다.

A Grand Don't Come For Free

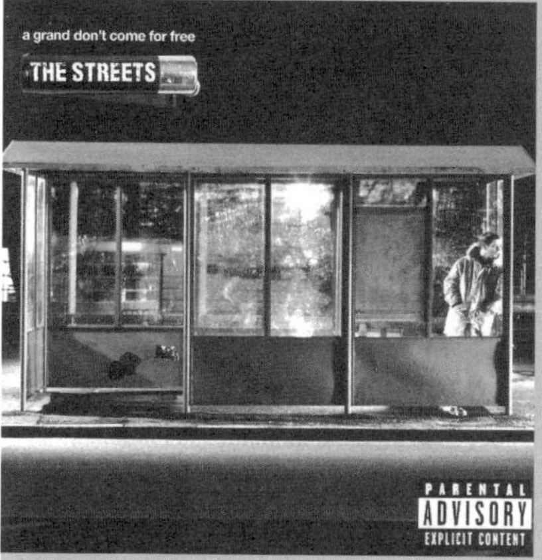

Artist: The Streets
Album Title: A Grand Don' t Come For Free
Release Date: 2004-05-18
Label: Locked On Records / 679 Recordings / Vice Records

01. It Was Supposed To Be So Easy

02. Could Well Be In

03. Not Addicted

04. Blinded By The Lights

05. Wouldn' t Have It Any Other Way

06. Get Out Of My House

07. Fit But You Know It

08. Such A Twat

09. What Is He Thinking?

10. Dry Your Eyes

11. Empty Cans

85

평범한 도시 청춘의 삶을 다룬
좌충우돌 인생극장

언뜻 들어서는 그리 흥미롭지 않은 앨범이다. 세차게 울부짖는 랩도 아니었으며 누구처럼 날쌔게 비트 사이를 축지하는 래핑을 구사한 것도 아니었다. 그렇다고 호화로운 라임이 가득한 잔치도 아니었다. 심장을 쿵쾅거리게 하는 다이내믹한 베이스라인은 없었으며 폭발할 듯 세찬 루프를 소유하지도 않았다. 스트리츠의 소포모어 앨범 『A Grand Don't Come For Free』는 즉각적인 흡인력은 세지 않은 작품이었다.

앨범으로부터 느낄 일련의 반응은 비교적 일시적이다. 영국인 특유의 억양과 그들의 '국민 댄스음악' 유케이 거라지에 마음의 문을 열었을 때 이야기는 달라진다. 스트리츠는 여느 영국 래퍼와 마찬가지로 강한 악센트를 살리면서 랩을 한다. 음의 고저, 강세가 뚜렷한 말투를 가감 없이 펼쳐내며, 때로는 노래를 부르는 것 같은 순화된 플로우로 표현 범위를 확장한다. 여러 가지 색상이 야단스럽게 조합된 화려함은 아니었지만 기본적인 전자음의 결합만으로 그는 유케이 거라지의 특질인 탄성을 성공적으로 실현했다.

그것들은 하지만 시공을 초월하는 힘을 갖지는 못했다. 래핑과 편곡에서 발견되는 장점은 항구성, 보편성, 절대성을 두루 보유하기에는 에너지가 부족했다. 그럼에도 앨범이 명망 있는 음악 매체들의 호평을 이끌어내며 '2000년대에 출시된 최고의 앨범' 같은 리스트에 거의 빠짐없이 들어가는 데에는 다 이유가 있다. 첫 곡부터 마지막 곡까지 얽혀 있는 황당한, 그러나 일부 재미있다고도 할 수 있는 플롯 때문이었다. 이것이 음반의 흥미를 높이고 가치를 더하는 골수였다.

앨범은 주인공이 좋아하는 여인 시몬과의 데이트를 앞둔 어느 날 '그랜드(grand)'라고 지칭하기도 하는 1,000파운드를 잃어버리고 그것을 되찾기 위해 고군분투하는 과정을 담고 있다. 「Not Addicted」에서는 그가 돈을 구하고자 도박을 하는 모습을 담아내며, 「Blinded By The Lights」와 「Wouldn't Have It Any Other Way」는 그러는 중에 술과 마약에 절어 있는 상황을, 「What Is He Thinking?」과 「Dry Your Eyes」는 사랑하는 사람이 다른 남자와 연애하는 것을 목격하기도 하지만 관계를 유지하기 위해 그녀에게 매달리는 광경들을 기록한다. 앨범은 그래서 마치 한 편의 인생극장처럼 느껴진다. 돈을 찾는 데에만 모든 무게와 초점을 실은 게 아니라 일반인에게 일어날 수 있는 일들을 계속해서 만들어 냄으로써 일상의 어드벤처를 시현한다. 주인공이 좌충우돌하는 꼴은 인생이 결코 녹록지 않다는 것을 일러 준다.

수록곡들은 그동안 많은 랩 음악이 무리하게 열중하던 도시 빈민가 거주자의 삶에서 벗어난 내용을 던졌기에 다수의 공감을 획득하는 것도 가능했다. 스트리츠는 도시에 사는 청년의 평범한 삶, 그들 주변에서 쉽게 마주하게 되는 쾌락의 유혹들, 이성 간의 사연을 밝힘으로써 젊은 세대의 감수성과 경험에 어울리고자 했다. 앨범은 어느 정도 부정적인 면에 걸터앉기도 했으나 생활에서 맞닥뜨리는 소소한 난항을 다루면서 도시를 갱스터들의 첨예한 삶이 이어지는 곳이 아닌 보통사람들의 보통 공간으로 서술했다. 이것이 음악에서 나타나는 빈약함을 보충했으며 음반을 더 유쾌하게 한 성분이었다.

아마드 존스(Ahmad Jones)

티미 셰이크스(Timmy Shakes)

티나 존스(Tena Jones)

게일리버드(Gailybird)

디 캘러웨이(Dee Calloway)

팻 앨 파커(Phat Al Parker)

Artist: 4th Avenue Jones
Album Title: Stereo: Evolution Of HipRockSoul
Release Date: 2005-03-29
Label: Lookalive Records

01. Jenny Intro

02. Stereo

03. Fabulous Dramatics

04. Unhappy Birthday

05. Overloaded

06. Take Me Away

07. Sorry

08. Monumental Continental (feat. Grits)

09. Who's Watching Me?

10. Caesar

11. Why

12. Rush

13. It's Over Now (Bonus Track)

86

힙합, 록, 소울의 퓨전 사운드 위에 밝힌 신앙

어린 시절 좋아했던 힙합 음악과 문화를 그리움 가득한 시선으로 소묘한 「Back In The Day」는 1994년 빌보드 싱글 차트 상위권에 랭크되며 열여덟 살의 수재 아마드 존스를 알리기 시작했다. 평단으로부터 좋은 평가를 받았지만 본인은 활동에 대해서 영 석연치 못했다. 괜히 대중성을 신경 써야 하고 소속된 회사 정책에 따라 움직여야 하는 게 못마땅한 까닭이었다.

아마드는 남들 눈치 보지 않고 하고 싶은 음악을 자유롭게 할 수 있도록 자신의 레이블을 설립하고 작품 계획에 들어갔다. 그는 힙합과 소울, 록을 한데 버무린 유일무이한 스타일을 시도하고자 했다. 얼터너티브 퓨전 밴드 포쓰 애비뉴 존스의 탄생 배경이었다.

이들이 메뉴로 선택한 장르의 혼합이 시작부터 차지게 이뤄진 것은 아니었다. 록은 그렇게 큰 비중을 차지하지 않았고 R&B와 랩이 중심이 되어 교차하는 상태에 머물렀다. 이러한 스타일은 예전부터 있어온 메인스트림 힙합과 비슷한 외관이었다. 때문에 힙합, 록, 소울을 한꺼번에 소화하겠다는 도전은 무리한 장담으로 보이기도 했다.

그룹의 셰프 아마드는 그러나 새로운 요리에 대한 탐구를 포기하지 않았다. 전작들 『No Plan B』와 『No Plan B Pt. 2』, 『HipRockSoul』이 포쓰 애비뉴 존스가 추구한 음악적 지향에 도달하는 과도기적 작품이었다면 『Stereo: Evolution Of HipRockSoul』은 제목이 명시하듯이 업그레이드되었으며 안정감도 획득한 '힙록소울'의 진화를 보여 줬다.

기타로 집중되는 악곡 리드, 보컬과 랩의 비율이 골고루 나뉜 점은 각 양식의 끈기를 올리는 데 큰 도움이 됐다. 기타리스트 티미 셰이크스는 더러 펑키하기도 하지만 「Fabulous Dramatics」, 「Take Me Away」에서와 같이 예리하고 매서운 리프로 록 사운드의 근간을 세웠다. 랩이 진행될 때는 뒤를 받쳤으나 훅에서는 확실한 선으로 랩코어의 형상을 만들었다. 그러한 가운데 아마드의 아내였던 티나 존스가 거칠게 랩을 하고 진한 감성이 느껴지게 노래를 부름으로써 한곳에서 세 장르가 펄떡이는 오묘한 음악을 완성했다. 쉽게 뭉뚱그리자면 얼터너티브 힙합이 되겠지만 랩 록도, 힙합 소울도 아니었다. 거의 유례없는 형식이 이번에 제대로 나온 것이었다.

음악 성향 외에 이들이 크리스천 랩 그룹이라는 사실도 특별하다. 뒤틀린 일상의 고통에서 벗어나게 해달라는 기도문 「Take Me Away」, 삶이 자신을 혼란스럽게 할 때 하나님의 인도가 절실하다는 「Who's Watching Me?」, 각박하고 메마른 현실에서 살아가는 인간상을 묘사하면서 권력자에게 관심과 보호를 요구하는 「Caesar」 등 생활에서 어려움을 겪고 나약함을 느낄 때 신을 찾는 신앙인의 모습을 담아낸다. 더불어 약자에 대한 걱정과 남녀의 사랑 등 주변의 이야기로 기독교인뿐만 아니라 보통사람들의 주의도 유도했다.

포쓰 애비뉴 존스의 남들과 다른 자기 빛깔 찾기 여정은 애석하게도 여기가 종착점이 됐다. 「Stereo」가 2006년 《가스펠 음악 연합 도브 시상식》에서 '올해의 랩, 힙합 송' 부문 후보에 오르며 가스펠 쪽과 주류 음악계에 그룹을 선전하는 기회를 마련했으나 언더그라운드를 벗어날 정도의 파급은 없었다. 기나긴 실험으로 얻은 독창성은 한 번의 강한 빛을 내고 빠르게 밝기를 잃어 갔다.

Reverse Psychology

제이에스식스틴(JS16, Jaakko Salovaara)
비오 덥(B.O. Dubb)

Artist: Bomfunk MC' s
Album Title: Reverse Psychology
Release Date: 2005-04-10
Label: Universal Music Domestic Division

01. Hypnotic (feat. Elena Mady)

02. Ladies & Fellas

03. No Way In Hell

04. Reverse Psychology

05. Hey Everybody (feat. Kurtis Blow & Max' C)

06. Funky Things

07. Track Star

08. Turn It Up (feat. Anna Nordell)

09. Foxy Lady

10. Irresistible

11. Mosquito

12. Obvious

87

춤의 인기와 쇠함에 따라
존망을 달리한 장르

    힙합 음악과 힙합 춤은 긴밀한 연관성을 갖는다. 1970년대 디제이들이 생산한 브레이크비트에 맞춰서 비보이들의 춤사위가 더 활발해졌으며, 그동안 펑크 음악에 많이 의존해야 했던 팝핑(popping, 근육의 수축과 이완으로 끊는 동작을 주로 하는 춤) 댄서들은 80년대 일렉트로 합의 개막과 더불어 그것을 배경음악 삼아 더욱 역동적인 움직임을 보여 줬다. 하드코어 힙합은 90년대 초반부터 뉴 스타일 힙합(new style hip hop, 춤추는 이 개인의 느낌과 즉흥성, 유연함을 중시하는 춤) 댄서들의 동반자로 친분을 쌓았고, 2000년대 중반부터 남부 힙합은 크럼핑(krumping, 분노를 표출하듯 전신을 격렬하게 움직이는 동작이 특징인 춤)과 긴밀하게 관계를 맺었다. 힙합 음악의 장르에 따라 춤의 각 장르들도 짝을 맞춰 왔다.

    일련의 형식들과 더불어 춤과 불가분의 관계를 맺은 양식 중 하나가 20세기 후반에 나온 일렉트로니카 근저의 브레이크비트다. 펑크를 메인 소스로 해서 연주 구간을 이어 붙인 과거의 브레이크비트와 달리 하드웨어와 소프트웨어의 발전에 따라 전자음을 활용한 반주를 만드는 것이 보편화되고 수월해지면서 세련미와 정교함을 획득한 신종 브레이크비트의 탄생이었다. 이것이 브레이크댄스의 중흥과 맞물리면서 많은 이에게 홍보될 수 있었다.

이 영역을 대표하는 뮤지션으로 핀란드의 밤펑크 엠시즈가 빠짐없이 거론된다. 1998년 「Uprocking Beats」로 데뷔해 「Freestyler」, 「B-Boys & Flygirls」 등을 히트시킨 그룹은 강렬한 신시사이저 루프, 리듬 소스가 많은 베이스라인으로 댄서들의 사랑을 독차지했다.

3집 『Reverse Psychology』는 날카롭고도 딴딴한 전자음을 유지하는 가운데 디스코 색채를 띤 「Hey Everybody」, 오하이오 플레이어스의 「Love Rollercoaster」 기타 연주를 차용한 「Mosquito」, 록의 향이 묻어나는 「Reverse Psychology」처럼 록, 펑크의 요소를 첨부해 예전보다는 팝적인 스타일로 변신을 시도했다. 춤추는 사람들에게 자주 간택되면서 기능성 음악으로 빈번하게 쓰였던 예전과 다르게 이번에는 감상용에 근접했다.

순화된 반주는 일렉트로니카의 색조를 낮췄다. 신스 루프를 우선으로 했던 외관이 모양을 바꾸자 랩 파트가 상대적으로 도드라지는 상황이 만들어졌다. 격양된 톤을 활용해 경쾌한 분위기를 조성하는 비오 덥의 래핑이 양각처럼 솟아 브레이크비트가 아닌 평범한 랩 댄스음악 정도로 보이게 됐다.

그럼에도 인기는 오래가지 못했다. 지구촌을 뜨겁게 달구던 브레이크 댄싱 열풍이 갑자기 쇠함에 따라 브레이크비트가 더는 사람들의 관심을 부르지 못하게 된 것이었다. 2000년대 중반부터 전자음 반주를 골간으로 하는 힙합이 서구 주류 음악계를 장악하기 시작하면서 쇠퇴는 더 빠른 속도를 탔다. 이들이 내는 사운드가 부드러워졌다고 한들 보통 사람들에게는 여전히 비보이 음악으로 간주된 까닭에 같은 일렉트로니카 성향으로 세련된 멋도 구비하고 흥도 적당히 있는 유명 가수들의 노래가 다수에게 인기를 얻는 게 당연했다. 동종 계열에 있던 프리스타일러스, 뮤직 인스트럭터, 브레이크비트의 인기에 편승해 음반까지 취입한 독일의 명문 브레이크댄싱 팀 플라잉 스텝스도 동반해서 힘을 상실했다.

You Can't See Me

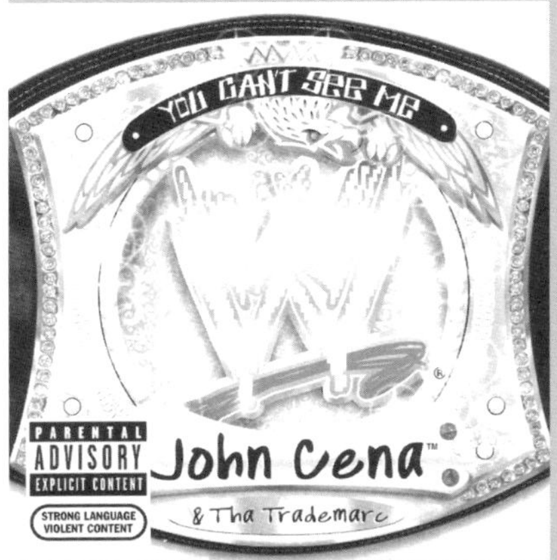

존 시나(John Cena)
트레이드마크(Tha Trademarc)

Artist: John Cena & Tha Trademarc
Album Title: You Can' t See Me
Release Date: 2005-03-10
Label: World Wrestling Entertainment

01. The Time Is Now

02. Don' t Fuck with Us

03. Flow Easy (feat. Bumpy Knuckles)

04. Right Now

05. Make It Loud

06. Just Another Day

07. Summer Flings

08. Keep Frontin' (feat. Bumpy Knuckles)

09. We Didn' t Want You To Know

10. Bad, Bad Man (feat. Bumpy Knuckles)

11. Running Game

12. Beantown (feat. Esoteric)

13. This Is How We Roll

14. What Now

15. Know The Rep

16. Chain Gang Is The Click

17. If It All Ended Tomorrow

88

The Show Must Go On

미식축구와 프로야구에 몸담았던 디온 샌더스, 플래티넘을 기록을 보유한 샤킬 오닐과 2006년 『My World』를 발표하며 힙합 신에 출사표를 던진 농구 선수 론 아테스트 등 여러 스포츠 스타가 래퍼로 분해왔다. 1994년에는 NBA 선수들이 힙합 뮤지션들과 합심해『B-Ball's Best Kept Secret』이라는 음반을 냈고, 이에 지지 않겠다는 것처럼 미식축구 연맹 선수들이 1996년과 1998년에 힙합, R&B 가수들과 함께 『NFL Jams』를 발표했다. 스포츠맨의 힙합 신 진출은 갈수록 늘어 갔다.

2000년대 들어서는 존 시나가 스포츠 스타 래퍼로 주목받았다. 그는 마초맨 랜디 새비지를 잇는 프로레슬러 래퍼이기도 했다. 팬티 윗부분을 드러낸 통 큰 반바지, 리복 펌프(Reebok Pump) 운동화, 체인 목걸이로 힙합 패션을 고수해왔고 본인이 직접 랩을 한 노래를 등장 테마로 써 온 터라 그가 힙합 음반을 낸 것은 어색한 일이 아니었다.

다만, 운동선수들의 작품이 그리 훌륭하지 못했던 전례 때문에 그 역시 우려 섞인 시선을 받을 수밖에 없었다. 앨범은 걱정한 부분에서 크게 벗어나지는 않으나 안 좋다고 단정할 결과물까지는 아니었다. 2005년부

터 입장 테마곡으로 쓰이고 있는 「The Time Is Now」는 관악기를 들여
키운 체구, 비장함이 느껴지는 훅이 흡인력을 발휘하며, 칩멍크 스타일
로 샘플을 변주한 「Right Now」는 부드러운 래핑이 돋보이는 달콤한 발
라드 랩의 전형, 「Bad, Bad Man」은 탄력적인 리듬과 경주용 자동차가
내는 소리들로 다이내믹함을 배가하고, 「Make It Loud」는 장내 관객의
환호와 펑키한 리프로 흥을 내보인다. 《랩리뷰닷컴》은 수록곡 간에 조
화를 이룬 작품이라며 긍정적인 의견을 전하기도 했다.

빌보드 앨범 차트 15위, R&B/힙합 앨범 차트 10위에 올라서 성적도
좋은 편이었다. 신인 가수로서는 달성하기 쉽지 않은 기록이었다. 말끔
한 외모로 많은 여성 팬을 거느리고 있으며 선수로서 선한 캐릭터를 유
지해왔기에 그를 좋아하는 프로레슬링 열광자들이 힘을 실어 준 덕분이
었다. 존 시나가 만약 악역이었다면 결과는 정반대였을 것이다.

WWE(World Wrestling Entertainment)는 1980년대 중반부터 소속 레
슬러들의 테마곡을 수록한 컴필레이션을 꾸준히 출시해왔다. 단체의 전
담 프로듀서 짐 존스턴이 제작한 곡들은 음악성이 현저히 떨어짐에도
불구하고 프로레슬링 마니아들이 베풀어 준 호의를 타고 매번 그럭저럭
괜찮은 판매 실적을 달성했다. 약 20년 동안 편집 음반만 출시했지만 개
인 앨범을 내 준 것은 처음이었다.

존 시나가 랩에 대한 열정이 있고 듣는 사람을 아주 허망하게 만들어
버리지는 않을 정도의 기량도 갖추고 있다고 하더라도 WWE가 그것만
을 근거로 음반 취입의 꿈을 이뤄주는 자선단체는 아닌 게 사실이다. 편
법을 쓰지 않는 강직함, 착한 이미지를 구축함으로써 많은 사람에게 호
감을 샀기에 앨범을 냈을 때 평균 이상의 실적은 이룰 것이라는 판단이
섰기 때문이었을 테다. 즉, 시장성이 높은 인물이라서 음반 취입을 적극
적으로 지원한 것이었다. 『You Can't See Me』는 결국 쇼비즈니스의, 쇼
비즈니스에 의한, 쇼비즈니스를 위한 앨범의 탄생에 불과했다.

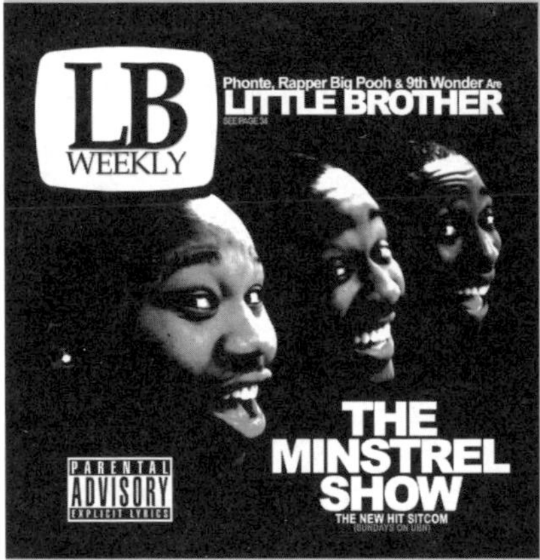

폰테(Phonte), 래퍼 빅 푸(Rapper Big Pooh), 나인쓰 원더(9th Wonder)

Artist: Little Brother
Album Title: The Minstrel Show
Release Date: 2005-09-13
Label: ABB Records

01. Welcome To The Minstrel Show (co-starring Yahzarah)

02. Beautiful Morning

03. The Becoming

04. Not Enough (co-starring Darien Brockington)

05. Cheatin'

06. Hiding Place (co-starring Elzhi)

07. Slow It Down (co-starring Darien Brockington)

08. Say It Again

09. 5th And Fashion (Skit)

10. Lovin' It (co-starring Joe Scudda)

11. Diary Of A Mad Black Daddy (Skit)

12. All For You (co-starring Darien Brockington)

13. Watch Me

14. Sincerely Yours

15. Still Lives Through

16. Minstrel Show Closing Theme (co-starring Yahzarah)

17. We Got Now (co-starring Chaundon)

89

힙합의 순결함과 정통을 노래한 21세기의 민스트럴 쇼

2005년 9월 11일, 오전 8시부터 오후 10시 반이 넘는 시각까지 리틀 브라더는 자신들이 만든 가상의 텔레비전 채널 UBN(U Black Niggas Network)을 통해서 특별한 쇼를 개최했다. 이름 하여 '민스트럴 쇼', 앨범 타이틀은 그날의 편성표를 포괄하는 것이었고 수록곡들은 프로그램이나 코너 제목인 셈이었다. 이는 그룹이 음반에 담은 이야기, 들려주고자 하는 음악을 청취자들에게 쉽고 가볍게 전달하기 위한 수단 중 하나였다.

텔레비전 방송에 맞춰 앨범 크레디트에 특별 참여한 가수들의 이름을 나타내는 것도 흔히 사용하는 피처링이라는 단어를 쓰지 않고 '공동 주연(co-starring)' 이라는 용어로 표기했다. 그런 사소한 부분까지 방송 시스템을 보는 것 같은 생각이 들도록 손봤고 부클릿의 사진들은 전단처럼 꾸며 신문의 TV 편성표를 연상하게 했다.

더 특이한 사항은 음반 제목으로 민스트럴 쇼를 내건 것이었다. 19세기 중반부터 20세기 초까지 미국에서 대대적으로 상연되었던 뮤지컬 형식의 공연으로서 백인 가수가 얼굴을 검게 칠하고 흑인의 노래와 춤을 흉내 내며 그들의 삶을 희화화하는 게 중심 레퍼토리였다. 흑인들도 이후에 이 쇼에 참여했지만 흑인임에도 백인들처럼 흑인 분장을 해야 하는 아이러니한 일을 겪었다. 백인 관객들이 불쾌하게 여기지 않도록 함이 그 이유였다.

1619년 아프리카 대륙에서 끌려온 흑인 스물세 명이 버지니아주 제임스타운을 밟은 이래 흑인들은 백인들에게 멸시와 모욕을 당하고 살았다. 흑인들은 백인 꼬마에게도 '선생님(sir)' 이라 부르며 깍듯이 대접했던 반면에 흑인들은 백발성성한 노인이라 할지라도 '꼬마(boy)' 라 불리며 업신여김을 당해야 했다. 이러한 역사를 거쳤기에 민스트럴 쇼는 흑인들에게만큼은 차별과 설움의 기억이 될 텐데 그것을 굳이 표제로 한 저의가 의문스러웠다.

그룹은 암울한 지난날을 자괴하기보다는 민스트럴 쇼에서 느낀 모순을 작금의 힙합에서 경험하고, 그와 관련해 마뜩잖게 여긴 것과 취해야 할 것을 표현하고자 했다. 공연이 흑인들의 생활을 담고 있었다는 점, 풍자와 해학이 존재했다는 점은 그 쇼에서 가져와야 할 부분이었다. 흑인들의 삶이 상품화된 사실은 상업화되는 힙합과 상통하는 내용으로 간주해 상업성에 휘둘리지 않는 음악을 만들겠다는 신념을 음반에 심었다. 이것이 그룹이 원한 21세기의 민스트럴 쇼였다.

이들은 뮤지션으로서 본인들의 일상과 어린 시절부터 좋아했으며 이제는 업으로 삼고 있는 음악에 초점을 맞췄다. 「Not Enough」는 감동을 잃고 산업으로 전락한 힙합에 대해 아쉬움을 내비치면서 자신들이 음악을 만드는 데 기울이는 각고의 노력을 이야기하며 「Lovin' It」과 「We Got Now」는 음악, 실력에의 강한 자부심을 나타냈다. 흑인 사회에서는 문화 이상이며 그들에게는 삶 자체인 힙합에 긍지를 느끼고 있음이 수록곡들에 맺혔다.

내용과 래핑, 나인쓰 원더가 직조한 나긋나긋한 비트가 안정적으로 결합한 작품이었다. 차트 성적, 판매량은 미약했지만 『The Minstrel Show』는 리틀 브라더가 번뜩이는 아이디어, 아티스트로서의 견결한 태도, 남다른 실력으로 무장한 힙합 신의 재주꾼들이 되리라는 것을 확신시키고도 남았다. 힙합의 순수함과 정통성을 견지한 멋진 쇼가 펼쳐지고 있었다.

Artist: Lupe Fiasco
Album Title: Lupe Fiasco' s Food & Liquor
Release Date: 2006-09-19
Label: 1st & 15th Entertainment

01. Intro

02. Real (feat. Sarah Green)

03. Just Might Be OK (feat. Gemini)

04. Kick, Push

05. I Gotcha

06. The Instrumental (feat. Jonah Matranga)

07. He Say She Say (feat. Gemini & Sarah Green)

08. Sunshine

09. Daydreamin' (feat. Jill Scott)

10. The Cool

11. Hurt Me Soul

12. Pressure (feat. Jay-Z)

13. American Terrorist (feat. Matthew Santos)

14. The Emperor' s Soundtrack

15. Kick, Push II

16. Outro

90

선과 악이 뒤섞인 사회를 소개한 특별한 시선

부클릿 사진부터 심상치 않다. 총을 든 어린 학생들은 미소를 띠고 있으며 거리의 갱들은 책을 밀거래하며 그것으로 살인을 저지른다. 현세를 좋은 것과 나쁜 것이 뒤섞인 곳으로 간주한 루페 피아스코는 「Intro」에서 좋은 것은 음식이요, 나쁜 것은 술이라는 비유를 든다. 그러나 경우에 따라서는 반대로 음식이 좋지 않은 것이 될 수도 있고, 술이 좋은 것이 될 수 있음을 내포한다.

이는 앨범을 통해 제시하고자 한 자신만의 철학이었다. 타이틀은 삶을 끊임없는 감정 변화에 따른 선과 악의 싸움으로 규정하는 것이었고 사람들이 살아가는 사회도 이와 같은 문제가 뒤얽힌 곳으로 보는 것이었다. 그는 이슬람교 신자여서 금주 생활이 몸에 배 있었고 술이 사람을 망가트린다고 믿어온 탓에 술을 부도덕한 물질에 비유했다. 데뷔작 『Lupe Fiasco's Food & Liquor』는 그의 사유를 바탕으로 사람을 건강하게 살찌우는 것과 인생이나 사회에 독이 되는 것에 대해 이야깃거리를 집성했다.

첫 싱글 「Kick, Push」는 선에 대한 주장이었다. 한 청년이 스케이트보딩을 예찬하는 내용으로 보드를 탈 때의 설렘, 어떤 기술에 성공했을 때의 희열과 성취감을 전하고 보드를 타면서 사랑하는 사람도 만나게 됐다며 좋아하는 일에 몰입함으로써 감동과 행복을 얻음을 설파한다. 운동을 주제로 한 힙합이 대부분 경기 분위기를 스케치하는 데 중점을 뒀고, 메인 소스가 「Just A Friendly Game Of Baseball」에서 살인과 죽음을 야구에 비유했던 점을 감안한다면 「Kick, Push」는 그것들과는 정서상 완전히 다른 '건전 스포츠 송'이었다.

2008년 《그래미 시상식》에서 '최우수 어반, 얼터너티브 퍼포먼스' 트로피를 거머쥔 「Daydreamin'」은 창녀와 부패 경찰, 마약 중독자, 폭력으로 뒤덮인 현실에서 벗어나고 싶어 용쓰는 이의 백일몽을 그린다. 이 외에도 텔레비전과 방송의 해악을 말하는 「The Instrumental」, 편모 가정에서 크게 느끼는 아버지의 부재에 대한 탄식 「He Say She Say」, 미국이 일으키는 전쟁과 미국 내의 테러, 흑인에 대한 차별은 모두 그릇된 해석에 있다는 「American Terrorist」 등은 그가 사회적 이슈, 부당한 일들에 대해 큰 관심을 두고 있다는 것을 헤아리게 한다. 커먼 이후에 지성적인 힙합의 산실이 된 시카고가 그 전통을 공고히 하는 중임을 힙합 마니아들은 루페 피아스코를 통해 다시 한 번 목도했다.

앨범은 난교亂交와 금전에 집착하거나 폭력을 조장하고 늦은 밤 클럽의 춤추기 용 음악 정도로 전락해버린 주류 힙합에 지친 사람들이 들어올 수 있는 피난소라고 봐도 무방했다. 자각과 지성의 균형을 맞춘 데뷔작은 폭력성을 앞세우고 과하게 상업성만을 추구하는 여러 힙합 앨범 중에서 단연 돋보였다.

통렬한 비판의 칼은 이듬해 출시한 두 번째 앨범 『Lupe Fiasco's The Cool』에서 거의 자취를 감췄다. 대신 어두움, 싸움, 죽음에 더 무게를 뒀다. 아버지와 친한 친구의 사망을 겪은 뒤에 낸 음반은 무척 우울해져 있었고 안 좋은 일 때문에 생긴 감정은 정리되지 않아 보였다. 삶은 끊임없는 감정 변화에 따른 선과 악의 싸움이라고 여긴 첫 작품에서의 판단이 아이러니하게도 본인에게 적용됐다.

옴매스 키스(Om'Mas Keith)
태즈 아널드(Taz Arnold)
샤피크 후세인(Shafiq Husayn)

Artist: Sa-Ra
Album Title: The Hollywood Recordings
Release Date: 2007-04-24
Label: Babygrande Records

01. Seagulls (Intro)

02. Hey Love

03. Glorious

04. So Special (feat. Rozzi Daime)

05. And If (feat. Ty (of Ty & Kory))

06. Rosebuds

07. Feel The Bass (feat. Talib Kweli)

08. Not On Our Level (feat. Capone-N-
    Noreaga & Lord Nez)

09. White! (On The Floor)

10. Bitch

11. Do Me Gurl (feat. Ty (of Ty & Kory))

12. Ladies Sing

13. Sweet Sour You (deat. Bilal)

14. Tracy (feat. Rozzi Daime)

15. Fly Away (feat. Erykah Badu &
    Georgia Anne Muldrow)

16. Lean On Me (feat. Kurupt, Lord Nez
    & Erika Rose)

17. Fish Fillet (feat. Pharaohe Monch)

18. Thrilla (feat. J Dilla)

19. Hollywood (Redux)

91

힙합의 퓨전 양상을 설명한 불안정한 소리

기이한 음악이었다. 일반적으로 인식되는 힙합 비트는 그대로 나타났으나 도처에 삽입된 전자음이 거친 기운을 줄이고 몽환적인 느낌을 내고 있었다. 보컬이 들어간 노래에서도 가창에 온전히 중점을 두지 않고 진성과 가성을 레이어링한 보컬로 몽롱한 대기를 형성했다. 힙합에다 R&B와 일렉트로니카를 섞은 이 생소한 음악을 사람들은 '멍한(spaced-out) 사운드'라 부르기 시작했다. 곡의 분위기를 캐치한 명칭이었다. 얼마 후에는 불안정하다는 뜻의 '웡키(wonky)'로도 지칭했다.

누군가 나서서 이런 음악 만들기를 주도한 것은 아니었다. 새천년을 앞두고 힙합이 전자음악과 결합하는 사례가 잦아졌고 이즈음 네오 소울을 댄서블한 사운드로 윤색한 영국발發 신종 장르 브로큰 비트(broken beat, 당김음과 리듬 분절을 강조한 전자음악의 하위 장르)가 미국 언더그라운드에도 서서히 침투하면서 이 음악은 1950년대에 록이 그랬던 것처럼 아주 자연스럽게 생겨났다. 웡키 구조는 2000년 프로듀서 붐 빕과 언더그라운드 엠시 도즈원의 프로젝트 앨범 『Circle』의 「Town Crier's Walk」부터 커먼의 『Electric Circus』에 수록된 「New Wave」, 「Star *69」

이나 디제이 스피나의 2003년 작품 『Here To There』 등에서 자취를 남겨 왔다. 붐 법은 오하이오주 태생이고 커먼의 두 노래를 만든 퀘스트러브와 제이 딜라는 각각 필라델피아와 디트로이트 출신, 스피나는 브루클린에서 나고 자랐기에 윙키는 딱히 지역색에 기반을 둔 음악이라 할 수도 없었다.

뒤이어 로스앤젤레스에서도 나타났다. 하지만 이는 과거보다 전폭적이었다. R&B, 힙합 프로듀싱 유닛 사 라의 정규 데뷔작 『The Hollywood Recordings』는 윙키 노래를 하나의 앨범에 다 담아내며 그 장르를 전문화한 케이스였다. 이들은 불편한 듯하면서도 왠지 모를 매혹을 생성하고, 기묘한 공기를 조성하며, 더러 난해하게 느껴지기도 하는 윙키를 과감하게 터뜨렸다.

앨범은 흑인음악의 경계에 속박되지 않고 힙합, 일렉트로니카, R&B를 자유롭게 혼합해 만든 그로테스크한 수사修辭라 할 만하다. 랩과 보컬, 건반이 어긋나는 것 같으면서도 조화를 이루는 「Do Me Gurl」은 록과 다운 템포, 네오 소울의 복합을 보이고, 듀란 듀란의 「Notorious」 코러스를 따라 한 「Glorious」는 매미 울음처럼 윙윙거리는 전자음에 무미 건조한 보컬이 일관되며, 「Tracy」는 그라임과 유사한 의도된 어수선함을 나타낸다. 전통적인 의미에서 힙합이라 부를 노래가 거의 전무하다. 랩이 들어가 있긴 하지만 반주는 힙합의 얼개를 이미 벗어나 괴상한 패턴을 내세웠다.

사 라의 앨범은 21세기에 탯줄을 뗀 힙합의 신개념 문법을 유감없이 전시하는 동시에 힙합의 사이키델릭화化를 도모한 작품이었다. 항간에서 '조지 클린턴의 펑카델릭 활동과 비견되는 새천년의 등가물'이라는 표현이 나온 것도 이러한 까닭에서였다.

『The Hollywood Recordings』는 또한 힙합이 새천년 이후 전자음악과 자주 눈빛을 교환하면서 발생한 컴퓨터 프로그래밍만으로 모든 것을 해결하는 곡 제작 양상을 대변하기도 했다. 앨범에는 허비 행콕의 「Textures」를 기본 골격으로 둔 「Hey Love」를 제외하고는 단 하나도 다른 노래에서 샘플링한 곡이 없었다. 그마저도 원곡의 선율만 살린 미디 작업이었다.

The Return Of The Magnificent

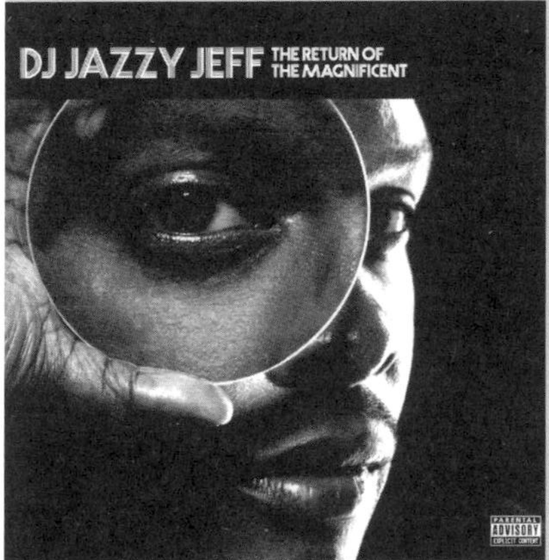

Artist: DJ Jazzy Jeff
Album Title: The Return Of The Magnificent
Release Date: 2007-05-08
Label: BBE Records

01. Hip Hop (feat. Twone Gabz)

02. Let Me Hear U Clap (feat. Pos)

03. Run That Back (feat. Eshon Burgundy & Black Ice)

04. The Definition (feat. Kel Spencer)

05. Touch Me Wit Ur Handz (feat. Chinah Blac)

06. Jeff N Fess (feat. Rhymefest)

07. Practice (feat. J-Live)

08. Supa Jean (feat. Jean Grae)

09. The Garden (feat. Big Daddy Kane)

10. She Was So Flyy (feat. Kardinal Offishall)

11. Hold It Down (feat. Method Man)

12. All I Know (feat. CL Smooth)

13. Go See The Doctor 2k7 (feat. Twone Gabz)

14. My Soul Ain' t For Sale (feat. Raheem DeVaughn)

15. Come On (feat. Dave Ghetto)

16. Brand New Funk 2k7 (feat. Peedi Peedi)

92

비트의 시대, '비트 세대'를 넘는
명쾌한 비트의 향연

윌 스미스가 할리우드의 기자들에게 둘러싸여 화려한 플래시 세례를 받고 빌보드 차트를 가뿐히 들락날락하는 동안 동료 디제이 재지 제프는 평단과 힙합 마니아들의 미미한 조명을 양식 삼아 그간 쌓아온 명성을 어렵사리 유지해왔다. 그러나 이것은 외적으로 나타난 일면일 뿐, 그는 요란 떨지 않으며 누구보다 튼실하게 아티스트로서의 독자적 영역을 구축하는 데 정진했다.

그는 화려한 비트가 중시되는 트렌드와 본인이 추구하는 힙합의 새로운 틀을 포괄할 수 있는 작품을 준비해왔다. 그것이 바로 2002년 발표한 솔로 첫 정규 작품이자 영국의 흑인음악, 전자음악 전문 레이블 BBE 레코드사의 프로듀서 중심 힙합 기획물 '비트 제너레이션(Beat Generation)' 중 하나인 『The Magnificent』였다.

자신은 비트 제작 및 프로듀싱 역할에 충실하고 객원 래퍼와 외부 보컬을 들여 목소리를 입혔다. 노래를 완성하는 형식에서는 피트 록의 『Soul Survivor』 시리즈나 비트 제너레이션의 개시가 된 제이 딜라의 『Welcome 2 Detroit』와 비슷하지만 『The Magnificent』는 광범위하게 시류를 형성하고 있던 네오 소울과 전자음에 기반을 둔 힙합의 진화를 세련되게 묘사한 독창적 사운드의 갈무리였다. 수록곡 중 「We Live In Philly」, 「How I Do」 등은 지역별로 네오 소울 음악을 묶은 컴필레이션 연작 『Philly Soul: Music From The City Of Brotherly Love』에 실리기도 했다.

네오 소울과 힙합을 아우른 두 번째 웰메이드 결실 『The Return Of The Magnificent』는 타이틀 그대로 전작의 복귀이며, 이 '장대한' 기획물이 계속될 수 있음을 암시한다. 앨범 전반을 거니는 재지(jazzy)한 맛은 1편보다 훨씬 그윽해졌으며 극소 편성의 리듬과 많은 채널을 통하는 디지털 사운드가 정겹게 짜이면서 독특한 정취를 자아냈다. 또한, 올드 스쿨 힙합의 요소를 곳곳에 비치함으로써 미래 지향적인 소리 내기에 신경 쓰는 것만이 아닌 1970, 80년대 분위기 재현에도 힘썼다. 키보드 프로그래밍뿐 아니라 재즈, 소울을 샘플로 사용한 것도 같은 맥락으로 이해할 수 있다. 이에 더해 본인과 같은 시대에 활동한 대선배들과 새천년을 전후로 등장해 명성을 쌓아가는 래퍼를 골고루 초빙한 것은 자신의 음악으로 신구 세대를 잇겠다는 의지의 표출이었다.

이전과 마찬가지로 앨범은 꽤 부드러운 살결을 드러낸다. 몇몇 곡에서 스크래칭이 등장해도 거칠게 서지는 않는다. 피아노와 전자음을 연결해 만든 중심 루프가 무른 감을 내는 덕분이다. 빅 대디 케인의 묵직한 목소리와 잔잔한 반주가 대비되며 묘한 맵시를 보이는 「The Garden」, 농염한 기운을 내뿜는 「Touch Me Wit Ur Handz」, 라힘 드본의 정갈한 보컬이 곡의 윤기를 더하는 「My Soul Ain' t For Sale」 등은 메인스트림을 잠식한 강성 사운드와 확연히 차이를 보였다.

턴테이블 테크니션을 넘어 힙합 지휘자로서 확고한 위치에 선 디제이 재지 제프의 탁월한 프로듀싱 능력을 확인할 수 있는 작품일 뿐 아니라 당시 힙합의 조류를 알려주고 이를 그는 어떻게 포착하며 취합하고 있는지 헤아려 볼 수 있는 앨범이다. 그 결과는 다른 뮤지션들과는 역력히 구분되는, 비트 제너레이션의 일환이었던 전작보다 훨씬 빼어난 용모로 나타났다.

Desire

Artist: Pharoahe Monch
Album Title: Desire
Release Date: 2007-06-26
Label: Street Records Corporation

01. Intro

02. Free

03. Desire (feat. Showtyme)

04. Push (feat. Showtyme, MeLa Machinko & Tower of Power)

05. Welcome To The Terrordome

06. What It Is

07. When The Gun Draws (feat. Mr. Porter)

08. Let's Go (feat. MeLa Machinko)

09. Body Baby

10. Bar Tap (feat. MeLa Machinko)

11. Hold On (feat. Erykah Badu)

12. So Good

13. Trilogy [Act 1: Cops Coming (feat. Mr. Porter), Act 2: Revenge (feat. Dwele),
    Act 3: Evil Eyes (feat. Tone)]

93

고전, 계통에 대한 예의를 갖춘 소울 힙합

단 한 번도 내리막이라곤 없었다. 오거나이즈드 컨퓨전으로 발표한 세 장의 음반은 평단의 찬사를 받았고 「Simon Says」를 필두로 웅장하고도 단단한 체구를 과시했던 첫 솔로 앨범 『Internal Affairs』 또한 평론가들로부터 호평을 들으며 파로아 몬치에게 언더그라운드의 실력자라는 타이틀을 마음 놓고 자랑할 수 있도록 해주었다.

새천년에 넘어오면서 단독 활동은 뜸했지만 동료 뮤지션들의 앨범에 참여해 예리한 랩을 선보이며 타이틀을 방어했다. 『Lyricist Lounge 2』에 수록된 언더그라운드의 클래식 「Oh No」를 비롯해 바이올리니스트 미리 벤 아리의 「The Ninth Symphony (From The New World)」, 세르지오 멘데스가 조성한 라틴 리듬 위에 펼친 감성 랩 「Loose Ends」 등으로 건재함을 알렸다. 어떤 노래든 무르지 않은 랩을 함으로써 그에게 보내는 우러름의 시선이 순간적인 것이 아님을 세상에 통고했다.

마니아들의 환호는 끊이지 않았으나 정작 본인은 만족스럽지 못했다. 래퍼라고 할지라도 R&B, 소울, 록이 지금의 자리에 서는 데 귀한 거름이 되었기에 그 양식들을 처지와 스타일에 맞게 힙합으로 포장하고 싶었기 때문이다. 그는 통상적인 힙합을 벗어나고자 했다.

오랜 기간 품어온 바람은 두 번째 앨범 『Desire』에서 풀었다. 음반은 기존의 작품들과는 완전히 다르다. 「The Truth」를 제외한 모든 수록곡에서 싱잉 코러스를 발견할 수 없었던 데뷔작과 비교하면 생경하기만 한 변모였다. 본인이 주인공임에도 랩에 치중하지 않고 보컬과의 비율을 최대한 맞춘 점은 그의 뚜렷한 지향을 설명한다.

앨범은 소울, R&B, 록의 물에 담근 스펀지라고 해도 무방할 만큼 그 장르들의 향취를 꽉 품고 있었다. 흑인영가 형식으로 작곡한 「Intro」, 소울과 록을 혼합한 「Free」로 초반부터 고풍스러움을 전한다. 「Body Baby」는 엘비스 프레슬리의 격한 율동이 자연스럽게 떠올려지는 로큰롤이고, 「Push」는 1960년대 모타운 사운드의 전형이며, 「Hold On」은 네오 소울, 「So Good」은 컨템퍼러리 R&B를 표방했다. 다른 에디션에서 보너스 트랙으로 실린 「Book Of Judges」는 완연한 하드록이었다.

눈여겨볼 것은 파로아 몬치가 R&B를 자기 음악에 도입하는 자세와 입장이었다. 1980년대에는 테디 라일리가 힙합의 요소를 흡수해 뉴 잭 스윙을 창안했고 90년대에 넘어와서는 메리 제이 블라이지, 티엘시, 알리야 등이 힙합 소울 열풍을 주도했다. R&B는 힙합과 어깨동무해서 새로운 스타일을 내오곤 했으나 R&B에 근간을 두었으며 샘플링을 통해서 생명을 얻는 힙합은 정작 그것과의 화합을 메커니즘으로만 본 것이 사실이다. 이를 아쉬워한 파로아 몬치는 힙합과 R&B가 동등하게 합치하는 '소울 힙합'으로 존중, 조화의 관점을 명시했다.

힙합의 둥지를 찾아가려는 굳건한 방향성과 근본이 되는 음악을 더 힘내서 안으려는 노력은 예스러움과 깊이를 획득한 힙합을 탄생시켰다. 앨범은 파로아 몬치가 발군의 랩 실력과 함께 건강한 고집, 계통에 대한 예우를 겸한 언더그라운드의 실력자임을 정확히 알게 했다. 원줄기를 향한 애정, 새로움을 위한 노력이 깃든 『Desire』는 그가 앞으로도 상승세를 유지할 아티스트라는 것도 동시에 주장하고 있었다.

Kala

Artist: M.I.A.
Album Title: Kala
Release Date: 2007-08-08
Label: XL Recordings

01. Bamboo Banga

02. Bird Flu

03. Boyz

04. Jimmy

05. Hussel (feat. Afrikan Boy)

06. Mango Pickle Down River (feat. The Wilcannia Mob)

07. 20 Dollar

08. World Town

09. The Turn

10. XR2

11. Paper Planes

12. Come Around (feat. Timbaland)

퓨전의 승리, 관습 타파의 승리, 메시지의 승리

엠아이에이는 힙합을 무척 이채로운 스타일로 구현한 새천년의 명인이 되기에 조금의 부족함이 없었다. 일렉트로니카, 록, 댄스홀, 세계 각국의 민속음악 등이 한데 버무려진 독특한 모양새는 마치 만화경을 보는 것 같은 느낌을 들게 할 정도로 다채롭고 신기했다. 무엇으로 이 음악을 정의할 것인가에 대한 대답은 쉽게 나올 수 없었다. 그냥 '엠아이에이 스타일'이라고 부르는 것이 마음 편한 일이었다.

2집 『Kala』는 데뷔작 『Arular』보다 한층 복잡해져 있었다. 디스코 샘플과 일렉트로니카의 날카로움을 덧댄 「Jimmy」, 공격성과 산만함으로 그라임의 특성을 제시하는 「XR2」, 미니멀리즘에 공통분모를 둔 힙합과 일렉트로니카의 혼합 「20 Dollar」 등은 공통적으로 클럽 친화적이었으나 하나의 장르로 규정하기에는 애매한 혼합물이었다. 갈수록 고도화되는 영국 도시 음악의 퓨전 성향을 확인시키는 예였다.

그녀는 전자음악과 힙합이 뒤섞인 뼈대에 카리브해 지역의 전통음악으로 살을 붙이고 민속 악기, 사물에서 나는 소리, 사람들의 음성을 이용해서 『Kala』를 더욱 화려하게 만들었다. 「Jimmy」는 코코넛과 대나무를 두드리는 소리를 베이스라인에 이입했고 「Hussel」은 아프리카의 드럼과 호루라기 소리를 넣었다. 「Bird Flu」와 「Boyz」는 인도 타밀나두주의 전통 타악기 우루미(urumee) 연주로 풍성한 리듬을 전시한다. 앨범을 들으면 초원에 와 있는 기분이 들고 원초적인 느낌이 배어나는 것이 이 때문이다. 이런 분위기의 음악은 이제는 트라이벌 하우스(tribal house, 아프리카나 남미 지역의 타악기를 이용한 역동적인 리듬을 기반으로 동물이 우는 소리 등을 입혀 원시적인 대기를 조성하는 하우스 음악)만이 아님을 천명하는 대목이기도 했다.

처음부터 이런 구성을 의도한 것은 아니었다. 애초에 엠아이에이는 이번 음반 작업을 팀버랜드와 함께하고자 했다. 하지만 스리랑카에서 반군 활동을 한 아버지를 비롯해 가족들이 게릴라와 연관이 있다는 사항 때문에 미국은 엠아이에이의 비자 연장을 허락하지 않았다. 어쩔 수 없이 계획을 변경해야 했고 순회공연 중에, 또는 여행을 하면서 곡 작업을 병행했다. 시설이 제대로 갖춰지지 않은 장소에서 음악을 만든 그녀는 환경을 받아들이고 이를 적극적으로 이용했다. 일부러 문을 열어 놓거나 바깥에 나가 녹음하는 등 비상식적인 방법을 택했다. 스튜디오 안에서는 잡음이 되는 것들이 그곳을 나온 그녀에게는 생동하는 소리로 인식된 것이었다. 이는 규범에 소진되지 않는 방법론의 다른 길 찾기였으며 부족한 환경이 아티스트의 창작 활동을 결코 제어할 수 없음을 주장한 것이나 다름없었다.

골간은 댄스음악이었지만 그녀는 총기 문제(「20 Dollar」), 이주민에 대한 편견(「Paper Planes」) 같은 사회적 사안에도 주의를 기울였다. 정치사회적인 내용을 포함하는 노래라고 해서 모두가 무겁기만 한 것은 아니며, 댄스음악이라고 해서 죄다 가벼운 날탕은 아님을 깨닫게 되는 자취였다. 작품마다 새로운 음악을 시도하고, 전쟁으로 어려움을 겪는 이들을 위한 공연과 기부를 이어가며, 자신의 노래로 사회의 문제점들을 환기하고자 했기에 그녀는 영국의 그 어떤 힙합 뮤지션보다 부각될 수 있었다. 음악 이상의 부분으로도 새천년의 명인이 될 자격이 충분했다.

Afterparty Babies

Artist: Cadence Weapon
Album Title: Afterparty Babies
Release Date: 2008-03-04
Label: Upper Class Recordings

01. Do I Miss My Friends?

02. In Search Of The Youth Crew

03. True Story

04. Limited Edition OJ Slammer

05. Juliann Wilding

06. Real Estate

07. Messages Matter

08. Your Hair' s Not Clothes!

09. Tattoos (And What They Really Feel Like)

10. The New Face Of Fashion

11. Getting Dumb

12. House Music

13. Unsuccessful Club Nights

14. We Move Away

95

힙합-일렉트로니카 퓨전 트렌드의
정점에 오른 혼종 음악 파티

21세기에 들어 랩 음악은 대대적이고도 무섭게 빠른 속도로 타 장르와의 융화 양상을 보였다. 대디 양키, 마타픽스, 니나 스카이 같은 음악인은 레게, 라틴 리듬과의 결속을 도모했으며 디제이 스피나, 킹 브릿 등은 힙합과 재즈, 일렉트로니카 영역의 감상용 음악을 조합하는 작업을 지속적으로 전개했다. 림프 비즈킷과 린킨 파크가 전 세계적으로 이름을 날리자 랩 메탈은 언더그라운드 도처에 뿌리내려 제2의 도약을 다짐하기도 했다. 영국은 두말할 것 없이 랩과 일렉트로닉 댄스음악의 혼인식을 거듭했다.

곳곳에서 힙합과 다른 장르의 합종연횡이 이뤄졌으나 그중 가장 큰 지류를 형성한 것은 뭐니 뭐니 해도 일렉트로니카와의 결속이었다. 2004년 릴 존의 손을 타고 만들어진 어셔의 「Yeah!」가 지구촌을 한껏 흔들어 놓은 다음에는 크렁크가 주류 힙합의 주도권을 쥐었고 이후 전자음악의 작법을 흡수한 힙합이 주류를 장악해갔다. 영국뿐만 아니라 미국 랩 음악 신도 뒤이어 힙합-일렉트로니카 크로스오버 대세를 잇기 시작했다.

두 열강 외의 다른 국가에서는 힙합-일렉트로니카 퓨전의 전폭적인 흐름은 없었다. 뉴질랜드의 피 머니, 스웨덴의 애덤 텐스타 등이 일렉트로니카를 첨가한 힙합을 선보여 눈에 띄었으나 자국의 추세와는 별개였다.

캐나다 래퍼 케이든스 웨폰의 2005년 데뷔작 『Breaking Kayfabe』는 힙합-일렉트로니카의 놀라운 퓨전이었다. 앨범 안에는 전자음 위주로 구성한 로파이 사운드, 유케이 거라지, 테크노의 하위 장르에서 기인한 형식 등 여러 일렉트로니카 스타일이 뒤섞여 있었다. 구미의 대중음악 평론가들은 이 캐나다 청년의 창의성을 치켜세웠고 그에게서 하이브리드의 미래를 찾고자 했다.

소포모어 작품 『Afterparty Babies』는 평단의 예견이 옳았음을 증명했다. 작품이 선적한 음악 양식은 전작보다 훨씬 다채로워졌으며 장르 간 결합은 더욱 대범해져 있었다. 또 수록곡들의 전체적인 얼개와 여기에 랩을 입힌 최종 결과물은 이전보다 한결 자연스러운 모양새였다. 말끔함도 그만이었지만 수록곡들은 사나움과 흥분을 가득 머금은 화끈한 클럽 음악으로 더할 나위 없이 훌륭했다.

화려한 혼종의 밭이었다. 「In Search Of The Youth Crew」는 힙 하우스, 「Limited Edition OJ Slammer」는 칩튠(chiptune, 1980년대 유행한 가정용 게임기에서 쓰인 단순한 전자음으로 구성된 음악)이었으며 「True Story」는 IDM, 「Messages Matter」는 글리치 합, 「Getting Dumb」은 빅 비트(big beat, 신시사이저 루프를 강조한 묵직한 브레이크비트)류의 곡이었다. 그의 음악은 규정이 쉽지 않을 정도로 다채로웠다.

날카로운 전자음, 공격 태세를 갖춘 드럼, 앨범에 들어간 소리들은 댄스의 기치에 단결했다. 그의 노래는 클러버들을 위한 것이었으나 그저 그런 댄스음악으로 치부되기에는 아까웠다. 현상을 봤을 때에는 트렌드에 합류했지만 자신만의 스타일을 갖추었을 뿐 아니라 창의적이며 도발적인, 더불어 내실도 튼튼한 퓨전 양식을 구현했기 때문이다. 『Afterparty Babies』는 미국도, 영국도 아닌 캐나다의 새내기 래퍼를 퓨전 트렌드의 중심에 우뚝 서게 했다.

The Bake Sale

마이키 록스(Mikey Rocks)
척 잉글리시(Chuck Inglish)

Artist: The Cool Kids
Album Title: The Bake Sale
Release Date: 2008-06-10
Label: C.A.K.E. Recordings / Chocolate Industries

01. What Up Man

02. One Two

03. Mikey Rocks

04. 88

05. What It Is

06. Black Mags

07. A Little Bit Cooler

08. Gold And A Pager

09. Bassment Party

10. Jingling

96

리듬의 복잡화 풍조에 반기를 든 미니멀리즘

포스트(post) 팀버랜드 시대의 음악은 '더욱 화려하게, 더욱 복잡하게' 정도의 기치를 내건 듯 보이지만 촘촘하고 빽빽하지 않아도 강건한 멋과 은밀한 정취를 표하는 경우가 더러 존재했다. 쿨 키즈는 힙합이 날카로운 신스 프로그래밍을 탑재한 주색 놀음의 찬가로 전락한 21세기에, 싱코페이션의 대량 삽입이 힙합 제작의 기초공사가 된 시기에 그와는 상반되는 미니멀리즘 근저의 음악으로 신선함을 안겼다. 거시적으로는 주류 문법과 차별된 언더그라운드의 움직임 중 하나였으며, 미시적으로는 현란한 비트 제작에 매몰되는 현상을 통탄하며 꽂은 저항의 깃대였다.

기복 없이 일직선으로 나열된 비트에 그 어떤 박력도 없이 진행되는 래핑은 무척 색다르다. 이상하게도 이들의 음악은 무게감이 별로 없는 형태로부터 흡인력을 과시한다. 변주되는 부분도 있지만 그것도 잠시, 이내 원래 모양으로 형상을 기억해내 유별나게 느껴지고, 단순한 반주와 단조로운 플로우는 기괴하게 들려 더욱 인상적이다.

리드 싱글 「Black Mags」는 그룹이 어떤 음악적 틀을 지향하는지를 극명하게 드러낸다. 루페 피아스코가 「Kick, Push」로 스케이트보딩을 예찬했다면 쿨 키즈는 이 노래를 통해서 자전거 본체를 언급하거나 라이딩 기술을 들며 BMX를 향한 강한 애정을 내비친다. 춉트 앤 스크루드 (chopped & screwed, 반주 속도를 늦추거나 비트를 정지시켜 믹스하는 프로듀싱 기법) 스타일의 보컬 연출로 초반부터 주의를 환기하고 신시사이저 프로그래밍을 이용해 뭉툭하지만 미묘한 바운스를 조성한다. 젊은 세대가 선호하는 문화, 스포츠를 매개로 가볍고 동적인 메시지를 전달하고 단순미를 우선에 둔 편곡으로 유행과의 격리를 선언했다. 또한, 두 멤버의 능청스러운 래핑은 이 넉넉한 반주에 맞춰 미끄러지듯 나아가서 마치 잘 포장된 아스팔트 도로 위에서 힘 하나 들이지 않고 슬슬 페달을 밟으며 여유롭게 주행하는 풍경을 만든다.

다른 수록곡들도 크게 다르지 않은 간결한 형식을 취한다. 「88」은 릭 루빈이 연출한 것으로 느껴질 법한 날카로운 기타 리프를 중간마다 삽입해 비스티 보이즈에 대한 기억을 되살린다. 울림이 큰 스네어 드럼으로 중량감을 더했으며 비트박스를 곁들여 올드 스쿨의 투박한 소리 골조를 구축했다. 일그러진 전자발진 신호가 계속 이어져 흐리멍덩하게 들리다가 2분 10초를 넘어 잠깐 나오는 효과음으로 변화를 주는 「Mikey Rocks」, 의성어가 다중으로 교차하면서 반복되는 가운데 신스 오케스트라로 강조점을 찍는 「What Up Man」, 변조된 훅에 의존한 채 절제된 비트로 일관하는 「Gold And A Pager」 등은 '극미極微함'으로 '극미極美함'을 일구는 쿨 키즈의 특징을 유감없이 나타낸다.

복고풍 일렉트로 펑크, 올드 스쿨 힙합, 극소로 편성된 비트의 조화는 자못 과거 친화적이면서도 현재의 트렌드까지 총괄 가능한 것이었다. 그러나 이런 형식이 시대의 음악 흐름을 의도적으로 좇은 것이 아니기에 쿨 키즈의 음악은 다른 이들과 비교했을 때 독자성에서 우위를 차지하기에 충분했다. 과하게 치장하는 대신 헐거운 형태로 임했지만 의외의 팽팽함을 완성한 이들이야말로 2008년과 앞으로 다가올 힙합의 새해가 주시해야 할 뮤지션임에 틀림없었다.

Feed The Animals

Artist: Girl Talk
Album Title: Feed The Animals
Release Date: 2008-11-11
Label: Illegal Art

01. Play Your Part (Pt. 1)

02. Shut The Club Down

03. Still Here

04. What It's All About

05. Set It Off

06. No Pause

07. Like This

08. Give Me A Beat

09. Hands In The Air

10. In Step

11. Let Me See You

12. Here's The Thing

13. Don't Stop

14. Play Your Part (Pt. 2)

97

수백 곡이 한 자리에, 지상 최대의 매시업 쇼

기존에 발표된 두 편 이상의 곡을 섞어 다른 노래를 창출하는 매시업은 점점 분란해지는 샘플링이 음악 제작에서 공세적인 방법론으로 자리 잡고 있음을 시사했다. 흔히 블렌딩(blending)이라고 불리는 어떤 곡의 반주에다가 어떤 곡의 보컬, 즉 아카펠라를 입히는 방식은 가장 일반적인 스타일로서 매시업을 좋아하는 마니아들에게 많은 인기를 얻었다. 비틀스의 『White Album』 반주에다가 제이 지의 『The Black Album』 랩으로 제3의 노래를 만든 데인저 마우스의 『The Grey Album』을 비롯해 제이 지와 라디오헤드의 노래를 믹스한 맥스 태너의 『Jaydiohead』, 디제이 블래드와 록 레이다가 랩 음악과 헤비메탈, 록 히트곡들을 혼합한 『Rock Phenomenon』이 출시된 사례는 언더그라운드 각지에서 매시업이 인기 장르로 부상 중이라는 방증이 됐다.

많은 매시업 음반이 나왔지만 다량의 샘플을 분쇄, 용해해 '으깨다' 라는 장르 이름에 어울리는 음악을 만드는 인물로 걸 토크만 한 이가 없었다. 그는 노래 한 편 안에 적어도 열 곡 이상, 많게는 서른 개가 넘는 곡을 갈아 넣어서 전혀 새로운 노래를 만들어 냈다. 3, 4분 남짓한 러닝타임

안에서 원곡의 가장 중요한 부분만을 떼어와 농축해서 전시하는 치밀함과 그 많은 부품을 매끄럽게 연결하는 뛰어난 비트 조직 능력은 아무나 쉽게 따라 할 수 없는 것이었다. 반주가 되는 원료, 노래가 되는 재료의 넘김은 조금의 막힘도 없이 시원하게 흘러 감탄을 자아내게 했다.

『Feed The Animals』는 전작들에서 샘플들을 결합할 때 종종 드러났던 다소 촘촘하지 못한 단점을 극복하고 내적 충실성을 구현했다는 점에서 완성도를 인정받았다. 여기에 들어간 노래들은 이질감이라고는 전혀 들지 않을 정도로 고른 화합을 보여주고 있으며 그러면서도 오리지널이 갖는 특징적인 부분을 온전히 구현하고 있다. 또한, IDM(intelligent dance music, 일렉트로니카가 보편적으로 갖는 댄서블함보다는 추상적이며 난삽한 사운드 조성을 추구하는 전자음악의 하위 장르)이나 글리치에도 발을 걸친 탓에 조금은 조악하고 산만했던 이전 앨범들과 달리 본 작품은 인위적인 지저분함을 벗고 매끈한 형태를 나타냈다.

앨범에서는 프로그레시브 록, 펑크와 펑크(punk), R&B 등 장르 불문의 곡들이 부대끼며 어우러지고 있다. 엄청난 양의 노래를 어색하지 않게 버무려내는 활동으로 그는 자신의 방대한 음악 레퍼토리, 탁월한 믹싱 센스를 증명했다. 《타임》과 《블렌더》가 2008년 최고의 앨범 리스트를 작성하며 『Feed The Animals』를 각각 4위와 2위에 올린 것은 발군의 감각에 대한 경배였다.

시일이 지나면서 앨범은 그동안 제기돼온 논의를 증폭시키기도 했다. 단 한 마디의 악기 연주 없이, 심지어 프로그래밍도 하지 않고 오로지 기존에 나온 노래들을 자르고 붙여 곡을 만드는 것을 온전한 창작이라고 할 수 있는지, 그렇게 완성된 음악에 대해 리믹스한 이가 저작권을 어느 선까지 주장할 수 있는지에 대한 물음이 확산됐다. 소프트웨어 운용만으로 손쉽게 음악을 만들 수 있고 기성 노래를 빌려야만 제작이 가능한 특성을 띤 매시업이 안고 갈 수밖에 없는 문제였다.

Troubadour

Artist: K' naan
Album Title: Troubadour
Release Date: 2009-02-24
Label: A&M Records / Octone Records

01. T.I.A. (This Is Africa)

02. ABCs (feat. Chubb Rock)

03. Dreamer

04. I Come Prepared (feat. Damian Marley)

05. Bang Bang (feat. Adam Levine)

06. If Rap Gets Jealous (feat. Kirk Hammett)

07. Wavin' Flag

08. Somalia

09. America (feat. Mos Def & Chali 2na)

10. Fatima

11. Fire In Freetown

12. Take A Minute

13. 15 Minutes Away

14. People Like Me

98

전쟁으로 상처받은 이의 사회적 수필

60억 세계인은 2010년이 찾아오기 훨씬 전부터 방송 매체를 통해서, 웹 사이트를 통해서 케이난의 「Wavin' Flag (Coca-Cola Celebration Mix)」를 만나고 있었다. 《2010 FIFA 남아공 월드컵》의 공식 스폰서 코카콜라의 캠페인 송으로 채택된 노래는 열정적이고 희망찬 가사, 따라 부르기 쉬운 후렴을 앞세워 빠르게 세계 곳곳에 전파됐다.

초국적 기업에 선택받은 엄청난 행운, 지구촌 최대의 스포츠 축제를 앞둔 들뜬 분위기, 즐거움을 유발하고 합창을 가능하게 한 음악적 요소가 만들어낸 그해 최고의 찬가였으나 원곡은 그 버전과 전혀 달랐다. 사람들은 거리에서 살아남기 위해 투쟁을 벌이며, 주변은 가난과 범죄로 가득하고, 도처에서 전쟁이 일어나지만 펄럭이는 깃발처럼 자유롭고 강한 모습을 보이겠다는 노랫말은 투쟁 결의문에 가까웠다. 하지만 이것은 「Wavin' Flag」만이 아니라 케이난의 음악에서 상당 부분을 점유하는 내용적 지향이었다.

소말리아에서 태어난 케이난은 소말리아 내전이 벌어지는 동안 '피의 호수'라 불리는 구역에서 10대 시절을 보냈다. 좀처럼 끝날 기미가 보이지 않는 내란을 견딜 수 없었던 어머니는 출국 비자를 얻고자 미 대사관에 탄원서를 냈고 때마침 독재 체제를 유지해온 모하메드 시아드

바레 정부가 붕괴하기에 이르면서 소말리아를 벗어날 수 있게 됐다. 하지만 미국으로 건너가서도 경제적으로나 신분상으로나 힘겨운 나날을 겪어야 했다. 얼마 후 캐나다 토론토 인근의 소말리아인 공동체 렉스데일로 거처를 옮겼지만 이방인의 삶은 좀처럼 나아지지 않았다. 전쟁으로 인해 순탄치 못한 유년기를 보낸 탓에 그의 음악은 자연스럽게 정치와 사회에 접점을 뒀다.

2005년 발표한 2집이 캐나다 최대의 음악 행사인 《주노 시상식》에서 '올해의 랩 음반'을 수상함으로써 본인의 지향과 표현에 자신감을 얻은 케이난은 3집 『Troubadour』를 통해서 더욱 적극적인 주장을 펼쳤다. 자신이 태어난 곳의 불편하고 어려운 현실을 이야기하며(「T.I.A.」), 교육기관이 아닌 거리에서 삶을 배워야 하는 못 가진 자의 고통을 대변한다(「ABCs」). 소말리아에서 미국, 캐나다로 건너오면서 느꼈던 안도감과 그때에 각인된 아픔, 외부인이 소말리아를 보는 고정된 시선에 대한 부당함을 「Somalia」를 통해 털어놓고, 어머니의 가르침을 떠올리고 명상함으로써 어려운 상황을 견뎌 낼 수 있다는 의지를 「Take A Minute」에서 밝힌다. 대부분 노래에서 그는 사회의 어두운 면을 관찰하거나 내면을 들여다보는 태도를 취했다.

앨범은 이제 케이난만의 것이 아니었다. 소말리아 난민들, 빈곤층은 그의 노래를 듣고 힘을 얻었으며 희망을 찾았다. 그는 약자의 곤경을 알리는 경기병이었으며 시련을 견디고 꿈을 이룬 긍정의 롤모델이었다.

중세 유럽의 음유시인을 일컫는 타이틀에 맞게, 소말리어로 여행자를 뜻하는 이름에 어울리게 그는 제약과 경계 없이 자유롭게 이야기를 엮어 보였다. 무엇보다도 대다수가 관심 밖에 두었던 사실과 이런저런 문제로 핍박받는 이들의 현실을 적극적으로 전하는 1인 매체의 기능을 한 것이 앨범의 가치를 높인다. 『Troubadour』는 새천년 이후에 힙합이 메시지 음악으로서 급격히 생명력을 잃어가던 시기에 다시금 숨을 불어넣는 역사적 소작所作이었다.

Party Rock

레드푸(Redfoo)
스카이 블루(Sky Blu)

Artist: LMFAO
Album Title: Party Rock
Release Date: 2009-07-07
Label: Cherrytree Records

01. Rock The Beat

02. I' m In Miami Bitch

03. Get Crazy

04. Lil' Hipster Girl

05. La La La

06. What Happens At The Party

07. Leaving U 4 The Groove

08. I Don' t Wanna Be

09. Shots

10. Bounce

11. I Shake, I Move

12. I Am Not A Whore

13. Yes

14. Scream My Name

99

흥겨운 파티 음악에서 잃어가고 있는 것

침투력 강한 저음의 신스 루프로 세계 댄스음악 마니아들의 청각 신경을 단번에 잡아끈 데뷔 싱글 「I'm In Miami Bitch」는 노래 제목만큼이나 자극적이었고 섹시했다. 엘엠에프에이오의 데뷔작 『Party Rock』을 수놓은 경쾌한 일렉트로 합 트랙들은 수많은 디제이와 클러버의 사랑을 한 몸에 받으며 전폭적으로 클럽을 접수했다.

일렉트로 펑크, 프리스타일, 신스팝 등 1980년대 인기를 끌었던 댄스음악의 각종 하위 장르들이 어우러진 앨범은 100%에 달하는 흥겨움을 보장한다. 말끔하고도 열렬한 전자음의 향연, 보코더, 오토튠 등을 적극적으로 활용한 유선형의 보컬, 탄탄한 베이스라인, 장난기 넘치는 가사는 재생하는 순간 몸을 들썩이게 한다. 불가항력으로 육신을 놀게 하는 마법의 주문과도 같다.

서바이버의 히트곡 「Eye Of The Tiger」를 샘플링한 첫 곡 「Rock The Beat」부터 술법의 효과가 나타난다. 한 번 들으면 그대로 각인되는 멋진 기타 리프를 가져다가 역동적인 비트에 붙였으니 상승효과가 클 수밖에 없다. 데뷔 싱글 「I'm In Miami Bitch」 역시 클럽의 현장감을 전달하며,

아프리카 밤바타의 「Planet Rock」을 연상시키는 「Get Crazy」, 릴 존의 음성이 원기를 배가하는 「Shots」, 마음만 먹으면 언제든 여성을 꼬일 수 있는 클럽의 왕자님을 위한 찬가 「I Shake I Move」 등 음반은 청취자들에게 조금의 쉴 틈도 주지 않고 리듬을 타게 한다. 다른 노래들보다 비교적 템포가 느린 「La La La」에서도 즐거움은 그대로 유지된다. 블루스 타임이라고는 전혀 없는 이 무지막지한 세트 리스트는 눈앞에서 디제이가 음악을 트는 것 같은 기분을 들게 한다. 실로 무도회장의 압축판이라 할 만하다.

앨범은 줄곧 '닥치는 대로 즐기자!' 는 태도를 앞세운다. 그들의 확고한 기치를 구현한 음악이 처음부터 끝까지 왁자한 분위기를 지키는 탓에 『Party Rock』은 난리굿 파티를 방불케 한다. '겁나 웃겨!(Laughing my fucking ass off!)' 라는 문장의 이니셜로 만든 팀 이름처럼 가볍고 신나는 것은 충분히 이룬 작품이었다.

2010년 《그래미 시상식》에서 '최우수 일렉트로닉, 댄스 앨범' 부문, 같은 해 열린 《힙합 네이션 시상식》에서는 '최우수 신인 아티스트' 부문 후보로 올랐을 정도로 이들의 일렉트로 합 노래들은 음악계 종사자들에게 강한 인상을 전했다. 매체들은 하나같이 그룹이 능란하게 구사한 복고 문법을 거론하며 유쾌한 파티를 경험할 수 있다는 평을 남겼다.

유행은 돌고 돈다고 했다. 전자음악과 접목하며 탄생했던 일렉트로 합이 거의 한 세대가 지나서 힙합은 물론 주류 대중음악의 트렌드로 재차 자리매김하고 있다는 것을 엘엠에프에이오를 통해 확인할 수 있었다. 이들 외에도 이 시기에 나온 수많은 힙합 뮤지션이 일렉트로니카와 격하게 얼싸안았다. 유흥만을 외치는 음악이 차트를 도배했다. 랩이 댄스음악을 보충하는 수단 중 하나가 되고 힙합이 아무런 고민 없이 놀기만을 종용하는 음악으로 전락해버린 듯한 형국이 도처에 펼쳐졌다. 이들은 큰 흥겨움을 제공했지만 길게 갈 아쉬움도 전하고 있었다.

Free Wired

커브 니시(Kev Nish)
프로그레스(Prohgress)
제이 스플리프(J-Splif)
디제이 버맨(DJ Virman)

Artist: Far East Movement
Album Title: Free Wired
Release Date: 2010-10-12
Label: Cherrytree Records

01. Girls On The Dance (feat. Stereotypes)

02. Like A G6 (feat. The Cataracs & Dev)

03. Rocketeer (feat. Ryan Tedder)

04. If I Was You (OMG) (feat. Snoop Dogg)

05. She Owns The Night (feat. Mohombi)

06. So What?

07. Don't Look Now (feat. Keri Hilson)

08. Fighting For Air (feat. Vincent Frank)

09. White Flag (feat. Kayla Kai)

10. 2gether (feat. Roger Sanchez & Kanobby)

100

세계 속의 한국, 힙합 속의 한국

2010년 10월 국내 언론들은 너나 할 것 없이 힙합 그룹 파 이스트 무브먼트의 빌보드 차트 1위 등극 소식을 크게 다뤘다. 새천년 이후 랩 음악이 빌보드 정상을 차지하는 것은 부지기수로 많아졌지만 그룹에 두 명의 한국계 미국인이 속해 있다는 점, 한국계 뮤지션으로는 최초로 세계 최대 대중음악 시장의 으뜸 자리에 올랐다는 사실로 인해 매체의 보도는 어느 때보다 더 야단스러웠다. 나머지 멤버들 또한 중국계와 필리핀계인 터라 아시아권의 관심은 남다를 수밖에 없었다. 1963년 「Sukiyaki」로 빌보드 정상에 오른 큐 사카모토 이후 근 50년 만에 다시 경험하는 아시아의 쾌거로 비쳤다.

파 이스트 무브먼트의 흥행이 나타내는 바는 컸다. 미국 대중음악계에서 좀처럼 주변인 신분을 벗어나지 못했던 동양인들도 이제는 얼마든지 주류 필드 안에서 힘을 낼 수 있음을 역설한 사례였다. 그동안 성공 모델이 없었던 탓에 동양인은 메인스트림 진출이 어렵다는 선입견은 그룹의 선전으로 깨지게 됐다.

힙합 신에도 생각의 전환을 불러일으켰다. 비스티 보이즈, 바닐라 아이스, 마키 마크, 에미넴 같은 백인 래퍼들에 의해 힙합이 꼭 흑인들만의 전유물이 아님을 언명해왔으나 동양인들은 목소리를 높이지 못했던 것이 사실이다. 리릭스 본, 엠시 진, 케로 원 등은 부단한 활동에도 불구하고 상업적인 히트 기록이 거의 전무했다. 파 이스트 무브먼트가 빌보드 차트의 꼭대기를 밟은 순간, 힙합의 지분이 반드시 흑인과 백인의 점유로만 분할되지 않는다는 것이 자연스럽게 밝혀졌다.

상업적 흥행의 바탕은 주류 음악 트렌드에의 밀착이었다. 일렉트로합 시대의 복귀에 따라 그룹은 카랑카랑한 전자음과 오토튠으로 왜곡, 변형한 보컬을 내내 전달한다. 가사는 비트에 맞춰 몸을 흔들자고 권하거나 남녀 간의 애정을 다루고 기분 내키는 대로 놀아 보자는 내용이 주를 이룬다. 부담 없이 즐기기에 좋은 댄스음악의 태와 정서를 충직하게 좇는다. 시대가 요구하는 스타일, 유행을 포착한 노래 덕분에 순풍을 탈 수 있었던 것이다. 결국 파 이스트 무브먼트가 달성한 획기적 성과는 변방에 머물던 이라 할지라도 풍조를 적극적으로 흡수한 쉬운 음악을 할 때 수면으로 솟구칠 수 있음을 말한 셈이었다.

국내 일부 방송은 이들이 빌보드 차트 정상을 차지했을 때 마치 국위선양이라도 한 것처럼 집중 보도하기도 했다. 그도 그럴 것이 미국 시장 진출이라는 뚜렷한 목표를 세우고 장기간 준비해서 출전한 대형 스타들도 아무런 성과 없이 고배를 마시고 돌아오기 일쑤였기 때문이다. 그러나 적시에 대중의 기호와 요구에 맞는 음악으로 히트한 사례를 보며 위대한 순간이라고 떠받들어야 할지는 의문이다.

20년 전에는 걸핏하면 흑인 래퍼들에게 공격을 받아 동네북 같았던 한국이 이제는 그네의 문화인 힙합으로 미국 음악 시장을 석권했다는 점은 실로 놀라운 이변이 아닐 수 없었다. 하지만 매체는 이러한 역사적 정황, 파 이스트 무브먼트를 통해 읽을 수 있는 힙합의 경량화 세태, 상업주의는 배제한 채 성공 사례만을 알리는 데 바빴다. 출세했다는 사실만이 중요할 뿐이었다. 조금은 쓸쓸하게 느껴지는 대단한 업적이었다.

부록 _ 장르

뉴 잭 스윙 New Jack Swing

뉴 잭 스윙은 1990년대 큰 인기를 누렸던 리듬 앤 블루스 중창 그룹 블랙스트리트의 리더이자 프로듀서 테디 라일리에 의해 고안, 정착된 장르다. R&B와 힙합을 유기적으로 혼합한 이 양식은 박력 있는 래핑, 활기찬 보컬과 매끄러운 화성의 교차, 거리문화에 기반을 둔 거친 비트와 리듬의 즉흥적인 전환을 특징으로 한다. 뉴 잭 스윙은 1980년대 후반부터 1990년대 중반까지 힙합, R&B 신에 붐을 일으키며 이후 흑인음악뿐만 아니라 팝 음악 전반에 커다란 지각변동을 일으켰다.

장르 이름의 각 단어는 음악이 지닌 성향을 상징한다. 'new'는 장르 간의 결합에서 오는 풍미의 신선함을, 'jack'은 강렬한 비트가 전하는 남자다움(jack은 사내아이를 뜻하는 보편적인 단어이며 반대로 여자는 jill이라 한다. 그런 이유로 여성이 하는 뉴 잭 스윙을 뉴 질 스윙이라고도 부른다.)을, 'swing'은 리듬이 빚어내는 즐거운 감성으로 의미를 정리할 수 있다.

테디 라일리는 롤랜드사의 드럼 머신인 TR-808을 이용해 둔탁하면서도 울림이 강한 비트를 배치했으며 오토튠이나 토크박스(talkbox: 사람의 입모양이 내는 대로 악기의 소리를 변환하는 이펙터) 등을 이용한 기계적인 보컬과 신시사이저 모듈레이션 방식을 통해 스타일을 체계화했다. 이는 언제 들어도 또렷한 '테디 라일리 표 작법'이 되었고 얼마 지나지 않아 미국뿐만 아니라 유럽과 아시아 곳곳의 후배 프로듀서들에게 파급되었다.

그의 성장과 맞물려서 펑크 밴드 타임 출신 프로듀서 지미 잼, 테리 루이스 콤비의 성향도 주목할 만하다. 이들은 자넷 잭슨의 1986년 앨범 『Control』에 참여하며 음악감독으로 두각을 나타냈다. 이 음반 역시 부드러운 멜로디와 힙합에서 주로 사용되는 드럼 비트를 균형 있게 섞음으로써 뉴 잭 스윙과 비슷한 방향으로 나아갔다. 하지만 지미 잼, 테리 루이스의 음악은 테디 라일리의 작품들보다 부드러운 모양을 갖춰 대중성을 확보했다.

단단한 댄스음악 속성을 지닌 뉴 잭 스윙은 그러나 테디 라일리와 그가 만들어 낸 음악에 영원한 탄탄대로를 보장하지는 않았다. 90년대 중반을 지나면서 그가 발굴한 로드니 저킨스, 넵튠스 같은 신흥 프로듀서들이 만든 노래들이 크게 히트했고 이들의 업 비트 스타일이 인기를 끎에 따라 흑인음악은 대대적으로 강하고 빠른 반주로의 동일화를 도모하게 됐다. 댄서블한 음악의 범람은 뉴 잭 스윙과 그 용어의 쇠락을 몰고 왔고 그렇게 뉴 잭 스윙은 20세기를 넘기지 못하고 과거의 문법으로 남겨졌다.

한때 부흥의 움직임이 있었다. 2004년 컴퓨터 게임 《그랜드 세프트 오토: 산 안드레아스》의 가상의 라디오 방송국이자 게임 사운드트랙인 CSR 103:9에 바비 브라운의 「Don't Be Cruel」, 보이즈 투 멘의 「Motownphilly」, 벨 비브 드보의 「Poison」 같은 뉴 잭 스윙 시대의 인기곡이 삽입되어 젊은 세대에게 이 장르를 환기하는 계기를 마련했다. 2006년에는 테디 라일리가 블랙스트리트, 토니 토니 토니 등과 함께 뉴 잭 스윙의 중흥을 기조로 삼은 《뉴 잭 리유니언 투어》를 진행했다. 하지만 이 이후에는 주목할 만한 사건이나 행사는 없었으며 재유행의 기미는 드러나지 않는 상황이다.

국내에서도 몇몇 가수들에 의해 뉴 잭 스윙이 전파됐다. 듀스의 『Force Deux』, 이현도의 솔로 1집 『Do It』가 뉴 잭 스윙의 대표 음반이라 할 수 있으며, 공일오비의 「마지막 사랑」, 언타이틀의 「책임져」, 「댄스! 댄스! 댄스!」, 킵 식스의 「어떻게」와 「나를 용서해」, 솔리드의 「어둠이 걷히면」 등이 뉴 잭 스윙을 훌륭하게 구현한 곡이다.

남부 힙합 Southern Hip Hop

더티 사우스(dirty south)라고도 불리는 남부 힙합은 마이애미, 애틀랜타, 휴스턴, 뉴올리언스 등 미국 남부 지역에서 기원한 힙합의 하위 장르로 클럽

지향의 댄서블한 반주가 특징이다. 1990년대 후반부터 인기 양식으로 주류 음악계에 자리 잡았으나 처음에는 1980년대에 사이좋게 지분을 나누며 흥행했던 동부 힙합과 서부 힙합에 대응하는 남부 지역만의 힙합 문화로, 그곳의 래퍼들이 대형 레이블과의 계약에 어려움을 겪은 뒤 독립적으로 음반을 제작하는 움직임으로 출발했다.

높은 BPM 수치로 많은 클러버에게 사랑을 받았던 마이애미 베이스가 90년대 초반 반짝 히트했으나 남부의 특산물은 그 이후 이렇다 할 힘을 내지 못했다. 그러던 중 릴 존에 의해 전격화된 크렁크를 중심으로, 특히 2004년 그가 프로듀싱한 어셔의 「Yeah!」가 미국을 넘어 전 세계 차트를 강타하면서 남부 힙합은 빠르게 대중 속으로 침투했다. 원 코드 프로그레션으로 대표되는 클럽 친화적인 비트는 단순성을 앞세워 마니아는 물론 일반 팝 청취자들에게 어필했고 힙합뿐만 아니라 팝과 R&B 편곡 방식 전반에 영향을 끼쳤다.

크렁크 사운드에서 기인한 날카로운 전자음, 강한 리듬을 반복하는 자극적인 반주는 남부 힙합의 일정한 틀이 되었다. 강렬하고 통통 튀는 비트는 젊은 사람들의 동적인 감성과 궁합이 맞아 10대, 20대에게 특히 더 많은 지지를 얻고 있다. 요즘에는 일반적으로 널리 쓰이는 매서운 신시사이저 루프를 거두고 릴 웨인의 「A Milli」처럼 빈틈이 크게 느껴지는 극소 편성 형식도 꾸준히 출현하는 중이다. 또한, 스냅 뮤직(snap music), 바운스 뮤직(bounce music) 등 모양을 조금씩 변경해 가며 또 다른 하위 장르를 산출하고 있다.

사운드적 돌출점 말고도 유동자산을 과시하고 여성을 비하하는 가사는 남부 랩의 또 다른 특징이다. 자신이 가진 고급 자동차, 귀금속 자랑을 늘어놓으며 클럽에서 하룻밤 보낼 여자를 탐닉하고 섹스만을 논하는 노랫말이 주를 이루는 이유로 지나치게 쾌락적이라는 비판을 받는다. 상업성에만 급급한 가치 없는 음악이라는 힐난과 질책은 남부 힙합이 쉽게 벗어나지 못하는 그늘이기도 하다.

랩 오페라 Rap Opera

1960년대 후반에 등장한 록 오페라에 영향을 받아 구현된 랩 오페라는 랩, 또는 노래를 통해 진행되는 악극 형식의 음악으로서 '힙합페라(hip hopera)', '어반 오페라(urban opera)'로도 불린다.

랩 오페라는 노래 또는 앨범에서 하나, 혹은 그 이상의 등장인물을 두고 연속되거나 완결되는 이야기를 조건으로 한다. 노래가 아닌 음반 전체에서 서사를 풀어내는 경우에는 콘셉트 앨범(가사, 작곡, 연주, 내러티브 등을 통해 주제의 통일성을 갖춘 앨범)의 범주에 포괄되기도 한다.

랩과 극을 결합하려는 움직임은 80년대부터 나타났다. 영화《비트 스트리트》중 클럽에서 트리처스 스리가 검은 막에 얼굴만 드러내 놓고「Santas' Rap」을 부르는 모습은 오페라까지는 아니더라도 뮤지컬 같은 요소를 들임으로써 신의 재미를 더했다. 그러나 영화 구성의 일부분이었지 가극으로서 중요한 한 축이 되지 못했다. 1994년 서부 래퍼 볼륨 텐이『Hip-Hopera』라는 제목의 앨범을 출품했지만 노래 간 연결성이 현저히 떨어져 랩 오페라라고 하기에는 충분치 않았고, 스파이크 리 감독의 동명의 영화에 삽입된 퍼블릭 에너미의『He Got Game』을 랩 오페라 앨범으로 보는 경향이 있으나 이는 사운드트랙일 뿐 단독으로 극적 형식을 마련하지는 않았기에 그쪽 범주에 넣을 수는 없었다.

오페라라는 단어가 들어갔다고 해서 본래 오페라가 갖는 연극적, 미술적인 부분이라든가 또 다른 요건인 독창과 합창, 관현악으로 이뤄지는 음악적인 요소가 반드시 동반되는 것은 아니다. 메키 파이퍼와 비욘세 놀스가 주연한 MTV 텔레비전 프로그램《카르멘: 힙합페라》와 R&B 뮤지션 알 켈리의 일곱 번째 앨범『TP.3 Reloaded』에 수록된 노래를 이야기로 풀어 제작한 음악영상《옷장에 갇혀서》가 시각과 청각을 모두 포괄하는 작품이긴 하지만 음악과 관련한 부분에서는 거의 솔로 보컬에만 중점을 두고 있다. 특히, 알 켈리의 시리즈는 모든 노래가 동일한 코드로 진행되며 이 시리즈를 합한 분량이 너무 길어 노래로 규정하기에는 어렵다는 의견이 일각에서 제기됐다.

인스트루멘틀 힙합 Instrumental Hip Hop

힙합의 하위 장르 중 하나인 인스트루멘틀 힙합은 보컬 없이 프로듀서, 또는 디제이가 만들어 내는 반주만으로 이루어진 음악이다. 팝 대부분 장르와 마찬가지로 힙합 역시 반주와 가수의 음성이 공존하는 '노래' 형식에 초점을 둬 왔다. 비트메이커가 반주를 제작하면 그 위에 엠시가 랩을 하는 것이 일반적이었다. 하지만 인스트루멘틀 힙합은 래핑을 제외하고 비트만을 반복적으로 펼쳐 보임으로써 힙합에 기악곡의 범주를 새로 만들었다.

노래할 것을 염두에 두지 않으니 형식 면에서 더욱 자유로워진다. 뒤틀고 싶으면 뒤틀고, 느리게 했다가 빠르게 했다가, 아니면 그 반대로 템포를 조절하는 것 등, 모든 일이 반주 제작자의 자유 영역이 되는 터라 보통의 힙합 음악보다 실험성을 보장 받는 폭이 더 넓다.

음악을 만드는 이는 보컬의 부재를 무엇으로 메울 것인지 특히 신경 쓰게 된다. 다수 대중이 가수나 래퍼가 노래를 부르는 음악에 익숙하기에 드럼과 키보드 위주의 아주 기본적인 구성만으로는 청취자들의 흥미를 유발하기가 쉽지 않기 때문이다. 이를 극복하기 위해 평상시보다 더욱 다양하게 악기를 편성한다든가 영화, 드라마 등 비非 음악 작품에서 소리를 추출해 보컬이 없어 생기는 공간을 채우기도 하며, 곡을 번잡하고 유연하게 해 줄 만한 요소와 방법을 모색한다.

힙합이 태동하던 시기에 음악의 중심은 랩이 아닌 비트에 있었다. 흑인들의 블록 파티를 주도한 디제이 쿨 허크는 두 대 이상의 턴테이블을 사용해 디스코, 펑크, 때로는 빠른 비트의 소울 넘버에서 끌어온 부분을 혼합, 반복함으로써 전혀 색다른 곡을 창조하였으며 일련의 작법을 인기 스타일로 구축해 갔다. 이러한 과정이 체계화됨에 따라 디제이들은 커팅과 믹싱 작업만을 담당하고 래핑과 퍼포먼스를 책임지는 엠시를 따로 두면서 디제잉과 엠시잉이 분업되기 시작했고 오늘날에 이르는 힙합의 기본 체제가 이루어졌다.

1970년대 초중반 기타리스트 데니스 코피가 발표한 연주곡들(「Scorpio」,

「Black Belt Jones (Theme)」)이나 보컬 파트가 없는 일렉트로 펑크가 비보이들의 시합 음악으로 사용되었을 뿐, 1980년대까지 순수 인스트루멘틀 힙합은 많은 사람에게 호감을 사지는 못했다. 하지만 힙합 프로듀서 디제이 마크 더 포티파이브 킹이 1987년에 발표한 「900 Number」가 인기를 끌면서 비트 자체로서의 힙합이 대중화되는 발판을 마련했다.

이후 디제이 섀도의 『Endtroducing.....』이 여러 음악 매체의 찬사를 받으면서 인스트루멘틀 힙합의 새 역사를 썼다. 재즈, 펑크에서 추출한 음원과 TV 프로그램, 인터뷰 등 음악 외적인 것에서 뽑아낸 소리 표본을 결합한 곡들로 인스트루멘틀 힙합이 리듬의 단순 반복에만 머물지 않고 극적 요소를 갖추어 한 편의 예술 작품으로 거듭날 수 있음을 밝혔다. 이것은 많은 프로듀서가 새로운 양식을 지향하는 데 구심점 역할을 했고 샘플링의 활용 구역을 확장하는 데에도 모범적인 예시가 되었다.

1990년대 말부터 인스트루멘틀 힙합은 다양한 갈래로 나누어져 갔다. 인비저블 스크래치 피클즈나 엑시큐셔너스 같은 디제이 집단에 의한 현란한 턴테이블리즘, 디제이 프리미어, 피트 록, 제이 딜라의 엠시잉과 연결되는 힙합, 누자베스로 대표되는 서정적인 비트, 블록헤드, 알제이디투의 레프트필드, 트립 합 계열 등 형식의 다변화를 꾀하는 중이다. 그러나 인스트루멘틀 힙합이 완벽히 독립된 장르로 인식되는 편은 아니다. 힙합에서 여전히 랩의 비중이 큰 것이 사실이며, 곡의 분위기상 종종 일렉트로니카의 하위 장르인 트립 합이나 다운 템포에 묶여 취급되곤 하기 때문이다.

국내에서도 새천년 들어 인스트루멘틀 힙합 음반이 속속 등장하는 추세다. 디제이 소울스케이프의 『180g Beats』, 이터널 모닝의 『Soundtrack To A Lost Film』, 콰이엇의 『Q Train』, 방대한 샘플 콜라주가 특징인 지케이 후니지의 『Primitiveading』, 라운지 계열을 선보인 에스트래직 비츠의 『Loops Within Scenery』, 추상적이고 다소 난해한 비트를 창출하는 디제이 손의 『The Abstruse Theory』 등이 대표적이다.

그라임 Grime

1990년대 후반에서 2000년대 초반에 발생한 그라임은 투 스텝과 거라지, 드럼 앤 베이스, 댄스홀 등 공통분모가 확연히 드러나지 않는 일렉트로니카의 하위 장르와 갖가지 댄스음악을 교배해 제작된 양식이다. 일각에서는 뿌리와 근본이 애매한 '잡종 사운드'라며 쓴소리를 퍼붓기도 했으나 음악이, 그리고 장르 이름이 품은 '지저분함'은 영국을 비롯한 수많은 도시 청춘들의 귀를 사로잡았다.

공격적이고 음산하며 어두운 분위기를 발산하는 그라임은 빠른 속도를 보편적 특징으로 한다. 이 장르의 평균 BPM이 130에서 145 사이이니 마이애미 베이스와 비슷한 템포다. 물론, 이는 대체로 그렇다는 것이지 100 이하로 떨어지는 곡도 더러 존재한다.

뉴 잭 스윙이 출현한 이후 흑인음악 안에서 하이브리드를 시도하는 경우가 많아졌지만 각 스타일들이 모두 굳건히 토착되지는 못했다. 반면에 그라임은 출생한 지 그리 오래되지 않았음에도 세력을 갖춰 가는 모양새나 속도가 1990년대 중반 트립 합의 확산 추이처럼 드세 하나의 독립 장르로서 확실히 자리를 틀었다.

랩을 중점에 두는 힙합 마니아라면 그라임은 색다른 재미를 제공해 주지는 못할 것이다. 라임 연출이 다소 빈약하고 플로우가 미국 래퍼들보다 부자연스럽게 느껴지기 때문이다. 일렉트로니카 유닛 엉클의 멤버이자 일렉트로니카 전문 레이블 모왁스의 설립자 제임스 레이벨은 "미국과 달리 영국의 힙합은 언어적, 시적 기술이 부족하다. 그러나 영국 아이들은 음악적인 측면에서는 강하다."라고 말한 바 있다. 그의 이야기처럼 그라임 역시 엠시의 출중한 래핑 기량을 만끽하기에는 모자란 음악이긴 하지만 타 장르와의 교배를 통한 빼어난 사운드 연출로 단점을 보완, 승부를 본 사례로 꼽기에는 충분하다.

색인